La pastelería
de los nuevos comienzos

La pastelería de los nuevos comienzos

Kuang Feng

Traducción de Raúl Rubiales

Ọ Plata

Argentina – Chile – Colombia – España
Estados Unidos – México – Perú – Uruguay

Título original: 揚子堂糕餅舖 *(The Suncake Pastry Shop)*
Autor: 光風 *(Kuang Feng)*
Editor original: Gaea Books Co., Ltd. (Taiwán)
Traducción: Raúl Rubiales

1.ª edición: mayo 2026

© 2022 *by* Kuang Feng
Publicado en virtud de un acuerdo con Gaea Books Co., Ltd., en asociación con The Grayhawk Agency Ltd., a través de International Editors y Yañez' Co.
All rights reserved
© de la traducción, 2026 *by* Raúl Rubiales
© 2026 *by* Urano World Spain, S.A.U.
López de Hoyos, 92, Planta Baja Derecha – 28002 Madrid
www.letrasdeplata.com

ISBN: 978-84-10439-30-6
E-ISBN: 979-13-87899-89-9
Depósito legal: M-6.179-2026

Fotocomposición: Urano World Spain, S.A.U.

Impreso por: Rodesa, S.A. – Polígono Industrial San Miguel
Parcelas E7-E8 – 31132 Villatuerta (Navarra)

Impreso en España – *Printed in Spain*

CAPÍTULO UNO

A menudo pienso en los días que pasé vagando por la orilla del río Kamo en Kioto, con Emiko a mi lado. El primer paseo que dimos juntos tuvo lugar poco después de mi llegada a la ciudad, cuando los árboles de otoño exhibían un flameante tono rojizo. La superficie del río brillaba, reflejando el ondulante cielo azul y las nubes de algodón; y la brisa suave arrancaba susurros a las hojas de los arces, revelando tonalidades anaranjadas y amarillas ocultas debajo del rojo. Era una estampa que te llenaba el corazón de alegría y ternura. Emiko, que caminaba unos pasos por delante de mí, con pies ligeros, se giró de repente. La cinta color rosa pastel que llevaba alrededor del cuello de la camisa ondeó al viento mientras sonreía.

—En primavera, todo este sitio estará cubierto de flores de cerezo... ¡Es tan bonito que te deja sin aliento! ¡Tienes que venir a verlas!

Solo el resplandor de sus ojos claros bastaba para poder imaginar a toda Kioto plagada de remolinos de pétalos rosas.

Tiempo después, el río Kamo pasó a ser nuestro lugar de encuentro para largos paseos y conversaciones sinceras y profundas. Era adonde íbamos después del trabajo en la confitería, y cuando Emiko estaba algo deprimida y, en realidad, siempre que, por el motivo que fuera, queríamos hablar a solas. El agua del río Kamo era transparente y se perdía en la distancia, como

7

si nos estuviera recordando que debíamos ser siempre sinceros con nosotros mismos.

Durante aquellos meses, estaba demasiado centrado en observar los cambios en las expresiones de Emiko como para percatarme de los cambios en la ribera. El día que me dijo «Lo siento, An-Chun», me sorprendió ver que todos los árboles y matojos que nos rodeaban se habían puesto amarillos y marchitos. Aquella nueva imagen era tan desoladora que parecía como si las flores de cerezo hubiesen descartado por completo la opción de volver a florecer allí. El sempiterno invierno se acercaba.

Decidí irme de Kioto antes de que mi corazón pudiera romperse del todo, y me dirigí a Tokio. Al final, fue en la bulliciosa y solitaria Tokio donde vi las flores de cerezo que Emiko había querido que contemplara. Los árboles florecían en todas las calles y todas las esquinas, de manera que las flores parecían eternas. Pero, en un abrir y cerrar de ojos, con el simple toque de una ligera brisa, se desvanecían como un sueño.

El omnipresente rosa que cubría Tokio de punta a punta no paraba de hacer brotar en mi mente el recuerdo de la cinta que llevaba Emiko en el cuello, imposibilitándome trabajar o salir a la calle. Incluso me costaba respirar.

Todos los pensamientos me abandonaron excepto uno: *Quiero ir adonde no vea ni una sola flor de cerezo.*

Así fue como terminé regresando a Taiwán antes de lo planeado. Al llegar a casa, comprobé que mi madre no había cambiado nada de sitio durante mi ausencia. En cualquier caso, parecía haberlo ordenado. Cuando entré en mi habitación, la sorprendí reciclando mi colección entera de manga de *One*

Piece. Mi presencia la descolocó. Acto seguido, quizá para ocultar la vergüenza de que la hubiesen atrapado con las manos en la masa, me exigió saber si me habían enviado de vuelta a casa por haber sido un incompetente en el trabajo. Durante los días siguientes, no paró de lanzarme miradas cargadas de recelo, pero yo me limitaba a fingir un estornudo y a insistir en que el problema lo había tenido con la alergia al polen de la ciudad.

Todo había vuelto a la casilla de salida; al desconcertante y sin sentido punto de inicio.

Esa sensación de confusión me acompañaba desde el día de mi nacimiento, emborronándome la visión del camino que se extendía por delante de mí como una miopía congénita. En la escuela, la tarea que más me fastidiaba siempre era escribir una redacción con el título: «Mi objetivo en el futuro». Siempre la procrastinaba hasta el último momento, antes de garabatear, siguiendo la «recomendación» de mi madre, que mi objetivo era «estar sano y ser buena persona». Ella no terminaba de comprender de qué iba la tarea. Lo que me recomendaba era el deseo que tenían todos los padres para sus hijos, pero eso no se podía considerar un objetivo vital para mí.

Mantuve esa actitud indecisa durante toda la secundaria. En el sistema educativo taiwanés, basado en exámenes, los alumnos accedían a la escuela que les permitían sus notas, y yo logré ir aprobando durante cinco años esforzándome lo mínimo. Para cuando llegó el último curso, mis compañeros batallaban contra enemigos invisibles, entre los cuales se contaba su propia haraganería. Dormían mientras soportaban el peso de la incertidumbre sobre el futuro y estudiaban mientras enfrentaban el terror que les suponía la cuenta atrás de los días que quedaban hasta el examen. Por mi parte, me pasé los cursos envolviendo un sándwich y un cartón de leche para el almuerzo cada mañana antes de ir a la escuela. A veces me iba a una librería a por algún manga de acción después de las clases y me escondía detrás de los rígidos lomos de los libros, que me servían como vía de escape a otros mundos imaginarios.

Al final, hice una prueba para el departamento de japonés de una universidad anodina, tras lo cual dio inicio una larga sucesión de trabajos a tiempo parcial que abarcaban un amplio abanico de sectores: cajero de un bufé, limpiador de piscinas, auxiliar administrativo para mi departamento y auxiliar docente en una academia de japonés. Transité por estos empleos como si estuviera buscando algo, pero en realidad no tenía ni idea de qué era lo que se suponía que debía estar persiguiendo. Tras graduarme, decidí solicitar un visado de trabajo en Japón, algo que, *a priori*, satisfacía mis ansias de ver mundo, pero que a la vez era un exilio autoimpuesto.

Y entonces conocí a Emiko.

Y aquella frase letal me destruyó: «Lo siento, An-Chun».

Fin.

Hasta ese punto de mi vida, jamás me había visto obligado a enfrentarme a grandes dilemas o elecciones difíciles, lo que significaba al mismo tiempo que nunca había tenido ningún motivo o necesidad de dejarme la piel en el trabajo. La vida se puede encarar de muchas maneras distintas, y una de ellas es no dar nunca el cien por cien de ti. Esto no es más que otra opción de las disponibles; nada de esforzarse, nada de esmerarse, solo dejarte llevar por la corriente. Es justo lo que estoy haciendo ahora, sentado, con las piernas cruzadas en la esquina de mi habitación donde no llegan los rayos del sol, picoteando algunos frutos secos mientras reviso las decenas de comentarios sin responder de mi blog.

Los comentarios son de un blog que empecé cuando estaba en la universidad y que lleva por título *Diario de un nómada*. Mi pensamiento inicial fue que quizá hubiera otra gente en el mundo que compartiera conmigo la idea de que el futuro no es más que un embrollo. Entonces creí que lo más natural sería que aquellos de nosotros que estábamos perdidos nos ayudáramos mutuamente para encontrar el camino. Empecé escribiendo sobre mis experiencias laborales en la multitud de trabajos que he tenido, lo que atrajo un número considerable de lectores que me hacían preguntas y buscaban consejo: «¿Qué conlleva ese trabajo? ¿Puedes ganar dinero rápidamente? ¿Qué debo hacer si mi jefe me está estafando?». Mi número de lectores se multiplicó cuando me mudé a Japón, y las preguntas cambiaron: «¿Cómo lo hiciste para solicitar un visado de trabajo? ¿Podrías darnos una lista de qué se debe hacer y qué no en una entrevista de trabajo en Japón? ¿Cómo debería usar los honoríficos del *keigo* para no ser descortés? ¿Los chicos taiwaneses tienen éxito con las mujeres japonesas?».

La gente tiene preocupaciones de lo más variopintas, pero ver las inquietudes de los demás alivia algunas de las mías. *No soy el único.* Hay miles y miles de personas que también albergan una cantidad ingente de preguntas sobre la vida. Este pensamiento hace que me sienta menos solo.

La mayoría de los comentarios más recientes son para preguntarme si todavía trabajo en Han Shun Do y si pueden pasarse a verme mientras están de visita en Japón.

«Ey, he vuelto a Taiwán». Copio y pego de una tacada este mensaje en todos los comentarios similares.

Otros preguntan por qué no ha habido ninguna publicación reciente, y añaden que esperan con ansias el nuevo contenido.

«Gracias», tecleo lentamente, leyendo las palabras en voz alta. «Por el momento, me estoy tomando un descanso».

—An-Chun, ¿con quién hablas?

Mi madre entra sosteniendo un cesto lleno de colada limpia y me arrebata el tarro de frutos secos, que casi he terminado.

—Con nadie —musito—. Nada.

—Ya hace un tiempo que volviste y lo único que has hecho ha sido encerrarte en tu habitación. ¿No piensas buscar trabajo?

—Sí.

Para no parecer un holgazán, empiezo a ayudarla a doblar la ropa. En los minutos de silencio que prosiguen, pienso en la cara de Emiko mientras colgaba las cortinas del escaparate después de lavarlas. Evoco su sonrisa al decirme que las cortinas limpias olían al sol. Olfateo la ropa que tengo en la mano. ¿Olerá el sol igual aquí que en Kioto?

—Siempre me dices que sí, pero ni siquiera has empezado a buscar —se queja mi madre—. Ya he hablado con tu tío abuelo, y vas a ir a ayudarlo en su tienda. Empiezas mañana mismo.

Dejo la prenda que tengo en las manos a medio doblar.

—¿Te refieres al tío abuelo que tiene la tienda en la calle de las pastelerías? ¿El que es famoso por ser gruñón y un cascarrabias?

—Echó a otro aprendiz la semana pasada. No es fácil encontrar a jóvenes con ganas de aprender en los tiempos que corren, pero él... Bueno, no te preocupes, probablemente sea un poco más tolerante contigo, puesto que eres mi hijo. ¿Recuerdas lo mucho que te gustaban sus pasteles cuando eras pequeño?

—¿Qué tendrá que ver eso? Me gradué en estudios de japonés, mamá. ¿Cómo quieres que haga *gao-bing*?

Elaborar *gao-bing*, el término general para los pasteles tradicionales taiwaneses, tartas y demás dulces, es considerado todo un arte.

—Bien que aceptaste cualquier trabajo que se te presentó cuando estabas en Japón, ¿no?

—Pero... Pero estamos hablando de ese tío abuelo.

Ese tío abuelo es, para ser exactos, el hermano pequeño de mi abuelo materno. Por lo que tengo entendido, empezó a ayudar en el negocio familiar a los catorce años porque no quería estudiar. Cada mañana, mientras mi abuelo iba en su bicicleta a la escuela, mi tío abuelo montaba en la suya para recorrer las calles de la ciudad vendiendo productos horneados. Tiempo después, mi abuelo inició una carrera profesional como funcionario mientras que mi tío abuelo se convirtió en pastelero de *gao-bing*, y se hizo cargo de la tienda.

El abuelo, antes de fallecer, solía decir: «Ese tío abuelo tuyo es incapaz de desprenderse del pasado, y se exige demasiado. Por eso se le ha agriado así el carácter».

¿Cuánto puede llegar a agriarse el carácter de alguien? Si alguien le pedía a mi tío abuelo que repitiera algo, ni que fuera una vez, se ponía hecho una furia. Decenas de aprendices habían recibido el impacto de una bola de masa en su primer día de trabajo, y de postre les había dicho que no se podrían ir a casa hasta que su trabajo cumpliera con sus estándares. Incluso había llegado a gritarles agresivamente a pasteleros veteranos por asuntos tan triviales que estos se habían ido del local encolerizados. En su «punto álgido», el tío abuelo fue el único que quedó en la pastelería, después de que todos los demás artesanos y aprendices renunciaran. Incluso entonces, siguió en sus trece, y continuó trabajando día y noche, manteniendo el negocio a flote él solo durante quince días enteros hasta que colapsó, víctima del cansancio.

Cuando era un niño deduje, por las conversaciones de los adultos, que mi tío abuelo debía de tener algún tipo de conflicto interno sin resolver que lo ponía extremadamente furioso y, como consecuencia, aprovechaba cualquier oportunidad que se le presentaba para desahogarse. Le he preguntado en varias ocasiones a mi madre a qué se refería exactamente el abuelo cuando hablaba del «pasado» de mi tío abuelo, pero, hasta la fecha, siempre me ha respondido con evasivas. Tal vez ni siquiera ella lo sepa. Si tenemos en cuenta que mi tío abuelo es, la mayor parte del tiempo, tan silencioso como una piedra, lo único que nos queda es dejarnos llevar por las cábalas, sin saber jamás qué se oculta tras ese silencio.

Por lo visto, su rabia feroz no ha remitido en el transcurso de todas estas décadas.

—¿Qué te parece si intento buscar otro trabajo y dejamos al tío abuelo como plan «B»?

—Mmm, ¿qué tipo de trabajo estás buscando?

No tengo ninguna respuesta que ofrecerle.

—Déjate de tonterías y ve, An-Chun. —Antes de marcharse, me arroja una última pulla que me perfora el talón de Aquiles—: De todos modos, no sabes qué hacer con tu futuro.

CAPÍTULO DOS

«Futuro» es una palabra demasiado distante; tan distante que no pude alcanzarlo ni siquiera después de viajar más de dos mil kilómetros hasta Japón. Solo podía seguir andando; solo podía esperar y ver qué ocurría.

El plan que tenía para mi visado de trabajo era el siguiente: empezaría por Osaka en verano, entonces me mudaría a Kioto para el otoño, luego a Hokkaido para el invierno y, para terminar, mi última parada sería en la ciudad de los sueños de Japón: Tokio.

Me ceñí al plan y el primer trabajo que encontré fue en un puesto de buñuelos de pulpo *takoyaki*, en Osaka. Allí me pasé tres meses. El dueño, Koike, rondaba mi edad. Con el pelo teñido de rubio platino y una soleada sonrisa al estilo de Osaka, era resplandecientemente atractivo, incluso cuando sudaba profusamente delante de la parrilla. Solía decirme:

—No puedes seguir así, An-Chun. Los jóvenes deben tener más empuje, ¿entiendes lo que te digo?

Y así fue como mi formación, por llamarlo de alguna manera, incluyó gritar «¡Bienvenido!» al tiempo que hacía reverencias de noventa grados a los transeúntes. Koike se aseguró de corregirme: «¡Más alto, colega! ¡Más alto!». Esa primera noche, grité «¡Bienvenido!» un total de trescientas setenta y cinco veces, y necesité aplicarme unos parches para el dolor en las lumbares debido a tanta inclinación.

Con todo, Koike me parecía menos un jefe y más un amigo del instituto. Hacíamos bromas y nos reíamos, pero también podíamos trabajar codo con codo, dándolo todo, cuando nos poníamos serios. Cada día que pasé con él fue como uno de esos festivales *matsuri* de verano que se ven en las películas japonesas: un torbellino de diversión que, sin embargo, dejó tras de sí recuerdos brillantes para toda la vida.

El aire otoñal de Kioto tenía un sabor completamente distinto al aire veraniego de Osaka. Kioto destilaba un aire de tranquilidad pausada. Cuando me encontré con una *geisha*, de las que solo sabía lo que había leído en libros, no puede evitar seguirla hasta el Distrito Gion y la calle Hanamikoji, donde me empapé de la arquitectura tradicional japonesa y los caminos adoquinados, tan distintos al paisaje urbano de Osaka. Los callejones serpenteantes me hicieron olvidar el paso del tiempo, y acabar una calle solo me urgió a enfilar la siguiente, y antes de que pudiera darme cuenta, llegué al templo más antiguo de Kioto, el Kiyomizu-dera. Allí vi un enorme arce, frondoso y verde, salvo por una mancha de hojas rojizas en la copa. El lunar carmesí solitario relucía brillante bajo el sol. En aquel instante, sentí que de verdad estaba en la tierra donde transcurría *La novela de Genji*.

Copado de una sensación de maravilla, zigzagueé por los callejones y doblé todas las esquinas que se me antojaron hasta que, como si fuera cosa del destino, reparé en las cortinas carmesíes de un escaparate, que ondeaban al viento. Al acercarme, me percaté de que se trataba de una *machiya*, una casa tradicional, con una estructura de dos plantas edificadas principalmente en madera, con tejas oscuras y ventanas con un intrincado entramado que evocaban la estabilidad y la simpleza del mismísimo tiempo. En un cartel que colgaba sobre la puerta se podía leer, en tres caracteres dorados: «Han Shun Do»: «abundante», «primavera», «salón». Las cortinas carmesíes, que cubrían casi dos tercios de la entrada, tenían una línea de texto en la que se indicaba que la tienda se había fundado a principios de los años sesenta del siglo diecinueve. También había estampado en ellas el símbolo blanco del establecimiento: una flor de camelia con un círculo en el centro. Pero ¿por qué escogería una tienda con la palabra «primavera» en el nombre y un logotipo con una flor que florece en invierno?

Me quedé fuera, cavilando sobre este misterio, solo para darme cuenta de que había estado enfrente de una oferta de empleo todo el rato. Fue entonces cuando supe que Han Shun Do era una pastelería japonesa.

Tal vez el sentimiento romántico de vivir solo en aquella tierra extranjera me había nublado el juicio, pero decidí ignorar todos los elementos del anuncio de trabajo que solo podían describirse como «extremadamente tiquismiquis», por decirlo de una manera suave, y terminé por llamar para concertar una entrevista. La señora que respondió al teléfono me habló con los elegantes tonos únicos de las mujeres de Kioto y me pidió amablemente que me personara en la tienda a la mañana siguiente.

—Por aquí, por favor.

Al día siguiente, cuando estuve de vuelta en Han Shun Do, reconocí a la mujer de inmediato por la voz. Llevaba puesto un kimono morado, del color de las margaritas de otoño. La seguí por el interior del local hasta la trastienda, donde un hombre que parecía ser el dueño estaba sentado con las piernas cruzadas sobre el suelo de tatami, esperándome, por lo visto. De corta estatura, llevaba puesto un conjunto de ropa de trabajo azul y lucía un pelo canoso y una expresión tan férrea como el acero. Mientras leía mi currículo, frunció tanto el ceño que parecía que sus cejas estuvieran a punto de pelearse la una con la otra.

Me hizo solo una pregunta:

—¿Taiwanés?

—Sí, taiwanés.

La extraña atmósfera tensa hizo que, inconscientemente, me recolocara el traje.

—No me sirve. Si me disculpas... —Se levantó e hizo ademán de marcharse, pero la mujer se apresuró a intervenir. Se lo llevó a la habitación contigua, donde mantuvieron una susurrada aunque acalorada conversación. Un poco después, regresó ella sola, con expresión arrepentida.

—Lo comprendo —le dije—. Gracias. —Al intentar ponerme en pie, descubrí que se me habían dormido las piernas de estar arrodillado sobre el tatami, haciendo que mi salida fuera más patética si cabe. Pero considerando que había llegado hasta allí, decidí al menos obtener respuesta a la pregunta que me rondaba la mente—. ¿Puedo preguntarle algo?

La mujer asintió.

—¿Por qué el logotipo de Han Shun Do es una camelia? Quiero decir... ¿Por qué es una flor de invierno si «primavera» está en el nombre de la tienda?

Pareció sorprendida.

—Eres muy observador. Es verdad que la camelia es conocida por ser una flor de invierno, pero en realidad hay muchas variedades de camelias que florecen en primavera. El fundador de Han Shun Do sentía un aprecio especial por las camelias de primavera. Según él, las camelias, que pueden florecer tanto en invierno como en primavera, son las flores más excepcionales que hay.

No me esperaba una historia sobre el origen de la pastelería tan poética y me emocioné profundamente. Sin embargo, fui incapaz de responder. Desanduvimos los pasos en silencio de vuelta a la entrada, donde nos cruzamos con un grupo de clientes chinos que le gesticulaban animadamente al único cajero de la tienda. La mujer del kimono morado le preguntó al dependiente cuál era el problema. Justo en ese instante, entró una pareja occidental, añadiendo otra barrera lingüística y más problemas al personal, ya de por sí apurado. Me despedí de la mujer y me escabullí del caos.

Salí de Han Shun Do hacia el brillante sol y la refrescante brisa. *¿Los días de otoño como este habrán sido así siempre, desde hace cientos de años?* Torcí el cuello y eché un vistazo de nuevo a las cortinas carmesíes, mirando la flor de camelia que encarnaba el alma de Han Shun Do. Pensé en esos brotes, que año tras año pasan de capullo a flor y de vuelta a capullo, un ciclo que parece prometer una primavera eterna.

Volví a cruzar la puerta de Han Shun Do y hablé en un perfecto mandarín, japonés fluido y un intento de inglés que, aun así, era mejor que el del dependiente de la tienda. Cuando dieron por terminadas sus compras, el cajero y yo despedimos a los dos grupos de clientes con inclinaciones de noventa grados. La mujer del kimono morado no podía estar más visiblemente satisfecha. Me miró directamente a los ojos y me dijo, con tono amable:

—Vamos a tener que importunarte otra vez para que vuelvas a acudir mañana.

Hasta tiempo después no supe que el hombre que me había entrevistado era el dueño de Han Shun Do, el señor Imanishi Sakae, y la mujer era su esposa. Fue gracias a ella que me permitieron trabajar en aquella consagrada pastelería, un privilegio que muchos japoneses no podían imaginar siquiera.

CAPÍTULO TRES

Retrotrayéndome a mi primer día en Han Shun Do, descubro que estoy igual de nervioso hoy mientras me dirijo a la tienda de mi tío abuelo. Las reminiscencias que albergo de su confitería terminan con la escuela primaria y solo recuerdo que está en algún lugar de la calle de las pastelerías, cerca de la estación de Taichung. Cuando era pequeño, mamá y yo solíamos ir en el tren y luego pasear tomados de la mano, pasando por delante del que era el centro comercial más moderno de la ciudad y, de vez en cuando, nos deteníamos en alguna tienda de telas. A veces me contentaba con una taza agridulce de *Qing-cao-cha*, un té de hierbas.

Estos recuerdos me parecen tan distantes que, al aparcar la motocicleta en la estación de Taichung, me da la sensación de que todos los años que han transcurrido desde entonces se abalanzan sobre mí y lo único que puedo hacer es quedarme inmóvil y perplejo. La estación de tren que conocía como la palma de la mano ahora está abandonada, y una nueva estación se ha materializado en la parcela aledaña, a la izquierda de la antigua. Ah, sí, ahora que me acuerdo vi la inauguración de la nueva terminal en las noticias. De todas las personas, fue precisamente Emiko quien me lo mostró.

«An-Chun, ¿esta es tu ciudad?», sostuvo en alto el teléfono, y en la pequeña pantalla se mostraba la antigua estación que los japoneses habían construido en Taichung un siglo atrás. El vídeo solo duraba unos pocos segundos, pero mientras contemplábamos a la multitud en la plaza despidiéndose de la antigua estación, me sentí como si Emiko y yo estuviéramos situados en una intersección de la historia, comprimidos en la fisura que separa una generación de la siguiente. Juntos, formamos parte del fin de una era y del inicio de una nueva.

Vale, deja de pensar en eso. Redirijo mis reflexiones, paro a algunos transeúntes para pedir indicaciones y finalmente localizo la calle de las pastelerías. Una vez allí, reconozco la tienda de mi tío abuelo al instante. La placa desgastada por el sol, la de siempre, anuncia en grandes caracteres: Yang Tzu Tang.

¿Seguirán siendo sus pastelitos tan deliciosos como en los recuerdos de mi infancia?

El tiempo parece haberse congelado en Yang Tzu Tang. La disposición de la tienda sigue igual que siempre. Tras cruzar la puerta, hay un dibujo en acuarela de unas orquídeas colgado en la pared de la derecha, sus flores moradas son como flexibles bailarines y sus hojas de tinta verde como agua que fluye. A la izquierda, hay una vitrina tradicional en forma de «L» que contiene cajitas de regalo con todo tipo de dulces: *tai-yang-bing*, «pastelitos de sol» rellenos de maltosa condensada; *lao-po-bing*, «pastelitos de esposa», en los que se mezcla el azúcar de maltosa con pasta de melón blanco; *feng-li-su*, tartas de piña; *song-zi-su*, bocaditos de piñones; *dan-huang-su*, pasteles de yema de huevo salados; *lü-dou-peng*, empanadillas rellenas de soja verde. Hay más cajitas de regalo apiladas dentro de un armario abierto en el fondo de la estancia; su variedad cromática jamás se desvía del marrón, el rojo, el naranja y el amarillo. En la otra punta de la sala hay varios certificados gubernamentales de servicio público colgados en la pared. Unos siete u ocho en total.

—Bienvenido, joven. ¿Por qué no le da una oportunidad a nuestros pastelitos de luna?

Una anciana me ofrece una pequeña porción de pastelito de luna para que lo pruebe. La masa es crujiente y hojaldrada; el relleno, dulce y esponjoso. Es igual, pero a la vez diferente, al sabor que recuerdo de mi infancia.

—Está bueno, ¿verdad? Nuestros pasteleros lo hacen todo artesano. ¿Quieres una cajita de regalo pequeña o grande? La pequeña cuesta 180 dólares taiwaneses y contiene seis unidades; la grande son 300 dólares taiwaneses y son diez unidades.

—Tía, he venido a ver al dueño. Soy el hijo de Lin Ai-Hui.

Nos referimos a las señoras taiwanesas como «tía» para mostrar cortesía.

—Ah, ¿eres el niño de su sobrina? Mira, sube a la primera planta. Está trabajando.

Cruzo hasta el final de la tienda y asciendo por la estrecha escalera que hay a mano izquierda. Al instante me envuelve el denso aroma de los dulces y el zumbido de las máquinas en funcionamiento. Hay varios pasteleros atareados, haciendo ajustes en el equipamiento y vertiendo la masa sobre las mesas de trabajo.

Han pasado muchos años, pero reconozco a mi tío abuelo al instante. Está en la mesa de trabajo del centro, con la cabeza agachada, estirando una masa con un rodillo. La luz del sol le arranca brillos a su pelo canoso.

—¿Quién cojones eres tú? —me exige saber un hombre bajito de piel morena. Acarrea un cubo lleno de huevos y parece ser de lo más antipático.

—He… He venido a ver a mi tío abuelo.

—¿Eres el sobrino nieto del jefe? Bueno, pues espabila. No te quedes en medio.

Me hago a un lado y dejo pasar al hombre, antes de avanzar por entre cubos blancos llenos de ingredientes, sacos de harina, varias mesas de trabajo y numerosos pasteleros atareados. Al fin, consigo situarme delante de mi tío abuelo. El meñique que le falta en la mano izquierda me sirve para confirmar que es él.

—Eh… Tío abuelo… Soy yo, An-Chun…

Levanta la cabeza lentamente y me clava la mirada en la cara durante un buen rato, como si estuviera intentando decidir si de verdad soy el chiquillo de sus recuerdos. Entonces agacha la cabeza y sigue estirando la masa. Acto seguido, enrolla la pasta, la corta en dos pedazos y, en un abrir y cerrar de ojos, la separa en decenas de pequeñas porciones. Llegados a ese punto, el hombre de expresión severa que se ha referido al tío abuelo como «jefe» se acerca con una enorme palangana de metal rebosante de un relleno marrón pegajoso, que empieza a meter en los pedazos de masa.

—Ve a lavarte las manos y a cambiarte y ven a ayudar —gruñe el hombre.

Como mi tío abuelo no ofrece ninguna reacción, no me queda otra opción que ir en busca del fregadero y encontrar un conjunto de ropa de trabajo.

—¡Eh! Allí. —Otro pastelero me da una palmadita en el hombro y me señala en la dirección correcta. Reparo en que tiene un conejito bordado en el delantal.

En lo que tardo en cambiarme de ropa, al hombre de expresión severa le da tiempo de terminar de envolver todo el relleno.

—¡Eres demasiado lento, niño! Ven, estira esto con el rodillo.

Aprieta con suavidad sobre una de las porciones de masa rellenas y entonces en un movimiento fluido la estira hasta que forma un círculo aplanado del tamaño de un puño. El movimiento parece ser bastante fácil, pero cuando lo intento, me es imposible aplicar una presión constante con el rodillo y la porción de masa acaba con el mismo aspecto que si le hubiese pasado un camión por encima.

—¿No sabes usar las manos o qué? ¡La presión tiene que ser constante! ¡No malgastes ingredientes! ¡Inténtalo otra vez!

El hombre aparta a un lado mi intento fallido y empieza a estirar círculos perfectos de masa con manos duchas, al mismo tiempo que me reduce a polvo con una mirada fulminante. Antes de que sea capaz de comprender lo que está pasando, la pastelería se transforma en un campamento militar. Me veo de repente atrapado en una vorágine sin fin de órdenes y acciones. Las reprimendas inclementes solo empiezan a suavizarse cuando logro mejorar marginalmente el manejo de la técnica. Antes de que me pueda dar cuenta, he llenado cuatro enormes bandejas de horno con pastelitos de sol y a mi tío abuelo no se le ve el pelo.

—Vale, ya te puedes ir. Todavía nos quedan un montón de pasteles por terminar. Has hecho que nos retrasáramos.

El huraño hombre mete las bandejas en el horno industrial. El golpe metálico que hace la puerta al cerrarse me suena como una orden de desalojo.

Me quito el uniforme de trabajo con movimientos comedidos, intentando evitar que el dolor de mis hombros, el de las lumbares y el de los brazos me asalten todos a la vez. De vuelta en la planta baja me encuentro con mi tío abuelo en el mostrador, preparándose un té y charlando distraídamente con la dependienta de la tienda, cuyo nombre me han dicho que es Mei-Man. Ella repara en mi presencia antes que él.

—¡Madre del amor hermoso, estás empapado de sudor! Preparar *gao-bing* no es coser y cantar, ¿verdad? Ven, ven, toma asiento. ¿Te lo ha puesto difícil Orca? —me pregunta con una sonrisita mientras me lleva hasta una silla.

—No ha estado tan mal. Al menos no ha sido peor que el pastelero japonés que me ordenó que frotara todas las ollas cinco veces.

Esa fue la manera que tuvo el señor Imanishi de sentar las reglas en mi primer día. Estuve frotando durante casi tres horas seguidas sin parar.

—¡Esa es la actitud! No por nada eres el hijo de Ai-Hui... un joven de lo más espabilado. Jefe, es un candidato perfecto para tomar las riendas de la tienda.

La tía Mei-Man me da unas palmaditas en la espalda, haciendo que derrame algunas gotas de té.

Aturullado, dirijo la mirada hacia mi tío abuelo, quien permanece en silencio.

—Ais —insiste ella, con la atención todavía puesta en él—. Algún día tendrás que dejar que sea otro quien dirija la tienda, como tu padre hizo contigo, y hacer que este negocio, que lleva funcionando sesenta años, acabe siendo una tienda centenaria. Es una pena que no tengas hijos, pero el muchacho de tu sobrina también es de tu sangre. ¡Y mira! ¡Es un jovencito hecho y derecho! ¡Yang Tzu Tang estará en buenas manos!

Temo que mi tío abuelo le suelte alguna fresca, pero se limita a responder en tono sereno:

—No digas paparruchas. No sabe nada de nada.

La severidad que irradia su voz hace que tía Mei-Man se gire hacia mí.

—Eso no es verdad, si ha vuelto es porque está preparado, ¿o me equivoco? —Me propina un pellizquito afectuoso.

—Estoy aquí para ayudar… de momento —digo algo aturdido.

Las cejas del tío abuelo se juntan en su ceño fruncido, aunque no sé discernir si está disgustado o preocupado. Parece ser incluso más sombrío ahora que cuando era pequeño. En aquel entonces, aunque también exhibía un temperamento terrible y rara vez sonreía, solía estar un poco más relajado después del trabajo y me decía: «An-Chun, ven a comer un poco de pastelito de sol».

Él también parece haber estado pensando en aquellos días.

—Toma —me dice, y me pasa un pastelito de sol.

La fragancia me embarga en cuanto abro el envoltorio. Le doy un bocado y calibro con meticulosidad la proporción de masa crujiente y el relleno de maltosa. Pero… ¿Cómo podría expresarlo? Aunque el dulce técnicamente tiene buen sabor, también me parece distinto a los que comía cuando era niño, como si le faltara algo, como una palabra larga a la que le falta una de sus consonantes.

—Mmm… qué bueno. —Para ocultar mi confusión, sonrío con tanto ahínco que las migajas me caen por las comisuras de la boca.

Mi tío abuelo no se deja engañar por mis pésimas dotes de actor y mantiene su habitual silencio. Engullo rápidamente el resto del pastel para evitar hablar más sobre el asunto.

Una pareja entra en la tienda y la tía Mei-Man se apresura hacia ella, para recibirla con su sonrisa afable.

La mujer se quita las gafas de sol para echarles un vistazo de cerca a los dulces de la vitrina.

—Esta calle está plagada de pastelerías que venden pastelitos de sol. Los hemos probado en todas, pero todos nos saben igual. ¿Tienen algo especial los de aquí?

—Como bien sabe, señora, Taichung es famosa por nuestros pastelitos de sol, así que todo el mundo quiere subirse al carro. ¿Por qué no prueba un bocado primero y luego le explico la diferencia? —La tía Mei-Man le pasa a la mujer una porción de pastel—. Comer pastelitos de sol es toda una habilidad. Primero, fíjese en el aroma. ¿Puede oler la suculencia de la malta y la mantequilla? Bien, ¿ve cómo la masa es tan crujiente que se desmiga al tacto? El número de finas capas es lo que demuestra la habilidad del pastelero. Ahora tome un bocado… Eso es, un buen bocado… ¿No se derrite la masa nada más entrar en la boca? Por no mencionar el azúcar de malta, suave y dulce, que por algún motivo no se pega en los dientes. ¡Por eso nuestros pasteles causan furor entre nuestra clientela de todas las edades! Me pregunta si los de aquí tienen algo especial… Pues, de primeras, nuestros pasteles son una delicia; segundo, usamos ingredientes de calidad, y tercero, nuestro establecimiento lleva abierto más de sesenta años, lo que significa que todos nuestros pasteleros son artesanos experimentados. ¿Cómo se va a poder comparar cualquiera de las demás tiendas ordinarias de la calle con su destreza?

A pesar del grandilocuente discurso, la pareja permanece impertérrita. Al final, tía Mei-Man se ve obligada a ofrecerles un descuento del veinte por ciento para vender solo dos cajitas. Mientras se marchan, oigo a la mujer que le bisbisea a su compañero: «Ni después de que me haya dicho todo eso sé qué los hace tan distintos».

Mi tío abuelo ha debido de oírla también. Tras servirme lo que queda de té, me dice:

—A la gente hoy en día no le importa si algo tiene buen sabor o no, y no saben apreciar la diferencia entre los pasteles. Si Yang Tzu Tang echara el cierre, simplemente se irían a la siguiente pastelería. —Se queda callado unos segundos—. A nadie le importa —añade finalmente.

CAPÍTULO CUATRO

E l término *wagashi* se emplea para hacer referencia a los pastelitos tradicionales japoneses, y se los nombró así para distinguirlos de los dulces occidentales, llamados *yogashi*. *Wa* significa «japonés», mientras que *yo* alude a «occidental». Hay un amplio abanico de *wagashi*, entre los que se cuentan la gelatina de judía roja *yokan*; el *mochi warabi*, hecho con almidón de helecho; la gelatina *kingyokukan*, los bollitos *manju*, y muchos más. Para ser más específicos, los *wagashi* se pueden clasificar según la cantidad de agua. Los *namagashi* son los que contienen más humedad, los *han-namagashi* se sitúan en un término medio, mientras que los *higashi* son los que tienen un índice menor.

No fue hasta que empecé a trabajar en Han Shun Do cuando aprendí cómo se clasificaban las tiendas de Kioto que se dedicaban a la venta de productos *wagashi*. En términos generales, se pueden establecer dos tipos de establecimientos: en el primero, se venden productos menos elaborados y cotidianos, como los mochis *daifuku*, pastelitos *dorayaki* o bollitos *manju*; mientras que el segundo tipo se especializa en preparaciones de lujo pensadas para regalar o para ocasiones especiales. Los verdaderos oriundos de Kioto jamás confundirían una clase de tienda con otra.

Han Shun Do, cuya fundación se remontaba a más de ciento cincuenta años atrás, pertenecía a esa segunda categoría.

Llamaban a sus productos distintivos *jo-namagashi*, que literalmente se traducía como *namagashi* «altos» o «superiores», que se confeccionan con sumo esmero y se preparan específicamente para cada estación. Durante los primeros años de vida del negocio, su clientela consistía mayoritariamente en aristócratas locales o personas de la alta sociedad japonesa que acudían de visita de otras regiones del país. Ya sea para disfrutarlos en casa o para regalar, los *jo-namagashi* simbolizan el pináculo de la elegancia en la cultura japonesa. El señor Imanishi era la quinta generación que regentaba Han Shun Do, y no solo había heredado las recetas del obrador, sino también sus tradiciones, e incluso en el pasado había llegado a rechazar a algún cliente solo por no aprobar sus orígenes o su profesión. Según se contaba, una vez había dicho: «Solo los japoneses más refinados en todos los aspectos tienen derecho a saborear nuestros dulces». El dinero por sí solo no basta para comprar los sabores de Han Shun Do.

Las tiendas de toda la vida que funcionan siguiendo esas directrices estrictas abundan bastante en Kioto, pero dirigirlas para que el negocio funcione no es tarea fácil. La gerencia de Han Shun Do se había tenido que enfrentar a varios retos, surgidos con el paso del tiempo y el cambio en las costumbres: el fallecimiento de los clientes de más edad, los nuevos hábitos gastronómicos que priorizan los postres occidentales y la falta de conocimiento sobre los *wagashi* entre las nuevas generaciones.

El día de mi entrevista de trabajo, la señora Imanishi vislumbró una oportunidad para transformar Han Shun Do. Pensó: *Cualquier cliente que disfrutase de los «wagashi» de Han Shun Do debería ser tratado con aprecio y consideración.* Por ende, aparte de encargarme de las variadas tareas de Nakamura, el miembro del personal que se había hecho daño en un accidente de coche, también me asignaron el cometido de darles la bienvenida a los clientes extranjeros. Ese era el motivo por el que el señor Imanishi había accedido a contratarme.

El señor Imanishi era, sin lugar a duda, la persona más exigente y quisquillosa que había conocido jamás. Aunque en mi caso había hecho una excepción y me había permitido el acceso a Han Shun Do, me trataba con más mano dura que a los demás. De hecho, no había tenido tiempo ni de poner un pie en el obrador cuando ya había quebrantado una de sus normas… debido a mi ropa.

—Señor Hsu, ¿qué pensarán nuestros clientes cuando vean su indumentaria?

Se plantó delante de mí con los brazos en jarras, taladrándome con la mirada como un águila. Oír que me interpelaba como «señor», aunque yo ostentaba una posición inferior en la jerarquía, me pareció que era una manera de mofarse de mí. Alarmado, bajé la mirada hacia el uniforme blanco de trabajo que me acababa de poner y que estaba tan limpio que como mucho podía tener algún hilillo suelto. Me quedé sin palabras, y no se me ocurrió nada que responderle. El señor Imanishi giró sobre los talones y se marchó dando largas zancadas, claramente contrariado.

La señora Imanishi acudió al rescate. Llevaba puesto un kimono del color de las hojas caídas de otoño acompañado de una sonrisa afable. Me recolocó el gorro, me alisó el cuello ligeramente doblado y me allanó la tela de los pantalones.

—An-Chun, somos más estrictos contigo porque tú estarás en contacto con los clientes. No nos decepciones.

—Sí, señora. Lo comprendo. ¡Gracias!

Envalentonado por la sonrisa de la anciana, respiré hondo y entré en la zona de preparación. La primera tarea que me asignaron fue la limpieza de los cuencos de acero inoxidable y los cazos y ollas de cobre que se habían usado durante la mañana. Los recipientes abarcaban una amplia variedad de tamaños y contenían distintos tipos de residuos pegajosos de color claro. Como no había probado los *wagashi* nunca antes, no había ninguna posibilidad de que pudiera identificar de qué ingredientes se trataba. Me dispuse a frotar con empeño y solo me distraía de vez en cuando el maravilloso aroma de las judías que se cocían y emitían volutas de vapor. Cada vez que dejaba de restregar, la zona de preparación se sumía en un silencio absoluto; los otros tres pasteleros tenían toda la atención puesta en darles forma a los pequeños dulces con las palmas de las manos, inmersos en la concentración que se debe tener al confeccionar una obra de valor incalculable. Reemprendía la limpieza solo para romper aquel silencio inquietante. Tras terminar, coloqué los cuencos y las ollas ordenadamente para que se secaran.

—Lávalos otra vez.

La repentina orden del señor Imanishi por poco hace que lo tire todo por el suelo.

—¡Sí, señor! —exclamé, intentando imprimir en mi voz todo el entusiasmo posible.

—Señor Hsu, me está hablando a mí, no a toda la sala. No hay ninguna necesidad de gritar.

Por su expresión sabía que había hecho algo tremendamente irrespetuoso.

—Ah, sí. Lo siento.

Me recordé que me encontraba en una tienda de *wagashi* de Kioto, que era la encarnación de la elegancia, no en un puesto de buñuelos *takoyaki* de Osaka, donde lo que más se valoraba era la vivacidad. Muerto de vergüenza, volví a meter los cuencos en el fregadero y los limpié otra vez a conciencia.

Me llevé una gran sorpresa cuando el señor Imanishi se acercó para inspeccionar el resultado de mi segundo intento. Levantó uno de los boles, le pasó la punta del dedo por dentro, lo olió y me soltó:

—Todavía se huelen las judías. Vuélvelos a lavar.

Olfateé todo lo profundo que pude, pero fui incapaz de detectar aroma alguno. Al ver mi expresión de desconcierto, llamó a uno de los pasteleros llamado Takahashi, que parecía tener unos treinta y pocos años. Takahashi metió la nariz en el cuenco y proclamó con voz gélida:

—Huele a judías.

La vergüenza se entremezcló con la confusión. Agaché la cabeza. No estaba del todo seguro de si aquella era la manera que tenía el señor Imanishi de espantarme o de si simplemente yo era incapaz de alcanzar los estándares japoneses en algo tan sencillo como lavar el menaje de cocina. Cada vez que me ordenaban que volviera a frotar, mi vida pasaba ante mis ojos como si fuera una película, y empecé a cuestionarme todas las escenas que me habían llevado a aquella situación: sin haber logrado nada destacable aparte de haber cruzado un océano solo para estar refregando unos cuantos cacharros.

Me vino Koike a la cabeza. Una vez me dijo algo parecido. «Puede que ahora parezca que estoy feliz», me había dicho, «pero hubo una época en la que solía preguntarme: "¿Qué diablos hago vendiendo *takoyaki*?". O sea… ¿Me voy a pasar día sí y día también troceando pulpo, removiendo masa y limpiando la parrilla? ¡Me subía por las paredes, colega!». En ese momento me entraron ganas de decirle que sus *takoyaki* eran deliciosos; sin embargo, prosiguió con una expresión solemne que no le había visto nunca antes: «Pero también me pica la curiosidad por hasta dónde soy capaz de llegar... ¿me explico? Quiero seguir, hasta llegar al punto en el que no pueda dar ni un paso más... Quiero ver cómo son las cosas cuando alcance mi límite. Así que he seguido preparando los *takoyaki* cada día, y ahora todavía siento que puedo seguir avanzando».

Con el espíritu de Koike en mente, lavé las ollas y los boles por tercera, cuarta y quinta vez. Antes de darme cuenta, había pasado tres horas seguidas frotando sin parar. Cuando le pedí al señor Imanishi que acudiera para la revisión final, su sorpresa se reflejó en cada una de las gotas de sudor que me perlaban la frente. Las palabras que pronunció a continuación fueron el contrataque perfecto a mi desafiante perseverancia:

—Llevamos más de cien años dejándonos la piel en este sitio. Queremos que nuestros clientes perciban nuestra dedicación. Ahora lo comprendes.

Ese fue el preciso instante en el que percibí todo el esplendor de la tienda en la que había entrado. La magnificencia que envolvía a Han Shun Do.

Pero ¿y si toda aquella dedicación no era recibida positivamente por los clientes? ¿Qué harían entonces?

CAPÍTULO CINCO

Da comienzo mi nueva vida en Yang Tzu Tang. Cada mañana, mi tío abuelo llega a las siete, y los demás pasteleros entran a trabajar a las siete y media. Mientras que yo todavía estoy medio dormido, ellos ya se han puesto los uniformes de trabajo, se han lavado la cara para quitarse el sueño de los ojos, se han frotado bien las manos y han empezado a preparar los ingredientes y a mezclar la harina. Aunque para mí se trata de un ambiente completamente desconocido, nadie tiene tiempo de guiarme paso a paso. La tía Mei-Man me ha apartado a un lado y me ha bisbiseado:

—Aquí solo hay dos pasteleros que lleven la batuta, uno es tu tío abuelo, y el otro es Orca. Mientras vea que te esfuerzas, te dejará en paz.

El origen del apodo de Orca es obvio si tenemos en cuenta su tez morena, pero creo que también tiene que ver con su carácter. A pesar de su corta estatura y su complexión delgada —no mide más de metro sesenta—, sus reprimendas son lo bastante estruendosas como para que se oigan por todo Yang Tzu Tang. Y no solo tiene una voz atronadora, su mirada es tan mortífera como la de un lobo. Si se pusiera de cuclillas en la esquina de una calle con un cigarrillo en los labios, todos los transeúntes que pasaran cerca de él darían por sentado que se trata de un despiadado gánster.

La salud de mi tío abuelo se ha ido deteriorando en los últimos años, lo que significa que en raras ocasiones levanta la voz. Ahora es Orca quien ha tomado el relevo y supervisa toda la producción. Aparte de estos dos chefs, el resto de la plantilla del obrador de Yang Tzu Tang puede clasificarse según sus habilidades. En el puesto de *sous chef* tenemos a Liebre, y los dos jefes de partida son Yuan y Parker.

A Liebre le pusieron ese apodo porque su esposa le bordó un conejito blanco en la chaquetilla de trabajo. De lo contrario, si uno tenía en cuenta su imponente altura, deberían haberle puesto Oso de nombre. Es extremadamente educado y amable, el prototipo de «chico majo». Al principio me dirigía a él usando el término «chef», pero me insistió en que lo llamara Liebre, aduciendo que no se merecía ese trato.

Yuan es más o menos de mi quinta, pero es anormalmente silencioso. Si se le presenta la oportunidad, no pronuncia ni una sola palabra en todo el día.

Parker, por su parte, solo es jefe de partida en Yang Tzu Tang, pero en realidad se trata de un panadero reputado que había trabajado en su día en una panadería de prestigio.

En cuanto a mí... Como no sé absolutamente nada, ocupo el eslabón más bajo, en el papel de «aprendiz», lo que básicamente se traduce en limpiar y encargarme de las tareas que me encomienden. Lo primero de lo que debo ocuparme es de verificar la ficha de producción, en la que se especifican los productos y las cantidades que se deben hacer durante el día, y también preparo los ingredientes. Aunque parezca una labor sencilla, entrar en el almacén es como embarcarse en una búsqueda del tesoro. Aunque la habitación no ocupa más que unos pocos metros cuadrados, los ingredientes están guardados a casi el doble de mi altura. Hay harina, azúcar, sal, maltosa, mantequilla y todo tipo de sustancias para los rellenos. Solo la harina está dividida en diferentes variedades. Cada vez que salgo del almacén, lo hago cargando con varios kilos de ingredientes en los brazos.

Tardo bastante rato en localizar los ingredientes correctos, y una vez hallados, debo pesar las cantidades precisas. Mientras contengo el aliento y mido con sumo cuidado el azúcar en la báscula hasta alcanzar exactamente los tres kilos que me han pedido, oigo a Orca rugir:

—¡Como te demores más terminarás para cuando nos tengamos que ir! ¡Venga, deprisa! ¡Con un valor aproximado basta!

De repente, la mesa se cubre de azúcar. Me arrebata el cuenco con la cantidad incorrecta y me golpea en la pantorrilla al mismo tiempo.

Liebre retira el azúcar esparcido y lo tira al cubo de la basura con un movimiento fluido de su enorme mano.

—No le des más vueltas. Deprisa, empieza con la masa *you-pi*.

Yuan y yo vertemos harina, agua, aceite y azúcar en el recipiente de la batidora y el pastelero baja sin mediar palabra el botón de la máquina a la posición «uno» de las tres que tiene.

—¿Qué significa que esté en el «uno»? —pregunto.

—Es la velocidad de rotación. Cuanto más alto es el número, más rápido va.

—¿Cuándo es necesario ponerlo en el «tres»?

—¿Ya habéis terminado con el trabajo? ¿Por eso estáis aquí de cháchara? —nos dice Orca, que vuelve a aparecer, apartándome a un lado para comprobar cómo bate la máquina.

—¡An-Chun, ven a ayudarme! —exclama Parker, que está sacando la masa de otra batidora industrial.

Veo que el accesorio de esa batidora es distinto.

—Este tiene forma de hoja, pero el de la otra batidora se parece a una «S» —observo.

—Puedes cambiarle los accesorios. La otra máquina sirve para mezclar la masa *you-pi*, que necesita un gancho de amasado. Esta es para preparar masa *you-su*, y emplea una pala batidora.

—¿Qué es *you-pi*? ¿Qué es *you-su*? —pregunto con los brazos llenos de masa.

—¡Joder! ¿Te piensas que estamos en una escuela, o qué? —Orca me propina un manotazo en la cabeza, con más fuerza que cuando me ha pateado—. ¡Tanta preguntita! Mira lo que te digo, si no sacamos cuatrocientas unidades de pastelitos de sol antes del mediodía, ¡ya puedes irte olvidando de almorzar! Liebre y Parker, ¡dejad de darle cuerda!

Durante lo que queda de mañana, cuando termino una tarea e intento hablar con Liebre o con Parker (o incluso con el silencioso Yuan), Orca me asigna al instante otro trabajo, sin dejarme espacio para abrir la boca. Incluso me hace ir por separado a la pausa. Pero cuanto más se esfuerza en impedir que haga preguntas, más crece mi curiosidad por las respuestas.

Por la tarde, procuro enfocarlo de una manera más audaz. Hago una nota mental con todas las preguntas que se me ocurren y entonces, cuando se dan algunos breves instantes de tiempo libre, las formulo todas seguidas en un susurro, tras comprobar que Orca esté a una distancia prudencial. Para mi sorpresa, todos me ofrecen respuestas distintas para cada una de mis consultas:

—Ey, Yuan, ¿qué diferencia hay entre la masa *you-pi* y la *you-su*?

—Los ingredientes. Afectan a la elasticidad. Cada pasta es diferente. Para algunas te interesa que la textura sea elástica y en otras no.

Esta aclaración tan parca hace que la respuesta no termine de responder a mi pregunta.

La explicación que me proporciona Liebre más tarde es más extensa; no en balde él es el *sous-chef*.

—La *you-su* se hace con aceite y harina con poco gluten, y al mezclarla con la pala la textura resultante es más fina. La *you-pi* necesita una harina con más gluten, azúcar y agua, y el gancho de amasado que le aporta elasticidad. Las pastas en las que se emplea *you-su* tienen una textura más crujiente, mientras que en las que se usa *you-pi* se hinchan más cuando se hornean. Ambas se tienen que complementar mutuamente para formar una corteza hojaldrada, que se llama *you-su-pi*. Las cortezas se pueden dividir en hojaldradas, como en el caso de la *you-su-pi*, y blandas o masticables, como la *gao-jiang-pi*. Los pastelitos de sol tienen una corteza crujiente *you-su-pi*, mientras que los pasteles de luna cantoneses tienen una corteza blanda *gao-jiang-pi*.

Pero la que me sorprende más es la respuesta de Parker:

—¿Estás preguntando por los pastelitos de sol? En el caso de Yang Tzu Tang, cada porción apenas llega a los sesenta gramos. Si vas a sacar veinte porciones por tanda, necesitarás trescientos sesenta gramos de harina de media fuerza, noventa gramos de harina floja, ciento ochenta mililitros de agua y ciento dieciséis gramos de manteca de cerdo...

Expone el resto de la receta en una sola bocanada de aire, como si estuviera recitando las tablas de multiplicar, como si la pastelería fuera una ciencia.

—¡Pues claro que es una ciencia! Hornear pan es una ciencia, igual que hornear pastas. Pero lo que te acabo de decir solo sirve para Yang Tzu Tang. Cada obrador tiene sus propias medidas que le funcionan. —Se encoge de hombros y sigue porcionando la masa *you-pi* que tiene delante.

—¿Sabes cuántos gramos pesa la porción que acabas de cortar? —le pregunto.

—Seguramente cuarenta y ocho. —Deja la porción de masa sobre la báscula digital y, efectivamente, pesa exactamente cuarenta y ocho gramos.

Un rato después, mientras Liebre corta masa *you-pi* para un pastel de piña en lo que yo le aguanto el relleno de calabaza blanca, aprovecho que Orca ha ido al baño para preguntarle:

—¿Cuántos gramos pesa esta masa *you-pi*?

Si Parker, que es el jefe de partida, resulta tan impresionante, ¿será Liebre, que es el *sous chef*, incluso más?

Liebre sopesa la respuesta.

—Mmm... Diría que unos sesenta gramos.

Dejo la bola de masa sobre la báscula: cincuenta y nueve con tres.

—Le falta un poco...

—La báscula se usa solo como punto de referencia —me aclara—. Lo más importante es el toque del pastelero. Ahora te costará entenderlo, pero cuando lleves un tiempo dedicándote a esto, sabrás que la *you-pi* para la tarta de piña debe de ser de esta cantidad, mientras que para el pastel de *taro* se usaría esta. —Con los dedos índice y pulgar de ambas manos crea dos círculos de tamaños distintos—. Con hacerlo a ojo basta.

Tras una breve pausa, añade:

—Cuando nosotros éramos aprendices, no se nos permitía hacer preguntas, solo podíamos observar y aprender. Ningún maestro pastelero te dirá si algo son equis gramos o tantos mililitros. ¿Entiendes lo que te digo?

Por más que me esté sonriendo, sé que no puedo tensar más la cuerda, así que no formulo ni una pregunta más durante el resto del día.

Durante esta primera jornada, con la excepción de los treinta minutos que me siento para tomar el almuerzo, estoy de pie durante nueve eternas horas, pesando ingredientes, levantando voluminosos objetos, inspeccionando cómo funcionan las máquinas y limpiando utensilios hasta terminar con todo el cuerpo dolorido. Sentía unos calambres que me subían por los gemelos, pero tenía la mente inesperadamente activa, a pesar de la confusión física, y todos mis pensamientos eran una maraña de desconcierto.

La experiencia que había vivido en Kioto distaba mucho del cariz estricto y conservador que predominaba en la elaboración tradicional de los *gao-bing* taiwaneses. Entrar en Han Shun Do era una tarea encomiable, pero una vez que aceptaba a un aprendiz, el señor Imanishi se mostraba muy dispuesto a enseñarle todas sus técnicas. Incluso organizaba las Reuniones Mensuales de *Wagashi*, en las que varios chefs pasteleros tenían la oportunidad de observar y aprender del trabajo de los demás.

Fue en una de esas reuniones donde vi por primera vez a Emiko.

CAPÍTULO SEIS

Tras la estremecedora «experiencia educativa» que había sido mi primer día en Han Shun Do, empecé a sentir algo que no había experimentado jamás. Trabajar en aquel lugar no solo requería diligencia, sino también una dedicación constante para tratar a los clientes con sinceridad y sumo cuidado. Era como si las palabras del señor Imanishi hubiesen despertado algo en mi interior; tras aquel primer día, nunca tuvieron que reprenderme por cómo limpiaba los cacharros, e incluso tuve la oportunidad de ayudar a los demás pasteleros.

—Oye, ¿sabes que esta tarde es la Reunión Mensual de *Wagashi*?

Eso me lo dijo Kato, que era quien tenía una edad más parecida a la mía y con el que me llevaba mejor. Había aguantado en Han Shun Do tres años enteros, lo que significaba que había superado el periodo más extenuante en el que se llevaban a cabo los recados y las exigencias, y había pasado a iniciarse en el aprendizaje más desafiante que suponía dominar el arte de la elaboración de *wagashi*. Aunque siempre le respondía al señor Imanishi con un respetuoso «¡sí, señor!», en el fondo era un bromista, y a menudo me ponía muecas durante las pausas.

—¿Qué es eso?

Estaba ocupado ayudándolo a preparar las judías rojas, que se tenían que lavar hasta que el agua saliera completamente limpia.

—Todos los pasteleros creamos nuestro propio *wagashi*, según la estación, y luego juzgamos las creaciones de los demás. Si la tuya es un éxito, entonces se pone a la venta en la tienda como uno de los productos especiales de temporada. ¿Qué te viene a la mente cuando piensas en el otoño?

—Diría que las hojas de arce.

Visualicé los arces que había visto en el templo de Kiyomizu-dera y lo emocionada que estaba mamá la vez que fue con sus amigos a contemplar el follaje de los arces del parque nacional Aowanda en Taiwán.

Él asintió.

—Sí, claro. Pero también están las nueces, los boniatos, los crisantemos, los ginkgos, y en cuanto a las fiestas tradicionales, tenemos el Festival del Crisantemo y la Fiesta de la Luna. Me las he visto negras para decidir qué tipo de *wagashi* quería confeccionar.

Sabía que Han Shun Do sacaba a la venta un *wagashi* nuevo cada mes, pero había dado por sentado que se trataba de una estrategia de *marketing*, y no me había fijado en que en realidad seguía el cambio de las estaciones.

—Oye, Takahashi, ¿qué vas a preparar esta vez? —preguntó Kato al pastelero que trabajaba en la mesa de al lado.

—Lo verás esta tarde. Tenemos que priorizar los *jo-namagashi* para el sumo sacerdote de Kiyomizu-dera… No puede ser que por nuestra culpa se atrase su ceremonia del té.

Takahashi dio por zanjada la conversación sin levantar la cabeza siquiera para mirarnos. Aunque a duras penas había iniciado la treintena, irradiaba el aura de alguien de mucha más edad. Era una persona de pocas palabras y menos sonrisas, y su pelo rapado parecía ser una muestra de su personalidad. Según me habían dicho, era el heredero de una tienda de *wagashi* en Yokohama y estaba de aprendiz en Han Shun Do gracias a la influencia de algún contacto especial. Sin embargo, a la luz de la falta total de reservas con la que el señor Imanishi le enseñaba las técnicas de Han Shun Do, debía de poseer un talento que ni siquiera el anciano quería que se echara a perder.

—Bueno, vale, lo descubriremos por la tarde —repuso Kato y me guiñó el ojo. Parecía muy seguro de sí mismo.

Esa misma tarde, después de acompañar al señor Imanishi a entregar los *wagashi* en el templo Kiyomizu-dera, me convocaron a la sala donde había tenido lugar la entrevista para trabajar en Han Shun Do. El ambiente sobrio solo me proporcionó el tiempo suficiente para echarle un vistazo rápido a las demás personas presentes antes de doblar las piernas en la mejor posición arrodillada que pude adoptar. Takahashi, Kato y Yoshida —que solo ayudaba en la tienda esporádicamente— ya estaban sentados de rodillas, formando una fila. Al otro lado de la mesa baja estaban el señor Imanishi y el señor Ono, el chef pastelero que llevaba trabajando en Han Shun Do más de cuarenta años. En la esquina más alejada, había una chica con una sudadera de color rosa que parecía una adolescente. Lucía una expresión que era a la vez tierna y adusta, y me recordó a un cerezo que acabara de florecer.

—Estamos aquí para decidir el *wagashi* de octubre, el mes sin dioses. ¿Cómo vais a representar al benévolo otoño? Yoshida, empezaremos contigo.

Yoshida presentó una bandejita esmaltada de color rojo llena de sus *wagashi*: un postre de color amarronado con unos delicados pliegues, como un *xiaolongbao*. Los dulces iban acompañados de un papel con el nombre escrito en elegantes trazos: *kuri chakin*, «mantelito de castaña».

Era la primera vez que participaba en una cata de *wagashi*. Como no estaba seguro de cómo debía proceder, observé lo que hacían los demás. Todos empezaron por escudriñar con detenimiento el postre desde distintos ángulos, después emplearon un palillo de madera para cortar una pequeña porción y finalmente saborearon el bocado a conciencia. Los imité sin demora. El *wagashi* se deshizo en mi boca, llenándola de un intenso sabor a castaña. No cabía duda de que evocaba la esencia de la abundancia del otoño.

—El *kuri chakin* parece una elaboración sencilla, pero no lo es en absoluto. Yoshida, el que nos ofreces ahora contiene un sabor sofisticado que evoluciona en boca. Y la apariencia también es preciosa —dijo el señor Ono. Yoshida inclinó la cabeza, agradecido.

Seguidamente fue el turno de Kato. Este les acercó un platito esmaltado de color negro, en cuyo centro había… exactamente lo que ponía escrito en la nota que acompañaba el *wagashi*: *matsukasa*, «piña». ¡Eso justamente había en el plato! El exterior, de un tono marrón oscuro, evolucionaba trazando escamas sobrepuestas cuyos extremos estaban pintados con pequeños puntos negros. Al cortarlo, el postre reveló un denso núcleo de pasta de judías rojas. Pensé que ni siquiera una ardilla habría notado la diferencia si Kato hubiese dejado caer la piña sobre la hierba.

—Los detalles de esta pieza están logrados con maestría —apuntó el señor Ono—. Le has puesto todo tu empeño, ¿verdad?

—Las ardillas eligen las piñas más bonitas, así que rebusqué entre las que tenían escondidas. Es gracias a ellas que he podido hacer este *wagashi*.

Kato tenía por costumbre bromear siempre que se le presentaba la oportunidad. Aquel comentario hizo que la señora

Imanishi soltara una risilla, lo que ayudó a distender un poco el ambiente de la sala.

El último fue Takahashi. Usó un plato de cerámica gris en forma de pétalos de flor en cuyo centro había unos *wagashi* de forma esférica. La superficie de los pequeños dulces estaba recubierta de finas virutas, creadas con tanta pericia que casi daban la sensación de ser esponjosas. Los colores predominantes eran el naranja y el amarillo, adornados con algunos trazos de rojo intenso. El conjunto parecía la visión aérea que tenía un pájaro de una montaña en otoño. Las delicadas virutas que conformaban la superficie del *wagashi* se asemejaban a unas hojas que fueran a salir despedidas al aire con un soplo de brisa. Takahashi había elegido una nota especial en forma de hoja de arce para escribir el nombre del dulce, en unas letras muy elegantes: *kinshu*, «follaje bordado».

—Ah, es un *wagashi* espléndido, al estilo *kinton*. El nombre es muy poético, y el producto final, alegre y pintoresco. Tiene un sabor suave, que casa perfectamente con la ligereza de las hojas. Muy original.

Quedaba clara la aprobación del señor Ono. Tanto el severo señor Imanishi como el competitivo Kato guardaron silencio. Incluso yo, que no comprendía la terminología empleada con los *wagashi*, podía percibir la calidad del trabajo de Takahashi.

—Gracias —dijo este con serenidad, sin denotar ninguna muestra de alivio ni de alegría.

—Muy bien. Bueno, para el tema del *wagashi* del mes que viene…

—Si no les importa… —fue la chica joven quien interrumpió al señor Imanishi—, ¿tendrían a bien probar el *wagashi* que he preparado yo?

—Ni hablar. —La voz del señor Imanishi cayó como un trueno, haciendo que todos los presentes se quedaran inmóviles—. Todavía no eres pastelera.

—Por favor, déjame intentarlo. ¡Me gustaría saber vuestra opinión! —Hizo una reverencia y apoyó la frente sobre el suelo de tatami—. ¡Por favor!

Fue el señor Ono quien rompió el silencio:

—Pues claro que lo probaremos, Emiko. Nos morimos de ganas.

La muchacha levantó la cabeza y miró en dirección al señor Imanishi, quien no vocalizó ninguna objeción más. Le temblaban las manos cuando les acercó su creación.

A diferencia de los platos elegidos a conciencia que habían usado los demás, ella había seleccionado una simple bandejita de madera de teca sin adornos. La simplicidad de la vajilla ayudaba a resaltar el esplendor del *wagashi*. Cuando lo vi, incluso yo —que no tenía ni idea— aprecié el brillo de la luz otoñal y algo se removió en mi corazón. El dulce tenía la forma de una hoja de arce. Los colores de cada una de las hojas replicaban a la perfección la estampa que había visto la primera vez que visité el templo de Kiyomizu: abarcaba el verde oscuro de la vegetación, unos enérgicos tonos amarillos y anaranjados y, finalmente, pinceladas de color rojo intenso. Aquella confección, del tamaño de su palma, comprendía los cambios estacionales desde el verano hasta el otoño.

—Se llama *shufu*, «brisa otoñal». Las hojas del arce parecen cambiar de color al instante cuando el viento del otoño las mece… Quería plasmar ese preciso momento. Mi idea es que cuando los clientes disfruten de este *wagashi*, no solo esperen con ansias contemplar el follaje rojizo, sino que también piensen con nostalgia en las hojas verdes del verano. Eso es lo que tenía en mente.

Emiko habló con una voz suave y amable, como si estuviera recitando poesía. Con sus palabras de fondo, levanté con cuidado la tabla de madera y observé cómo la luz que se filtraba desde el patio proyectaba distintas sombras sobre las hojas de arce, dependiendo del ángulo.

—Señor Hsu, ya que lo está observando con tanto detenimiento, ¿tiene alguna opinión que compartir con el resto?

La pregunta del señor Imanishi hizo que todos los ojos, incluyendo los de Emiko, se volvieran hacia mí.

Dejé la tabla en su sitio con torpeza.

—Los *wagashi* son una forma de arte, de eso no me cabe duda.

El ceño fruncido de Emiko se relajó lentamente y sus ojos y sus labios se curvaron para formar una tímida sonrisa. En ese instante, el otoño de Kioto me pareció que florecía y se transformaba en una primavera cargada de los colores de las flores de los cerezos.

CAPÍTULO SIETE

Mi mente está sumida en el caos. El caos no lo desatan solo las preguntas sin respuesta sobre la preparación de los *gao-bing*, sino también los recuerdos de Han Shun Do que ha despertado el hecho de trabajar en Yang Tzu Tang —unos recuerdos que había enterrado a propósito en lo más profundo de mi ser porque en ellos estaba Emiko—. Tal vez porque ambos se dedican a la industria de la pastelería tradicional, los dos establecimientos comparten muchas similitudes: las largas mesas de trabajo, los cuencos de acero inoxidable de todos los tamaños habidos y por haber, los distintos tipos de harina y rellenos, y el dulce aroma que impregna todo el ambiente. De repente, descubro que inevitablemente estoy revolviendo los recuerdos al tiempo que hago lo mismo con la mantequilla, y me olvido de si estoy en Taiwán o en Japón, como si hubiese un universo paralelo en el que todavía remuevo la pasta de judías rojas en Han Shun Do.

—¿Holgazaneando ya nada más entrar? —me pregunta Liebre al verme con la mirada perdida en el espacio del almacén—. Hace días que estás en las nubes. No me digas que todavía calculas los gramos y los mililitros... —Frunce el ceño por detrás de sus redondas gafas.

—No, pero es que hay muchas cosas que no comprendo. ¿Por qué se hace la pasta *gao-bing* de esa manera? ¿Por qué cada pastelero sigue un procedimiento distinto para hacerla? Ni siquiera sé por qué a los pastelitos de sol se los llama así.

Me rasco la cabeza. Cada uno de los mechones de mi pelo parece albergar una pregunta.

—¿De verdad para ti es tan importante saber por qué a los pastelitos de sol se los llama así?

Parece sorprendido, lo que hace que la vergüenza me embargue al instante. Le cuento lo que viví en Han Shun Do, donde a todas las creaciones de *wagashi* les ponían un nombre en honor a la estación que fuera, y en cómo el nombre en sí mismo era una parte integral de la cata de los dulces, sobre todo un nombre tan poético como el que había puesto Emiko, «brisa otoñal».

—Pero ¿lo que preparó no tenía forma de hoja de arce? ¿Por qué no le puso ese nombre?

—Eso fue lo más notable del nombre. Quería transmitir que las hojas de arce cambiaban de color gracias a la caricia de la brisa otoñal.

Liebre rumia durante unos segundos.

—¿Te sentirías mejor si supieras de dónde viene el nombre del pastelito de sol? —Asiento con vigor—. Me han contado varias versiones… como, por ejemplo, la leyenda sobre el Tiangou, el perro celeste que se comía el sol, o la que habla sobre malcasar a tu propia hija, o alguna otra historia de cuando los japoneses gobernaban en Taiwán… Pero la verdad es que no creo que ninguna de ellas sea verdad. Lo único que es completamente cierto es que estos pastelitos tienen forma redonda, con el sello del fabricante estampado en el centro del círculo con colorante rojo, dándole la apariencia de un sol, es decir, *tai-yang* en chino. Así que lo llamamos *tai-yang-ing*, «pastelito de sol». Así de simple. Es lo mismo con los pasteles de piña que, por lo general, aunque contienen más cantidad de relleno de calabaza blanca y solo una pequeña porción de piña, se les llama así porque la palabra para «piña» en el dialecto taiwanés, *ông-lâi*, es también un juego de palabras que significa «fortuna venidera», así que la gente se decantó por designar el postre con el nombre más favorable. Ah, o como con las empanadillas rellenas de soja verde, que se llaman *liktāu-phòng* en taiwanés, porque hacen *phòng!* —«pum»— cuando las calientas.

Entonces cambia de tema sutilmente.

—Los taiwaneses somos personas muy directas. No les damos demasiadas vueltas a estos complicados motivos de por qué las cosas son de una manera o de otra. Lo más importante es vivir bien de un día para otro. Si, como yo, tuvieras una esposa y una hija a las que mantener, si tuvieras que preocuparte por pagar el alquiler y la matrícula del colegio, no tendrías tiempo para pensar en por qué los pastelitos de sol se llaman así. Solo pensarías en confeccionar más dulces para poder venderlos cuanto antes.

De repente endurece la mirada, como si alguien con una personalidad completamente distinta poseyera todo su cuerpo. Abro la boca con la intención de decir algo que traiga de vuelta al bonachón de Liebre, pero no se me ocurre nada adecuado.

Me sonríe, regresando a su carácter afable de siempre, y me da unas palmaditas en el hombro.

—Le das demasiadas vueltas a las cosas, An-Chun.

Cuando se marcha, la neblina en la que están envueltos mis pensamientos solo consigue espesarse.

—¿¡Ya estás ganduleando!? —me ruge Orca—. Ve a por dos kilos de azúcar y luego… bueno, ¡mírate la lista tú mismo! ¡Espabila!

Sin darme tiempo a responder, me estampa la lista de ingredientes contra el pecho. Los caracteres escritos a mano parecen hileras de soldados con armadura en posición de firmes, con los brazos arrimados al cuerpo y los talones tocándose. Me parece inconcebible que Orca, que a duras penas es capaz de decir dos frases seguidas sin soltar una palabrota, tenga una caligrafía tan refinada. Soy incapaz de contenerme, así que le digo sin pensar:

—¡Chef, tiene una caligrafía impresionante!

Ya se estaba yendo, pero gira sobre los talones y me golpea en la cabeza con la mano llena de harina. El polvo blanco sale disparado por doquier.

—¿Te estás burlando de mí, pedazo de mierda? ¡Está claro que no he sido yo quien ha escrito esto! ¡Ha sido tu tío abuelo! ¡Ahora deja de mirarme embobado y mueve el culo!

Hace mucho tiempo que Orca debió de dominar el noble arte de hacer ostentosos movimientos que en realidad impactan con la misma fuerza que una gota de agua, así que sus golpes a duras penas duelen. En comparación con el manotazo harinoso, me afecta más saber que esa letra pertenece a mi tío abuelo. Se dice que la caligrafía es la manifestación de la personalidad de quien escribe. Habría dado por sentado que un garabato descuidado, en el que de vez en cuando saliera algún trazo volando hacia uno u otro lado, casaría más con el mal genio de mi tío abuelo. Por no mencionar que dejó la escuela a los catorce años para empezar a trabajar en Yang Tzu Tang. ¿Por qué tiene una escritura tan elegante?

Durante la pausa de la tarde, saco la lista de ingredientes de mi bolsillo y la examino con detenimiento en la sala vacía de la planta baja. Todos los trazos están dibujados con tanta precisión y confianza que la página podría pasar por una ficha de ejercicios de caligrafía impresa. En comparación, mi propia letra es como la de un niño: irregular, imprecisa y descuidada.

—Tu tío abuelo tiene una letra preciosa, ¿verdad?

Quien me habla es la tía Mei-Man, que está cortando algunos pastelitos de sol en porciones pequeñas para dar a probar. Solo le hacen falta cuatro tajos para cortar el dulce redondo en cuatro cuñas perfectamente iguales. En vez de seguir con su trabajo, se sienta delante de mí y me dice en un cuchicheo:

—Presta atención a lo que te voy a decir, An-Chun…, ¡tu tío abuelo aprendió a escribir así por una chica! Cuando empezó aquí, ¡ni siquiera sabía la diferencia entre el azúcar y la sacarina, y mucho menos cómo se escribían! Yo lo sé por lo que dicen los rumores, pero, por lo visto, la chica era de familia adinerada, así que jamás se habría fijado en un mero pastelero. Pero tu tío abuelo era un hombre persistente. Cada día, cuando había terminado de vender los dulces, recogía los periódicos que la gente ya había leído y practicaba su escritura. Si no tenía dinero para un bolígrafo y papel, entonces ensayaba con la arena y el polvo. ¡Se esforzó en eso mucho más de lo que lo había hecho en la escuela!

—¿Y qué pasó luego?

—¿Qué te crees que pasó? ¡Pues nada, por supuesto! La familia de ella se mudó a Taipéi y no regresó jamás. Algunas personas simplemente no están destinadas a casarse con alguien de un estatus superior, pero tu tío abuelo fue incapaz de aceptar algo así, y por eso se ha quedado soltero durante todos estos años. Es una pena.

El repentino sonido de unos pasos en las escaleras hace que dé un respingo.

—Vale, ya está bien… No le digas que te lo he contado.

—Regresa a la tienda mientras yo finjo estar ocupado con mi teléfono.

Mi tío abuelo entra en la sala de descanso.

—Los demás me han dicho que haces muchas preguntas.

—Tardo unos segundos en darme cuenta de que se está dirigiendo a mí. Por una parte, me siento aliviado de que no haya oído a la tía Mei-Man, pero por otro lado sé que debo prepararme para una regañina de campeonato. Pero no levanta la voz—. En esta profesión, no hay demasiado tiempo para las preguntas. Cuando yo era aprendiz, me formé con los ojos, no con la boca. Es fácil hacerte daño en una cocina si estás distraído. —Extiende la mano izquierda, a la que le falta el dedo meñique—. Lo perdí en una batidora… De hecho, casi pierdo toda la mano. En el futuro, si tienes preguntas, házmelas a mí.

Dicho esto, se marcha de la sala con aire arrogante, como el héroe de una novela de artes marciales.

Cuando era pequeño, me daba miedo mi tío abuelo, no solo porque siempre estaba gritando, sino también por el dedo que le faltaba en la mano izquierda, algo que me causaba tanto pavor como su mal genio. Aquella ausencia parecía estar anunciándole al mundo: «La vida de esta persona está llena de pesares».

Dicho esto, a mí jamás me gritó directamente, ni por aquel entonces. Yo era un niño muy travieso, y una vez volqué sin querer una bandeja entera de pastelitos de sol que acababa de salir del horno. Él me protegió bloqueando la bandeja con su brazo. A mí no me pasó nada, pero él se llevó una buena quemadura. Cuando estábamos en la sala de urgencias del hospital, simplemente me dijo: «An-Chun, en el futuro, no te acerques al horno».

Supongo que es su manera de mostrarme afecto.

Me tomo en serio las palabras que me ha dicho en la sala y, a partir de ese día, empiezo a hacer mi trabajo sin importunar a los demás con mis preguntas. También siento que comprendo a mi tío abuelo un poco mejor que antes. Como yo, se enamoró de alguien fuera de su alcance. A ambos nos abrasaron las heridas del amor no correspondido.

CAPÍTULO OCHO

A medida que el tiempo se enfriaba en Kioto, los árboles parecían ir prendiéndose lentamente. Algunas de las hojas de arce empezaron a ponerse rojas por las puntas. Poco después de la Reunión Mensual de *Wagashi*, el «follaje bordado» de Takahashi, la «piña» de Kato y el «mantelito de castaña» de Yoshida aparecieron en la vitrina de cristal de la tienda, esperando a que los clientes se llevaran aquellos sabores estacionales a casa. Solo faltaba la «brisa otoñal» de Emiko. Me dijeron que eso significaba que el señor Imanishi todavía no le había dado a su única hija su aprobación.

Después de eso, Emiko acudía a la tienda a menudo. Los institutos japoneses terminaban alrededor de las tres de la tarde, y ella llegaba poco después, se ponía un delantal por encima del uniforme escolar y practicaba la técnica de la preparación de *wagashi*. Todavía seguía allí cuando me marchaba del trabajo a las siete. A pesar de trabajar en el mismo espacio, durante aquellos primeros días no intercambiamos ni una sola palabra. Exudaba un aura de pura concentración, que hacía que la gente recelara de molestarla, y yo estaba demasiado ocupado rascando utensilios y limpiando la zona de trabajo. Incluso el descarado Kato parecía pensárselo dos veces antes de hablar con ella. Si el señor Ono no estaba presente, entonces Emiko dirigía sus preguntas a Takahashi, y sus conversaciones no se alargaban más que unas pocas frases. Desprendía un aire asceta, como el de alguien que medita bajo una cascada.

Kato me dijo cuando estábamos a solas que era una vida difícil y de lo más inusual para una estudiante de secundaria. Me contó que lo habitual en las adolescentes japonesas era que se apuntaran a alguna actividad extraescolar o acudieran a academias privadas al salir de clase. Había muy pocos alumnos que se marcharan directamente a casa como hacía Emiko, y los que lo hacían eran blanco fácil de las burlas de sus compañeros.

Cuando le dije que los estudiantes de secundaria de Taiwán no salían de clase hasta las cinco de la tarde y que luego se iban todos directamente a una academia privada hasta las nueve de la noche, él me respondió con un sencillo: «Estáis enfermos».

Un sábado por la tarde, mientras el sol brillaba pero sin calentar, y cuando la brisa de otoño barría el distrito de Higashiyama como si le estuviera quitando el polvo, terminé de trabajar pronto y me fui a dar un paseo, flanqueado por una hilera de casas tradicionales japonesas que se alargaba hasta la distancia. Los árboles que había en los patios de aquellas viviendas, por su parte, se alzaban hacia el cielo, con alguna hiedra ocasional que los recorría y donde despuntaban pequeñas flores. Aquellos jardines privados compartían su belleza con los transeúntes.

Me detuve delante de un racimo de frutos rojos que no había visto antes. Cuando estaba sacando mi teléfono para sacarle una fotografía, una voz a mi espalda dijo:

—Lo llaman «bambú sagrado». Si te pierdes y te encuentras con un bambú sagrado, sabrás que estás mirando al noreste. Según dice la leyenda, la puerta de los fantasmas se abre al noreste, y plantar bambú sagrado en esa dirección puede ahuyentar a los malos espíritus.

Quien hablaba era Emiko.

—¿Señorita Imanishi? —Había oído a los demás miembros del personal dirigirse a ella de esa manera—. ¿Qué hace aquí? ¿No tiene el día libre?

Llevaba puesto el uniforme escolar: chaleco gris, camisa blanca y falda plisada oscura. La única diferencia que había en su aspecto diario era el color del pañuelo que tenía enrollado en el cuello, que en vez de ser rojo rubí era de un tono rosa claro. Aquel pequeño cambio suavizaba significativamente el aura que irradiaba.

—Ah, ¿lo dices por el uniforme? En Japón a las estudiantes de instituto nos gusta ponernos el uniforme incluso los fines de semana. Es práctico y nos queda bien. ¿No ocurre lo mismo en Taiwán?

—Por lo general, a las chicas taiwanesas les dan repelús sus uniformes.

Puso una mueca que parecía querer decir «prefiero no saberlo».

—¿A dónde va, señor Hsu?

Cuando le respondí, me propuso con entusiasmo que paseara siguiendo el río Kamo. De repente, semejaba una niña pequeña que estuviera sugiriendo que nos pasáramos por la tienda de chuches. Accedí a ir hasta el río y ella se ofreció a hacerme de guía. Paseamos juntos, hablando por los codos. Mostraba mucho interés por Taiwán, y todo lo que le decía le parecía sumamente increíble: los mercados nocturnos que abren hasta el alba, las motocicletas que circulan con total libertad, los puestos de té de perlas que hay cada dos calles o poder comer mientras paseas al aire libre.

—¡Me parece un mundo de lo más fascinante! —exclamó.

Lógicamente, también hablamos de los *wagashi*. Me dijo que parecía un robot los días de la Reunión Mensual de *Wagashi*; agarrotado y con unos nervios más que evidentes.

—Lo más importante a la hora de catar un *wagashi* es emplear los cinco sentidos —me explicó ella.

—¿A qué te refieres?

—Vista, oído, olfato, gusto y tacto. Cuando nos dan un *jo-namagashi*, lo primero que hacemos es contemplarlo y olerlo. —Empleó las manos para demostrarme cómo, sosteniendo en el aire un *wagashi* ficticio—. Miramos el nombre e intentamos percibir su significado. Entonces usamos el palillo *kuromoji*, cortamos una pequeña porción y la saboreamos mientras damos sorbitos de té matcha o *koicha*. Intentas sentir la profundidad del sabor y la textura del *wagashi*. Jamás debes cortar un *wagashi* a la ligera, ¿sabes?

—Me parece un protocolo muy estricto.

—Bueno, estamos hablando de un *jo-namagashi*… Se los ha usado para agasajar a los invitados honorables desde tiempos inmemoriales. Por supuesto, esos invitados honorables deben expresar su gratitud mientras comen. —De repente subió el volumen de su voz, como si acabara de acordarse de algo—. Señor Hsu, ¿sabía que, en un inicio, los *wagashi* procedían originalmente de China? Nos remontamos a la dinastía Tang.

—¿La dinastía Tang?

—Japón envió a unos emisarios a la China de los Tang, que trajeron de vuelta dulces y azúcar. La confitería que había por aquel entonces se basaba mayormente en productos fritos edulcorados. Después de eso, durante la dinastía Song, los monjes japoneses aprendieron a preparar gelatinas y bollitos al vapor en China, que más tarde evolucionaron a la gelatina *yokan* y a los bollos *manju*. Tiempo después, durante los siglos dieciséis y diecisiete, los portugueses trajeron la pastelería *nanban*. Los *wagashi* nacieron fruto de esos siglos de viajes que permitieron la llegada de influencias tanto del este como del oeste.

Me imaginé a los emisarios japoneses empaquetando con cuidado los postres de la dinastía Tang en cajitas esmaltadas y a los monjes japoneses rumiando para hallar la manera de preparar versiones sin carne de la gelatina de la dinastía Song, que originalmente incluía carne picada de cordero. Pensé en los portugueses, con sus cabellos de colores vivos, dejando tras su marcha la receta que acabó por convertirse en el famoso pastel *castella* de Nagasaki. Eran historias que, por lo general, no se incluían en los libros de texto.

—¿En Taiwán también hay dulces de origen chino?

—Supongo que sí —musité.

Le proporcioné algunos ejemplos, como los *yue-bing*, los pastelitos de luna, y los *lü-dou-gao*, empanadillas de soja verde. Entonces me pidió que le dijera algunas confecciones típicas de Taiwán, y por más que me devané los sesos, fui incapaz de nombrarle nada que no fueran los pastelitos de sol y las tartas de piña. Aunque solo fuera una adolescente, los amplios conocimientos de Emiko hacían que pareciera mucho más profesional que yo, con mi absoluta ignorancia.

—Deben de gustarle mucho los *wagashi*, ¿no es así, señorita Emiko?

No me respondió al instante. De hecho, parecía un poco atribulada y apabullada. Le costó un gran esfuerzo hallar las palabras adecuadas.

—He estado rodeada de *wagashi* todos los días de mi vida, desde que nací. Decir que me gustan… Bueno, no me desagradan. Es algo que me resulta extremadamente familiar. Como nací en una familia de reputados artesanos de *wagashi*, creo que estudiar estos dulces es una obligación para mí.

Pensé que mi pregunta desataría otra disertación sobre las maravillas de los *wagashi*, pero Emiko, a pesar de exhibir aquel entusiasmo inocente y vestir el uniforme del instituto, también podía mostrar una parte de su carácter sorprendentemente maduro y pragmático. Si profundizábamos un poco más en aquel asunto, ¿revelaría también resignación e incluso tristeza?

—¡Y aquí tenemos el río Kamo! —Cuando el brillo del agua le iluminó los ojos, regresó de pronto su faceta de jovencita animada—. ¡Es mi lugar favorito!

Las aguas calmas del río Kamo dividían la ciudad de Kioto en dos, preservando cierta serenidad y amplitud en el paisaje urbano de la antigua capital. El cielo y las nubes, que se reflejaban en el agua clara, flotaban hacia una cadena montañosa en la distancia, siguiendo una tranquila procesión, como el paso de los siglos. Había zonas ajardinadas y caminos bajo las vibrantes hojas otoñales, y las parejas y los grupitos que paseaban o descansaban a lo largo de la ribera formaban parte de aquella serena estampa.

—En primavera, todo este sitio estará cubierto de flores de cerezo… ¡Es tan bonito que te deja sin aliento! ¡Tienes que venir a verlas!

Solo el resplandor de sus ojos claros bastaba para poder imaginar a toda Kioto plagada de remolinos de pétalos rosas.

Debido a sus palabras, cambié mis planes. No me iba a mudar a Hokkaido durante el invierno y, en su lugar, permanecería en Kioto. Esperaría, como había dicho Emiko, a que florecieran los cerezos del río Kamo.

CAPÍTULO NUEVE

Poco a poco me voy acostumbrando a la vida en Yang Tzu Tang: empiezo a trabajar a las siete y media de la mañana, me saluda mi tío abuelo, recibo los refunfuños de Orca, preparo los ingredientes con Yuan, me tomo un descanso para comer de media hora con Parker, converso con la tía Mei-Man, ayudo a Liebre en la elaboración de las pastas durante toda la tarde y salgo del trabajo a las seis. Durante el turno de diez horas, a veces tengo la oportunidad de darme un descanso para tomarme un té en la sala de la primera planta, o hago alguna otra tarea relacionada con los *gao-bing*, como doblar cajas de cartón.

En Yang Tzu Tang se venden alrededor de diez tipos de *gao-bing* durante todo el año, y hay cajas de pastelitos de sol de seis, doce o veinte unidades, así como surtidos variados que contienen otros dulces. Los productos más pequeños, como los bollos de huevo salado y los minipastelitos de luna, requieren otro tipo de cajita, más llana.

La tía Mei-Man, que es la encargada de las ventas y la contabilidad, también es la responsable de gestionar las cajitas. Nos hace saber con antelación si nos estamos quedando sin, para que tengamos tiempo de doblarlas. Las cajas que todavía están por doblar se guardan en el almacén que queda detrás de la sala de descanso.

Doblar las cajas es todo un arte, sobre todo porque los cartones llanos no son un simple rectángulo, sino que tienen varias curvas y ángulos puntiagudos en los que no me había fijado antes. Aunque hay unos leves pliegues en la superficie que indican por dónde se tiene que doblar, no tengo ni idea de por dónde empezar.

Yuan ha inventado su propia nemotecnia para este proceso.

—Aprieta, dale la vuelta, dóblala, ciérrala y guárdala —me indica.

La cajita de cartón es como un cubo de Rubik en sus manos, y toma forma como por arte de magia en cuestión de segundos. Por lo visto, nadie del personal es más rápido que él.

—No es tan complicado, de verdad —me asegura Parker—. Solo tienes que acordarte del orden y le encontrarás el tranquillo cuando hayas doblado unas cuantas.

A diferencia de Yuan, Parker me explica los pasos empleando un lenguaje humano normal para que pueda seguirlos.

A nuestro lado, la tía Mei-Man parece estar inusitadamente desanimada. No para de suspirar y de recalcar los muchos clientes que hemos perdido esta semana, la merma en las ventas que hemos tenido, lo mucho que ha subido el precio de los materiales y cómo estamos al borde de entrar en número rojos. Al escucharla, me doy cuenta por primera vez de lo precaria que es la situación de Yang Tzu Tang. Hasta ahora, sentía que estaba preparando un *gao-bing* tras otro sin un solo instante de respiro, y no me había parado a pensar demasiado en cuántos de ellos se estaban vendiendo en realidad.

—Ay, ¡se puede ver solo con mirar el número de *gao-bing* que estáis preparando! ¡El jefe ha reducido la producción en una cuarta parte! Antaño los pasteleros no tenían tiempo para doblar las cajitas. Trabajaban hasta las nueve de la noche y, aun con esas, no llegaban a terminar las confecciones del día. Imagínate la de pedidos que nos entraban...

La tía Mei-Man se abanica con la mano mientras le da un sorbo a su té, como si estuviera intentando ventilar tanto el calor del verano taiwanés como su propia ira.

—¿Cómo se ha llegado a esta situación? —pregunto.

Ella pone los ojos en blanco.

—Buf, por un montón de motivos. Parker, cuéntaselo tú.

—Mmm… Creo que hay tres factores. —Parker, siempre tan racional, extiende tres dedos, con el aire de un estudiante que presenta su tesis—. El primero, los *gao-bing* tradicionales no están tan extendidos como antes. El segundo, los postres occidentales gozan de mayor popularidad que nunca. El tercero, la tendencia de los hábitos alimenticios modernos es reducir el aceite y el azúcar.

—¡Eso es porque la juventud de ahora solo tiene pájaros en la cabeza! —Orca, que ha bajado para tomarse su descanso, menea un paño en dirección a Parker, desde el pie de las escaleras—. ¿Cómo se llamaba esa cosa que comían las muchachas de hoy en día? ¿Macarrones?

—*Macarons*.

—Sí, eso. ¡Desde siempre lo hemos tenido en los *gao-bing* taiwaneses! An-Chun, ¿alguna vez has probado una cosa llamada *xiao-xi-dian*? Son dos galletas esponjosas con un poco de crema en medio… y las podemos hacer con sabor a fresa o el que sea. ¡Son mil veces mejores que esos «macarras»!

—Se dice *macarons* —lo corrige Yuan.

Quizá sea por la personalidad estrambótica de Yuan, pero, por lo general, Orca no se muestra tan despiadado con él como con el resto de nosotros. Se limita a fulminarlo con la mirada y a musitar:

—Macamierdas…

La tía Mei-Man me da un ligero golpe con el codo.

—An-Chun, tienes que empezar a pensar qué deberíamos hacer con Yang Tzu Tang. —Al ver mi expresión de desconcierto,

63

sigue hablando—: ¿No te vas a hacer cargo de la tienda? Tendrás que enfrentarte al mismo proceso que nosotros. Eres joven, de una nueva generación, no me cabe duda de que serás capaz de hallar nuevas soluciones. Ya no se puede contar con los ancianos como tu tío abuelo o como Orca.

Es la primera vez que Parker y Yuan oyen algo sobre el hecho de que yo vaya a tomar las riendas de Yang Tzu Tang. Ambos dejan lo que están haciendo y me miran, pero antes de que tenga la oportunidad de negarlo, Orca estalla en una sonora carcajada.

—¿Hacerse cargo de la tienda? ¡Si a duras penas ha dejado atrás la pubertad! ¡No me hagas reír! Es como dice siempre el jefe, «nada en esta vida se consigue fácilmente». Puede que vendamos bollos, ¡pero eso no significa que regentar este sitio sea pan comido! ¡Pon los pies en la tierra, Mei-Man! ¡Deja de decir chorradas!

La tía Mei-Man también levanta la voz, sacando toda la artillería. En el fuego cruzado subsiguiente, Parker, Yuan y yo no nos atrevemos a decir ni pío.

¿Qué puedo hacer yo para ayudar? ¿Qué puedo hacer por Yang Tzu Tang y por mi tío abuelo aparte de ofrecer la mano de obra física de un hombre joven? Sopeso estas preguntas mientras estiro masas, corto pastitas, meto bandejas en el horno y limpio el obrador. Liebre, al verme sumido en mis pensamientos de nuevo, parece estar un tanto exasperado. En comparación con el optimismo que muestra la tía Mei-Man hacia las nuevas generaciones, yo me inclino más a favor de la línea de pensamiento de Orca y de mi tío abuelo: «Nada en esta vida se consigue fácilmente».

Aunque sea «pan comido».

Suena el teléfono, interrumpiendo mis cavilaciones. La tía Mei-Man está ocupada, así que respondo yo. La voz al otro lado de la línea es clara y agradable, como una flor de osmanto que se abre al alba. Quien llama se presenta como una periodista de una revista de postres que trabaja en un reportaje sobre dulces apropiados para regalar y me pregunta si Yang Tzu Tang se prestaría a concederles una entrevista. La publicación que menciona es tan conocida que incluso a mí me suena. Es la típica que encuentras en las cafeterías de moda y que es popular entre las mujeres jóvenes y las señoras adineradas, así como entre las personas más esnobs. Casi siento que la llamada es algún tipo de señal de alguna fuerza divina que responde a mis preocupaciones. ¿Qué mejor manera para aumentar las ventas que salir en una revista famosa?

Le pido que aguarde un momento y llamo a mi tío abuelo, que está descansando en la sala.

—¡Tío abuelo, una periodista quiere hacernos una entrevista!

—Yo no hago entrevistas. —No hace ademán alguno de acercarse al teléfono.

—¿Por qué no? Es una revista muy famosa. Si accedemos a que nos hagan la entrevista, ¡seguro que despierta el interés por Yang Tzu Tang!

—La gente que lee esas revistas no tiene por qué venir aquí. No servirá de nada. —Se queda callado unos segundos—. La gente que esté dispuesta a venir, lo hará de todos modos. Deberíamos centrarnos en hacer buenos dulces.

Quiero creer en lo que me está diciendo. Quiero creer que los clientes comprenderán los sacrificios que se han hecho por el bien de cada uno de los *gao-bing*: el meñique perdido del tío abuelo, la neurosis de Orca causada por ir por el obrador gritándole a la gente para evitar demoras en la producción, el dolor de espalda de Liebre por estar siempre inclinado sobre la mesa de trabajo siendo tan alto, el número cada vez mayor de quemaduras en los brazos de Yuan, la obsesión de Parker por los cálculos de las proporciones y los números, y la garganta dolorida de la tía Mei-Man, consecuencia de los discursos de venta apasionados, que solo se le alivia tras beberse cuatro botellas de agua. Un día tras otro, sudan, se hacen daño, soportan achaques y miden incansablemente los tiempos y las temperaturas... todo por los *gao-bing*.

Quiero creer que los clientes serán capaces de apreciar todo esto, pero sé que es imposible.

—Tío abuelo, puede que nos dejemos la piel haciendo los *gao-bing*, pero si no le damos difusión, nadie sabrá el esfuerzo que conlleva su preparación. —Endurezco el tono de mi voz—. Se trata de una revista nacional que se distribuye en cafeterías de lujo. Mucha gente la leerá, y solo tendremos una oportunidad si saben de la existencia de Yang Tzu Tang.

Me mira a los ojos durante unos segundos.

—¿También se vende en Taipéi? —pregunta entonces, casi con indiferencia.

—No solo en Taipéi, también en Kaohsiung, Yilan, Taitung... En todos lados.

Se queda pensativo durante un buen rato, como si estuviera contemplando una receta. Finalmente, adopta una resolución que me sorprende:

—Yo no voy a hacer ninguna entrevista, pero tú sí puedes. Responde a las preguntas que te hagan cuando vengan.

Siento todos mis sentidos amplificados. El ventilador del techo que remueve el aire como si fuera una batidora, el pitido amortiguado del horno en la planta superior, las gotas de sudor que se deslizan por mi frente hasta la comisura de mis labios, que tienen un ligero sabor a pastelito dulce...

Yang Tzu Tang se ha pasado los últimos sesenta años sin que nadie supiera todo el duro trabajo que se lleva a cabo aquí… ¿No es muy desolador que pase desapercibido?

Regreso al teléfono.

—Está bien, aceptamos hacer la entrevista —le digo a la periodista, que he mantenido a la espera.

Mi voz suena tan nerviosa que por poco no la reconozco, y el corazón me va desbocado cuando cuelgo. Mi tío abuelo desprende un aire relajado, como si el asunto ya no le preocupara en absoluto.

CAPÍTULO DIEZ

—Señor Hsu, ¿le gustaría intentar hacer *jo-namagashi*? El calendario de Han Shun Do mostraba en grandes caracteres que era el día de la «primera helada», siguiendo el almanaque lunisolar. Emiko y yo éramos los únicos que quedábamos en el obrador; yo estaba ocupado organizando los utensilios mientras que ella, como siempre, practicaba la confección de *wagashi*, vestida con el uniforme del instituto. Me había hecho la pregunta en un susurro.

—No puedo, el señor Imanishi se enfadaría —respondí con un hilo de voz, al tiempo que negaba con la cabeza.

Sin el visto bueno del señor Imanishi, a los aprendices solo se les permitía limpiar y preparar ingredientes y, en contadas ocasiones, controlar el horno o las mezclas. No podíamos participar activamente en la elaboración de los *wagashi*.

Emiko desvió la mirada hacia la puerta y me hizo un gesto para que me acercara a ella. La mesa de trabajo estaba abarrotada de *wagashi* «piña», todos del mismo tamaño y forma, como si los hubiera producido en cadena en una máquina. Me quedé perplejo. Las piñas que había hecho Emiko parecían livianas como una pluma. Como si fueran a emitir un crujido si chocaban unas con otras. Parecían darle la bienvenida a la llegada del otoño jovialmente. Por otro lado, las piñas de Kato tenían un aspecto que parecía que fueran a emitir un ruido sordo si caían al suelo, encarnando la rica abundancia del otoño. Aunque ambas confecciones eran piñas realistas, transmitían diferentes sentimientos.

—No son como las del señor Kato, ¿verdad? —Emiko se había fijado en la expresión de sorpresa de mi rostro—. Así de especiales son los *jo-namagashi*. Aunque se trate del mismo producto y de las mismas técnicas, el resultado difiere dependiendo del pastelero.

Estiró la masa exterior de color amarronado hasta formar una esfera, la aplanó ligeramente, se la puso en la palma de la mano, le añadió la pasta de judías rojas, y finalmente rotó el *wagashi* mientras sellaba la masa por encima del relleno. Por último, la hizo rodar por entre las manos, creando una forma de gota de agua.

Me dedicó una mirada alentadora y me pasó un pedazo de masa marrón junto con un poco de pasta de judías. La masa tenía el tamaño aproximado del círculo que se forma si juntas el pulgar con el índice, y la noté extremadamente suave al tacto... Incluso la más leve presión dejaba mis huellas marcadas en ella. Imité lo que ella había hecho, cuyos pasos no parecían demasiado complicados, pero mi gota terminó torcida y llena de grietas, y solo era pasable si la mirabas desde un ángulo en concreto.

Emiko colocó ambas en un cuenco llano que estaba bocabajo sobre la mesa de trabajo. Las puntas de las gotas miraban hacia arriba. Entonces fue en busca de unas estilizadas tijeras y, empezando por la base, se dispuso a cortar las escamas de cada una de las piñas. Fui echando la cuenta... ¡Cortó ocho capas en una porción de masa que solo se alzaba cinco centímetros! El último paso fue usar un soplete de cocina para chamuscar un poco la superficie, creando algunas manchas oscuras para darle a la piña un toque más realista.

Cuando llegó mi turno, por más cuidado que pusiera o por más que procurara que no me temblaran las manos, no fui capaz de hallar la manera de aplicar una fuerza uniforme sobre aquel pequeño objeto. Las escamas que le saqué a la piña no solo eran irregulares, sino que incluso llegué a arrancarle una de cuajo. Solo logré sacar cuatro capas. Cuando empleé el soplete, acabé por quemar la parte de arriba, y la piña resultante tenía el aspecto de haber sufrido el impacto de un relámpago. Había contemplado cómo Kato producía uno de aquellos *wagashi* cada dos minutos, y solo entonces reparé en la gran hazaña que suponía eso. Debía de haber trabajado muy duro para afilar su técnica hasta ese nivel.

Emiko intentó decirme algunas palabras alentadoras, pero estalló en una carcajada antes de poder articularlas. Se tapó la boca rápidamente, pero pude ver que seguía desternillándose por la curvatura de la comisura de sus ojos y los espasmos de sus hombros, lo que hizo que yo también me echara a reír. En medio de todo ese alboroto, tiré al suelo sin querer algunos boles, que produjeron un estrépito ensordecedor.

Takahashi apareció en el obrador.

—¿Qué ha pasado?

—Se me han caído unos cuencos por accidente y el señor Hsu me los está recogiendo. Lo siento mucho, señor Hsu. —Yo estaba arrodillado para recoger los boles y ella se dirigió a mí con suma cortesía.

—Por favor, no se preocupe —repuse, siguiéndole la corriente.

Emiko había recogido mi piña fallida sin que nadie se diera cuenta y la estaba ocultando de la vista de Takahashi sosteniéndola a la espalda. Takahashi parecía sospechar algo, y no se marchó hasta pasados unos segundos.

No fue hasta entonces cuando Emiko vino para ayudarme a recoger los cuencos.

—Lo siento, señor Hsu… He echado a perder su primer *jo-namagashi*. Ha sido culpa mía. No debería haberme reído.

Me mostró lo que quedaba del *wagashi* en su palma abierta, que ya no se parecía a una piña desde ningún ángulo.

—No se preocupe, señorita Emiko. Está claro que no tengo talento para esto. —Aun así, seguía con expresión abatida, como una niña a la que no hubieran reñido nunca antes—. Se me ocurre algo… Si me da una de las piñas que ha hecho, estaremos en paz.

Accedió con los ojos centelleantes, pero pareció arrepentirse de algo mientras me pasaba una de sus piñas.

—Pero, a partir de ahora, puesto que ambos somos cómplices del crimen, no puedes seguir dirigiéndote a mí como «señorita».

—Pero así es como la trata todo el mundo.

—Tú no eres como ellos… No eres japonés. ¿Cómo te dirigirías a mí si estuviéramos en Taiwán?

—Emiko —respondí.

En Taiwán, no hacía falta que pasara mucho tiempo para que dos personas tuvieran una relación lo bastante familiar como para llamarse por sus nombres de pila. Sin embargo, al ver que el rubor se extendía por sus mejillas, recordé que en Japón usar el nombre de pila de alguien sin un honorífico sugería un alto grado de intimidad.

—Ay, lo siento, no pretendía ofenderla, señorita…

—Entonces yo tampoco te llamaré señor Hsu. Te llamaré… An-Chun. ¿Está bien? —Intentó fingir naturalidad y ocultar el sonrojo que se extendía por su rostro. Distraído por el cambio de color, solo pude asentir, con el corazón acelerado—. Quedamos así entonces, An-Chun —zanjó el asunto con una sonrisa.

En comparación con el repentino alivio que desprendía su sonrisa, me sentí como si me hubiese transformado en una piña de los pies a la cabeza, con todas las escamas tiesas y cerradas. Oír que su boca pronunciaba mi nombre hizo que mis latidos entraran en un frenesí. El simple toque de una brisa otoñal podría haberme parado el corazón de una vez por todas.

CAPÍTULO ONCE

Ha llegado el día de la entrevista. Me he cambiado la camisa varias veces antes de salir de casa, y solo he dejado de titubear cuando ya he advertido que se me hacía tarde. Por lo visto, no soy el único que está de los nervios... el resto del personal de Yang Tzu Tang también parece distinto. La tía Mei-Man le ha ordenado a Parker que limpiase todas las cajas de muestra hasta que no se viera ni una sola mancha ni huella, Liebre se ha peinado el pelo hacia atrás con brillantina y Orca va tan tieso que parece que fuera la primera vez que pone un pie en la tienda. Todas estas anormalidades dejan al descubierto la importancia de este día.

Mi tío abuelo y Yuan parecen menos afectados. Los oigo hablar sobre qué tipo de pájaro puede haber dejado las cagadas que han aparecido en el alféizar de la ventana.

Antes de las diez, me cambio el uniforme de trabajo y espero en la planta baja. Voy alternando entre revisar mis notas y darme mentalmente discursos alentadores. A las diez en punto, se abre la puerta.

—Hola, ¿es usted el señor Hsu?

Me identifica nada más entrar en el establecimiento. Por la voz femenina que había oído en el teléfono, me había imaginado a una mujer con un vestido de flores, sacada directamente de una revista de moda. Sin embargo, lleva puesta una blusa de un tono verde claro combinada con unos vaqueros, y el pelo recogido en una coleta. Desprende un aire alegre que no es femenino ni masculino.

—Me llamo Chen Pin-Hsin, pero puedes llamarme Pin-Hsin —me saluda, al tiempo que me alarga su tarjeta de visita.

La acompaño hasta la sala de descanso, donde nos aguarda un té caliente sobre la mesa. Me expresa la sorpresa que le causa el hecho de que el dueño de Yang Tzu Tang sea tan joven, y me apresuro a corregirla.

—¡En realidad se trata del futuro dueño, señorita Chen! —La tía Mei-Man, que viene cargada con una bandeja llena de pastitas, aprovecha la oportunidad para inmiscuirse en la conversación—. Es un pastelero consumado, ¿sabe? ¡Estudió la elaboración de los *wagashi* en Japón!

—¿Se va a encargar de dirigir la tienda? ¿Por eso se marchó a estudiar la elaboración de los *wagashi*? —Los ojos de la periodista se iluminan mientras prepara la grabadora, entrando por completo en materia.

—Qué va, no fue nada de eso… Solo estoy aquí para ayudar… ¡de momento! —Saco mis notas—. He repasado el guion para la entrevista que me facilitaste. ¿Vamos a empezar con la primera pregunta? ¿La historia de Yang Tzu Tang? —Ella asiente, dándome pie a seguir hablando—. Según mi tío abuelo, la industria de los *gao-bing* de Taiwán vivió su época dorada durante los años cincuenta y sesenta. Yang Tzu Tang fue fundada a principios de los cincuenta por el padre de mi tío abuelo, es decir, mi bisabuelo. Ah, lo siento… Quiero decir mi bisabuelo materno… Ay, ¿qué estaba diciendo? Eso, sí, que Yang Tzu Tang fue fundada por mi bisabuelo materno, Lin Chiang, y mi tío abuelo, Lin-Yi, lleva trabajando en la tienda desde que tenía catorce años. Ahora el negocio lo dirige la segunda generación, y lleva más de sesenta años abierto.

—¿Por qué decidió el señor Lin Chiang dedicarse a la industria pastelera? ¿Tenía algún tipo de relación con la pastelería Shan Kun, en el barrio de Shekou?

—Pues... —Miro por encima del hombro de la mujer hacia mi tío abuelo, que aguarda en la distancia. No me proporciona ninguna pista visual sobre qué debería responder, así que regreso la vista a mis notas—. Me has dicho... Shan Kun, ¿verdad?

—Sí, descendemos de la familia Shekou Lin —intercede mi tío abuelo.

—Ah, ¡usted debe de ser el señor Lin Yi! ¿Tiene algo de tiempo para sentarse con nosotros?

La calidez que desprende la sonrisa de la señorita Chen es tan persuasiva que creo que ni siquiera mi tío abuelo es capaz de rechazarla. Para mi sorpresa, se sienta, y empieza a hablar sobre la historia de los *gao-bing*, en una mezcla de mandarín y taiwanés. Mucho de lo que cuenta no lo había oído nunca.

Antes de que aparecieran los pastelitos de sol, solo había dulces de azúcar de malta, que eran un producto especial que la familia Lin de la ciudad de Taichung preparaba para sus invitados. En 1850, la familia Lin abrió la tienda Shan Kun de *gao-bing* con los dulces de azúcar de malta como producto estrella. Fue el pastelero Wei de Shan Kun quien continuó refinando estos dulces hasta que se convirtieron en los pastelitos de sol que conocemos hoy en día. Se trata de una historia sobre los orígenes de este tipo de confitería que solo conocen aquellos que se mueven en el mundillo de los *gao-bing*.

Ya que hablamos del chef Wei, la historia cuenta lo siguiente: algunos de los *gao-bing* más famosos de Taichung empezaron con la familia Lin de Shekou y luego se expandieron. Aparte de Shan Kun, otras ramas de la familia Lin también comenzaron a fundar sus propias tiendas, incluyendo a mi bisabuelo, Lin Chiang. A medida que el negocio de la confitería ganaba popularidad, muchas personas se dedicaron a la elaboración de *gao-bing*. Mientras tanto, el pastelero Wei trabajaba como chef en varios obradores, haciendo que sus pastelitos de sol fueran muy conocidos en la región y que, por ende, lo apodaran «el padre fundador de los pastelitos de sol». Hasta el día de hoy, la disputa sobre qué tienda sirve los pastelitos de sol más «auténticos» tiene que ver con la relación que tuvo el establecimiento con el pastelero Wei.

—En cuanto al año de fundación, Yang Tzu Tang es de las primeras tiendas que empezaron sus andadas aquí, en la calle de las pastelerías —apunta la señorita Chen—. He visto varios sitios en los que se jactan de producir los pastelitos de sol «originales», pero no me ha parecido que en esta tienda sea ese el caso.

Mi tío abuelo permanece impertérrito, como si ya hubiese respondido a esa pregunta un millón de veces.

—A Yang Tzu Tang no le importan esas cosas. La mayoría de las pastelerías de esta calle guardan algún tipo de relación con el pastelero Wei. Mi padre también consiguió que ese maestro trabajara aquí en algún momento. No vale la pena discutir por eso… Los demás pueden decir lo que les venga en gana.

La historia de Yang Tzu Tang es como un microcosmos de la historia de los pastelitos de sol. Cada escena de lo que describe mi tío abuelo parece estar sumergida en malta, empapada de una tonalidad dorada y nostálgica. Visualizo a mi bisabuelo pedaleando montado en su bicicleta mientras grita para atraer a posibles clientes y va dejando tras de sí un dulce aroma a mantequilla. Pienso en cuando mi tío abuelo empezó a trabajar en la tienda, en una era en la que los pastelitos de sol estaban en el punto álgido de su popularidad. Cualquiera que pasaba por Taichung los compraba, sin excepciones, e incluso se llevaban cajitas para entregárselas a los soldados que entrenaban en la base militar de Chengkungling. Las tiendas de pastelitos de sol brotaron cerca de la estación de tren y de las salidas de la autopista, dando forma al fenómeno que ahora se conoce como «la calle de las pastelerías». Eran tiempos más simples; los pasteleros de *gao-bing* solo tenían que centrarse en las pastas y las tartas, y su arduo trabajo se veía recompensado con una riqueza asegurada.

—¿En qué estaba pensando cuando decidió tomar el relevo de su padre en Yang Tzu Tang?

—No me quedaba otra. Solo éramos dos, mi hermano y yo. A mi hermano se le daban bien los estudios y accedió a un empleo público. A mí no me gustaba estudiar y no sabía qué hacer con mi vida, pero lo que sí sabía era cómo elaborar *gao-bing*, tras ver a mi padre prepararlos cada día. Pensé que podía ganarme la vida haciendo esto, y a eso mismo me dediqué.

Mi tío abuelo dice todo esto con palabras rápidas y seguras. Sus frases parecen construir un muro que evita que la gente se cuestione qué hay detrás de los ladrillos.

La entrevista prosigue durante un rato más. La tía Mei-Man y yo le presentamos los productos de Yang Tzu Tang a la señorita Chen y luego la llevamos al piso superior para que vea cómo mi tío abuelo prepara los pastelitos de sol. Al final —no estoy seguro de quién lo propone— terminamos haciéndonos una fotografía grupal en la entrada de Yang Tzu Tang.

Antes de marcharse, la señorita Chen pregunta:

—Desde una perspectiva empresarial, ¿cuál diría que es la visión de futuro de Yang Tzu Tang? —Mira a mi tío abuelo y luego a mí, esperando a ver quién de los dos responde.

—Seguiremos al pie del cañón hasta que no podamos más —responde él con tono frío—. Nadie sabe qué depara el futuro.

En cuanto llego a casa, mamá me pregunta cómo ha resultado la entrevista. Incluso después de oír que todo ha ido como la seda, oigo que musita: «Temía que tu tío abuelo echara a la periodista de una patada».

Pero mi mente está ocupada con otros asuntos.

—Mamá, ¿es verdad que el tío abuelo no se casó jamás a causa de una chica de una familia rica?

Aunque la entrevista no ha abordado este tema, me parece que de alguna manera influenció en la decisión que tomó de heredar la tienda. En general, parece ser una pregunta clave en su vida.

—¿Quién te ha dicho eso?

—La tía Mei-Man.

—Mei-Man siempre ha sido incapaz de morderse la lengua. —La tía Mei-Man lleva trabajando en Yang Tzu Tang desde que era joven, así que mamá y ella se conocen muy bien—. Sí… a mí me lo contó mi padre, tu abuelo. Sentir esa devoción por una chica… es peor que estar embrujado.

—Pero no me sorprende que no quisiera estar con el tío abuelo. Quiero decir… Sus orígenes son muy distintos…

Igual que lo que me sucede con Emiko.

—¿Quién dice que no quisiera estar con él? ¡Lo adoraba! Tu abuelo me contó que una vez leyó en secreto una de las cartas que esa niña rica le había escrito a tu tío abuelo, y en ella decía que siempre lo recordaría… Para siempre. —Mamá vacila—. Pero este tipo de cosas cuesta saberlas a ciencia cierta. Es decir, hace décadas que no saben nada el uno del otro, y ella debe de ser un ama de casa pudiente en algún lugar del mundo. Es imposible que se acuerde de él.

Me estoy quitando la camisa para ponerla a lavar y la conversación termina cuando desabrocho el último botón.

¿Se acordará ella de él o no?

Recuerdo la sinceridad que irradiaba la mirada de Emiko el día que nos separamos. Ni sus ojos anegados, ni las lágrimas que le recorrían las mejillas hacían menguar su intensidad. Me dijo que me recordaría durante el resto de su vida, por siempre. Dentro de diez, treinta, sesenta años… ¿Todavía me recordará, entonces? ¿Y yo qué? ¿La recordaré?

CAPÍTULO DOCE

an Shun Do estaba especialmente movido los fines de semana, cuando acudía un considerable número de clientes extranjeros. En ese caso, el señor Imanishi me pedía que ayudara a recibirlos en la tienda. Un día, justo después de despedirnos de una pareja americana, entraron tres jóvenes ataviadas con kimonos. El señor Imanishi y yo las saludamos en japonés, a lo que respondieron en ese mismo idioma, pero cuando empezaron a hablar entre ellas lo hicieron en chino mandarín, comentando lo bonitos que eran los *wagashi*.

Al oír su acento, les pregunté en mandarín:

—Ah, ¿son de Taiwán?

—¡Tú debes de ser el taiwanés que trabaja aquí!

Poco me esperaba que exclamaran algo de esa índole.

—¿Saben… quién soy?

La más alta de las mujeres, que llevaba un kimono de color magenta, me mostró una aplicación de mapas en su teléfono, en la que una reseña de Han Shun Do rezaba: «Hay un taiwanés trabajando ahí que nos explicó con todo lujo de detalles los *wagashi* disponibles, lo que hace que sea mucho más fácil comprar en esta tienda en comparación con las otras. Además, ¡los *wagashi* de Han Shun Do estaban para chuparse los dedos!».

Se lo expliqué en japonés a la señora Imanishi. Se quedó sorprendida, emocionada y entusiasmada. La tecnología es algo maravilloso... unos pocos comentarios breves pueden atraer a visitantes desde lugares tan lejanos como Taiwán.

Es cierto que a un turista extranjero le hace falta bastante valor para entrar en una casa tradicional *machiya* de Kioto para comprar *jo-namagashi*. Las tiendas más comunes de *wagashi* que venden dulces baratos como las tortitas *taiyaki* o los *mochis daifuku* por lo general tienen escaparates abiertos que invitan a acercarse a ellos. Por otro lado, los lugares como Han Shun Do están tapados por gruesas cortinas, ventanas enrejadas y fachadas arqueadas que les otorgan un aire de misterio y exclusividad que hace que la gente se lo piense dos veces antes de entrar. Dados los elevados precios de los *wagashi* y su complejidad cultural, quienes no han hecho una investigación exhaustiva antes puede que no sepan ni por dónde empezar, por más que se hayan atrevido a entrar en la tienda. Si encima le añadimos la barrera del idioma, la mayoría de los turistas probablemente sean de la opinión de que ese tipo de comercios son muy intimidantes. Aquel era el problema al que le quería poner solución la señora Imanishi.

—¡Qué suerte que estés aquí hoy! Por favor, ¿podrías explicarnos cómo va esto de los *wagashi*? ¡Son todos preciosos!

Les hablé del «mantelito de castaña», de la «piña» y del «follaje bordado», así como del *tatsutagawa* del señor Ono, que significaba «río Tatsuta», y del *kikuhime* del señor Imanishi, que significaba «princesa del crisantemo».

El «río Tatsuta» del señor Ono era un cubo, con una base de gelatina *yokan* y coronado con gelatina semitransparente *kingyokukan*, que contenía pequeñas hojitas de arce de varios colores dentro de su cuerpo traslúcido. Había tomado como fuente de inspiración el río que llevaba el mismo nombre en la ciudad cercana de Nara, conocida por sus preciosos arces. Aquel *wagashi* pretendía capturar la estampa de las hojas rojizas que caían sobre el agua cristalina. El «princesa de crisantemo» del señor Imanishi tenía, como su nombre lo sugería, la forma de una flor de crisantemo. Había usado unas delgadas tijeras para cortar con cuidado la masa y formar incontables pétalos, prestando especial atención a conseguir que las diferentes capas se pudieran diferenciar, y obtener así un efecto general dinámico. Se trataba de un *wagashi* que ponía de manifiesto, sin duda alguna, la pericia técnica de su creador.

Las turistas taiwanesas se deshicieron en elogios tras oír aquellas descripciones y decidieron comprar un *wagashi* de cada clase para compartirlos. Les sugerí que se fueran al cercano templo de Kodai-ji, donde podrían disfrutar de aquellos dulces otoñales al amparo de las hojas rojas de los arces. Me dieron las gracias animadas y prometieron dejarme una reseña en línea de cinco estrellas. Entonces se marcharon de vuelta a la luz del sol.

La señora Imanishi se volvió hacia mí con lágrimas en los ojos.

—An-Chun, sé por las expresiones de sus caras que debes de haber hecho un trabajo maravilloso al explicar nuestros productos. Te lo agradezco, de corazón. Es gracias a ti, An-Chun, que Han Shun Do se ha convertido en un puente para que los taiwaneses puedan comprender los *wagashi*.

Me hizo una reverencia que me apresuré en devolverle.

—Soy yo quien debería darle las gracias, señora Imanishi. Gracias por darme la oportunidad de trabajar aquí. Cuanto más aprendo sobre los *wagashi*, más siento que es un arte muy profundo... Casi insondable.

Esbozó una sonrisa que era a la vez plácida e indescifrable.

—Es cierto... los *wagashi* son una forma de arte que no conoce límites, un viaje que dura toda una vida. El pastelero, primero debe observarlo todo en la naturaleza, para inspirarse en las diferentes formas de vida, y asimilar lentamente estas experiencias externas. Solo entonces, y no sin un gran esfuerzo y horas de trabajo, puede él o ella crear un dulce que irradie su encanto desde su núcleo. Los pasteleros de *wagashi* no solo deben afilar su técnica, sino también su mundo interno para poder ganarse las sonrisas de los clientes.

—Es muy duro. Con razón todo el mundo se deja la piel aquí.

—Tú también te has esforzado, An-Chun. La primera vez que te vi sentí que estabas buscando algo... Por eso viniste a Japón tú solo.

Negué con la cabeza.

—No, no es nada de eso. No estoy buscando nada en concreto... Es más bien que vine a Japón porque no sé qué hacer con mi vida. El primer trabajo que acepté aquí fue en un puesto de *takoyaki*, solo porque vi que buscaban personal, no porque tuviera algún plan en mente.

Mi línea de pensamiento había sido bastante simple: primero, pensé que los *takoyaki* de Osaka eran increíblemente exquisitos y, segundo, creí que sería fácil llevarme bien con Koike.

La señora sonrió.

—Pero eso es lo que significa «buscar». Algún día lo entenderás. —Me pasó un plato lleno de princesas de crisantemo y añadió—: Por favor, lleva esto a la salita. Emiko los necesita para practicar la ceremonia del té.

La salita donde se servía el té estaba situada al lado de un pequeño jardín interior. Tuve que pedirle a Takahashi que me diera indicaciones para encontrarla. Han Shun Do era una auténtica *machiya* de Kioto, un estilo arquitectónico apodado «cama de anguilas», por su alargada y estrecha estructura, en la que normalmente hay una tienda en la parte delantera y la vivienda en la posterior. Hasta aquel momento, solo había estado en la zona de la tienda y el obrador, así que las demás áreas de la casa eran para mí tan desconocidas como una cámara acorazada.

Desde la otra punta del jardín interior, lleno de plantas y rocas, vi a Emiko arrodillada sobre el suelo de tatami. Tenía los ojos cerrados y parecía estar escuchando con atención el agua que hervía en la tetera. El señor Ono también estaba arrodillado, delante de ella. La tranquilidad que emanaba el perfil de Emiko me recordó a un cañaveral de bambú que se despierta con la calma del alba. Yo también cerré los ojos, intentando impregnarme de aquella atmósfera sosegada. Quería ver si era capaz de oír el burbujeo de la tetera o el susurro del viento al mecer los pinos.

Esperé y esperé. Aunque me pareció oír algo, en realidad mis oídos no captaron nada.

—¿Quieres saber cómo es la ceremonia del té? —No me había dado cuenta de que el señor Imanishi estaba a mi lado.

—Solo voy a entregar estos *wagashi*.

Al decir eso, la conversación llegó a su fin, pero ninguno de los dos se movió. El tubo de bambú, muy común en los jardines japoneses, de repente saltó debido al peso del agua, golpeando las piedras varias veces. El sonido rítmico, cuyo objetivo era asustar a los animales salvajes, le daba al artilugio el nombre de *shishi-odoshi*, que significaba, literalmente, «asustaciervos».

—Lo siento si me estoy sobrepasando, señor Imanishi, pero ¿la señorita Emiko está aprendiendo a llevar a cabo la ceremonia del té por el bien de los *wagashi*?

Resopló, desechando mi explicación.

—Los *wagashi* y la ceremonia del té están estrechamente relacionados, pero ese no es el único motivo. El té y los dulces tienen formas que distan mucho entre sí, pero comparten el mismo «corazón». Uno debe ser capaz de perfeccionar su propio corazón si quiere convertirse en un pastelero excepcional.

Al ver mi expresión de confusión, añadió:

—Ay, eres como Emiko... Sois demasiado jóvenes como para comprenderlo. Los *wagashi* de Emiko son visualmente preciosos, y su técnica no está mal, pero les falta desprender su esencia única. Se está limitando a imitar a los demás, algo que cualquiera puede hacer... Incluso tú podrías hacerlo, con relativa facilidad. Pero los *wagashi*, una forma de arte que ha perdurado durante siglos, son algo mucho más complejo que eso.

—He visto la «piña» de la señorita Emiko, que era completamente distinta a la de Kato. No está imitando, lo está dando todo para aprender a elaborar *wagashi*.

—Ni siquiera ha empezado. Solo está echando mano de su sensibilidad innata... Al fin y al cabo, no ha nacido en el seno de una familia de pasteleros por nada. Tener sensibilidad es algo imperativo, pero con eso solo no basta. Su corazón todavía no se equipara con su intuición.

Como si estuviera siguiendo un guion escrito, el *shishiodoshi* volvió a golpear, emitiendo un sonido que retumbó en mi mente durante un buen rato, acompañado de las palabras del señor Imanishi.

CAPÍTULO TRECE

Incluso ahora recuerdo lo que dijo el señor Imanishi casi palabra por palabra. Por aquel entonces, no sabía demasiado sobre la ceremonia del té ni sobre los *wagashi*, y jamás había cavilado mucho sobre ese «corazón» que tanto el señor como la señora Imanishi mencionaban. Para mí eran términos sacados de la religión budista zen. ¿Qué tipo de corazón debe de poseer un pastelero de *wagashi*? ¿Ese tipo de corazón también es necesario para preparar los *gao-bing*? Estas preguntas resuenan en mi mente.

—¿Giramos aquí, señor Hsu?

La pregunta hace que regrese al momento presente. No estoy en Han Shun Do, sino en el coche de la periodista de la revista, la señorita Chen, de camino a la casa ancestral de la familia Lin en Shekou, donde mi tío abuelo pasó parte de su infancia.

—Sí, doble a la derecha aquí.

Siguiendo la aplicación de navegación de mi teléfono, salimos por el intercambiador de Fengyuan, en dirección a Shengang, y giramos a la derecha en la legendaria pastelería Shan Kun. Al final del estrecho callejón se encuentra la residencia Lin. Mi tío Lin, un pariente lejano, nos aguarda delante de la puerta. Salgo del coche y le cuento que queremos visitar la vieja mansión y tomar algunas fotografías para el reportaje de una revista sobre los *gao-bing* de Taichung.

—Sí, tu tío abuelo me ha puesto al corriente. ¿Cómo está de salud?

—Está bien, aunque últimamente se queja de dolor de espalda, por eso no ha podido venir hoy.

En los últimos días, mi tío abuelo se ha estado poniendo en la espalda cada vez más parches para aliviar el dolor. Yo no paro de decirle que tiene que ir al médico, pero él simplemente niega con la cabeza, con tozudez.

—Dile que se cuide. ¿No está al caer el festival de otoño? ¡La tienda estará hasta los topes para entonces!

Cruzamos la puerta acompañados del tío Lin y llegamos a un pasaje estrecho con un estanque en forma de media luna a la izquierda. A la derecha, se erige la casa ancestral.

Se trata de una enorme casa tradicional con varios patios e hileras de habitaciones por ambos lados. Igual que el portón de la entrada, los edificios comparten las tonalidades rojas de los ladrillos y paredes blancas. En el vestíbulo central se aprecia una inscripción que reza: *Da Fu Di*, que significa «Gran Residencia Oficial». Según explica el tío Lin, a nuestros ancestros les confirió un título oficial la corte Qing debido a la ayuda que la familia le proporcionó al ejército a la hora de sofocar una rebelión. Todavía hay gente que vive en la mansión, y es solo gracias a la presencia del tío Lin que podemos visitar zonas que, por lo general, están vetadas a los turistas. Nos lleva al patio interior, así como a las hileras de habitaciones que se extienden a derecha e izquierda de la edificación, conocidas en la arquitectura tradicional como «las dependencias del Guardia Dragón». El tío Lin nos explica hasta el último ladrillo y azulejo: el patrón de las baldosas del suelo que forman el carácter para «gente» y que simboliza una familia próspera, y el diseño en forma de murciélagos en las esquinas de las ventanas con barrotes, que simbolizan bendiciones. Se me ocurre

87

que todos estos pequeños símbolos ocultos por toda la arquitectura de estilo chino son una manera de engastar esperanza en los recovecos de la vida diaria.

—¿Es verdad que los *gao-bing* de la zona de Shengang se originaron aquí?

Mientras que yo he estado escuchando las descripciones del tío Lin con la boca abierta, la señorita Chen consigue seguir haciendo preguntas mientras saca fotografías de todo. El sonido del obturador de su cámara retumba por todo el complejo y el bamboleo de su coleta parece estar comunicando alegría.

—Eso es... Los Lin eran una familia importante aquí y les gustaba recibir a académicos y miembros de la nobleza. Contrataron a varios chefs para que experimentaran con dulces y tartas en la cocina. Uno de ellos, un pastelero de renombre llamado Lee, abrió tiempo después la tienda de *gao-bing* donde se desarrolló el pastelito de luna de estilo taiwanés que se fríe por ambos lados.

—¿Se está refiriendo a la confitería Ho Chi?

—¡Eso es! Así que la familia Lin no se iba a quedar de brazos cruzados y perder contra el pastelero Lee y los demás chefs, por lo que fundaron la tienda Shan Kun, donde vendieron las famosas tartas de azúcar de malta con las que solían agasajar a sus invitados... y que fueron las precursoras de los pastelitos de sol.

Sus palabras dibujan una imagen más holística de la historia de los pastelitos de sol, y todo el pasado cultural de los *gao-bing* de Taichung al fin parece encajar, como un largo río del tiempo que ha fluido sin obstáculos desde la dinastía Qing hasta los días actuales. Respiro hondo, intentando procesar por completo el alcance de esta historia.

Fue la señorita Chen quien me informó de que hay varias pastelerías en las zonas de Shekou y de Fengyuan que tienen más de cien años. ¿Qué aspecto tendrán? ¿También se parecerán a unos palimpsestos del tiempo igual que Han Shun Do? La curiosidad me impele a proponer que vayamos a visitarlas en el camino de vuelta, y la señorita Chen acepta encantada.

Primero vamos a Shan Kun y después a Ho Chi. En contra de mis expectativas, ambas tienen unos muebles muy simples y un catálogo tirando a escaso. Solo las placas de madera tradicionales indican la cantidad de tiempo que ha pasado. Dado su aspecto modesto, supongo que solo la gente local sabe que son establecimientos centenarios. Compro algunos pasteles de azúcar de malta y pastelitos de luna taiwaneses en cada una de las tiendas, para que los pruebe el personal de Yang Tzu Tang.

Acto seguido nos dirigimos a Hsueh Chai, en Fengyuan, con una fachada hecha con madera rojiza y cuyo interior está lleno de madera dura que le da un aire ligeramente japonés. Todos los *gao-bing* están dispuestos en una única vitrina de cristal. Hsueh Chai se fundó durante la dinastía Qing, y también fue producto de la inversión de la nobleza local en el desarrollo de la industria pastelera. El fundador, el pastelero Lü, trabajó primero para la familia Chen en Fenguyan, que más tarde lo ayudó a establecer Hsue Chai. Según se dice, las empanadillas de soja verde se inventaron por accidente: el chef Lü estaba preparando el pastelito de luna taiwanés, que requiere una fritura en sartén por ambos lados sobre un fuego hecho con carbón, pero se olvidó de darle la vuelta a la masa, obteniendo como resultado que uno de los lados se hinchara tras un sonoro *phòng*. Eso se convirtió en lo que en la época actual se conoce como empanadilla de soja verde, con la base llana y la parte de arriba aireada.

Me doy cuenta de que esa es la versión completa de la historia sobre el origen del nombre de este postre en el dialecto taiwanés Hokkien, *lik-tau-phòng*, del que me estaba hablando Liebre en el almacén. Parece que esta visita ha colocado todas las piezas que me faltaban en la historia de la pastelería de Taichung.

Quizá porque se siente complacida con el trabajo que ha hecho, la señorita Chen canturrea durante el camino de vuelta. Siento las notas como si fueran una llovizna, que nos separan suavemente del estruendoso ruido del tráfico. Al escucharla, descubro una nueva admiración por la gente que conduce; son libres de ir adonde quieran, cuando quieran, sin tener que depender de nadie. Es una cualidad que Emiko también admira, creo.

De repente, las ruedas pasan por encima de un bache, haciendo que todo el coche se zarandee y se levante momentáneamente del suelo. Oímos un estrépito en el asiento trasero y el aire de pronto se llena de una fragancia dulzona. Chen detiene el coche rápidamente para comprobar el estado de las cajas de *gao-bing* que tenemos detrás.

A veces solo hace falta una sola palabra o un solo instante para que dos personas estrechen sus lazos. Para nosotros dos, es este incidente. Estallamos en carcajadas dentro del vehículo, de ambiente almibarado, bromeando sobre cómo los *gao-bing* han desafiado oficialmente a la gravedad.

—No me llames señorita Chen… puedes llamarme Pin-Hsin.

—Lo mismo digo…, llámame An-Chun.

Gracias a este nuevo trato cercano, reúno el valor para preguntarle:

—¿Siempre has querido ser periodista?

Se ríe.

—No es que quisiera ser periodista como tal… se podría decir que terminé por dedicarme a esto. Parece raro, ¿verdad? De hecho, solía trabajar en ventas. Pero más que presentar nuestros productos o generar beneficios, prefería escuchar a los clientes hablando sobre sus vidas. Entonces empecé a trabajar en el departamento de publicidad de una revista, que fue el primer contacto que tuve con las entrevistas. Mi jefa vio que mostraba interés y me cambió al departamento de reportajes. ¿Y tú?

—Yo también he terminado en esto sin saber muy bien cómo… —Me rasco la nuca—. Las otras personas a las que has entrevistado para el artículo sobre los *gao-bing*…, ¿qué piensan sobre heredar esas tiendas con tanta historia?

—Es difícil resumirlo en pocas palabras. Algunos creen que es un tipo de obligación, como una misión familiar. Otros se han enzarzado en disputas entre hermanos por cosas como el dinero y la marca distintiva del establecimiento, y han terminado separándose para fundar pastelerías cada uno por su lado. Lógicamente, los hay que empezaron ayudando, simplemente porque su familia necesitaba manos, y terminaron en ese sector durante decenas de años. Hay todo tipo de motivos. ¿Tienes planeado encargarte de la dirección de Yang Tzu Tang?

Se trata de una pregunta peliaguda, para la que todavía no tengo respuesta.

—No lo sé.

—¿No lo sabes?

—No es la primera vez que trabajo en una de estas antiguas confiterías… Estuve en una pastelería de *wagashi*, en Japón. Allí aprendí que el asunto de la «herencia» no es tan sencillo. No se trata solo de quererlo o de tener las habilidades necesarias como para tomar las riendas… hay algo mucho más profundo que todo eso. No sé muy bien cómo explicarlo.

Como en aquel inolvidable día. Emiko, vestida con su kimono verde claro, deslizó la puerta de papel para abrirla y usó la otra mano para cerrarla. Me hizo una reverencia con las manos apoyadas suavemente sobre el tatami, luego se levantó, cruzó la estancia con seis pasos exactos y se arrodilló delante de la estufa. El *wagashi* colocado entre los dos había sido elaborado especialmente para mí, y lo había preparado ella. También había infusionado el té *koicha* especialmente para mí. Según mi parecer, la «herencia» tiene ese sabor; tanto su dulzor como su amargura son lo bastante intensos como para que se te aneguen los ojos de lágrimas calientes.

—Pero ahora mismo tu objetivo es mejorar Yang Tzu Tang, ¿no? —dice Pin-Hsin. Yo asiento—. Entonces, de momento, deja a un lado la cuestión de la herencia y céntrate en las cosas que dependen de ti. Haz todo lo que puedas por Yang Tzu Tang. Tienes que esforzarte para alcanzar el futuro, antes de poder saber qué elecciones deberías tomar para llegar a él, ¿no te parece? Creo que los herederos de esos otros negocios deben de haberlo abordado de esta manera también… Paso a paso, hasta que han arribado al momento presente.

Estas palabras parecen proyectar un nuevo rayo de sol en mi vida. De repente siento que puede que haya algo por lo que luchar, después de todo.

No sé explicar por qué me dieron ganas de entrar en mi blog después de todo este tiempo. Desde que regresé de Japón, me he sentido como si una gran parte de mí se hubiese consumido. Desgastado. Evaporado. Hasta hoy no había podido reunir las fuerzas suficientes para actualizar *Diario de un nómada*.

Han pasado más de seis meses desde la última publicación, que versaba sobre la comida que compartimos en Han Shun Do para celebrar el fin de año y la nieve en Kioto.

«No veremos al señor Hsu en la fiesta de fin de año del año que viene».

La voz de Emiko parece retumbar en mi mente.

Respiro hondo para contener la melancolía y evitar que se extienda. El cursor parpadeante de la pantalla del ordenador me insta a que escriba la primera palabra, la primera frase:

«He vuelto a Taiwán».

Sin dar ningún motivo, paso directamente a describir mi nuevo trabajo en Yang Tzu Tang.

Puede que lo que me ha dicho Pin-Hsin haya hecho que comprendiera algo: en vez de centrarme en mis problemas, mejor sería que me concentrara en vivir mi vida.

Yang Tzu Tang es mi vida ahora, y es con esta nueva realidad que voy a anunciar a mis lectores el regreso del nómada.

El viaje continúa.

CAPÍTULO CATORCE

El alma de los *wagashi* reside en su relleno. Los rellenos más comunes son la pasta de judías rojas y la pasta de judías blancas. Los *jo-namagashi* emplean pasta de judías blancas para la capa exterior, lo que significa que cada día en Han Shun Do empieza hirviendo estas alubias. El sonido de las legumbres removiéndose en la olla llena de agua, como las olas que se estrellan en la costa, siempre consigue aumentar mi respeto por los *wagashi*.

El proceso de cocción de las alubias es bastante complejo, con varios requerimientos específicos para cada uno de sus pasos. Primero se deben dejar en remojo las legumbres durante toda una noche, luego se hierven hasta que se hinchan y se ablandan, y acto seguido se aclaran tres veces usando un colador. Después de eso, se tienen que volver a poner en remojo, y se vuelve a escurrir el agua. Esto también se repite tres veces. Las judías tiernas se envuelven con un paño de algodón y se les quita el agua estrujando manualmente, un proceso que requiere a un pastelero que use todo su peso corporal para aplicar presión sobre el paño. El resultado es una pasta densa y fina, que se mete en otra olla con agua y azúcar que posteriormente se calienta y remueve hasta que el líquido se evapora y se forman pequeños montículos. Solo entonces se puede usar la pasta de judías.

Al principio solo me permitían frotar las ollas y seleccionar y lavar las alubias, pero paulatinamente me dejaron cocinarlas también. Al contemplar las judías girando en el agua hirviendo, pensé en el increíble número de deidades que hay en el sintoísmo japonés. Según la creencia, en cada grano de arroz viven siete dioses. ¿Habrá también dioses del *wagashi* morando en cada una de las judías?

—¡Pues claro! Tajimamori es el dios de los *wagashi*. —Los ojos de Kato no se desviaban nunca de los fogones cuando estaba cocinando la pasta de judías blancas, ni cuando estábamos charlando—. Según cuenta el mito, viajó hasta el *tokoyo*, la «tierra eterna», en busca del «fruto de la fragancia eterna», que emana un aroma delicioso en las cuatro estaciones del año. ¿A que no adivinas cuál es esa fruta mágica? ¡Pues una maldita manzana!

Al oír esto, Emiko dejó lo que estaba haciendo y levantó la cabeza hacia nosotros. No fue la única.

—No es una manzana, es una mandarina —intervino Takahashi con voz gélida, tras girar la cabeza en nuestra dirección.

—Ya sé que es una mandarina. Estaba de broma, hay que ver… Escucha, An-Chun, todos los pasteleros de *wagashi* conocen el mito de la mandarina… Para nosotros es algo de sentido común. Añádele un poco más de agua —me indicó, señalando mis judías rojas.

—¿En Kioto hay algún templo dedicado al dios Tajimamori? —pregunté mientras añadía agua.

—Sí, está el templo Kaso, dentro del templo Yoshida —dijo Emiko.

Emiko solía guardar silencio en el obrador. Ante aquella inesperada aportación, Kato esbozó una sonrisa exagerada y, hasta cierto punto, servil.

—Eso es, como dice la señorita Emiko, está en el templo Yoshida. Celebran festivales en abril y en noviembre, en las que siempre participa el señor Imanishi. ¡Deberías ir a verlo alguna vez!

Me propinó un codazo amistoso, un gesto que me pareció algo forzado, y Emiko compuso una expresión incómoda mientras bajaba la cabeza. Siguió con la atención puesta en sus *wagashi*, como si la conversación no hubiese tenido lugar.

Para los japoneses es muy importante saber «leer el ambiente», y esta habilidad es más acusada en Kioto, una ciudad famosa por la formalidad y el comedimiento de sus habitantes. Me llevó mucho tiempo de observación y discernimiento aprender a ser capaz de descifrar las expresiones de la gente y estimar el entorno.

Era incapaz de interpretar el comportamiento de Kato. Podía ser un bromista, pero sabía encontrar el punto exacto en el que no llegaba a ofender a nadie, haciendo que todos los trabajadores de Han Shun Do se llevaran bien con él. Pero siempre se comportaba de una forma un tanto extravagante cuando hablaba con Emiko. Cuando terminamos de trabajar ese día, le pregunté sobre este asunto mientras nos cambiábamos los zapatos. Intentó fingir que no sabía de qué le estaba hablando, pero cuando lo amenacé con dejar de compartir con él la comida taiwanesa que llevaba encima, terminó por ceder.

—Ay, ¡es la hija del jefe! Me meteré en problemas si la trato con demasiado compañerismo, pero también me siento mal si la ignoro por completo, así que tengo que ir con pies de plomo.

—Pero eres su superior. ¿No crees que le sentaría mal si se enterara de que no te atreves a hablar con libertad cuando ella está presente?

—Puede que haya iniciado mi andadura como pastelero antes que ella, pero cuando herede Han Shun Do, ella será mi jefa y yo solo un humilde empleado. Es mejor mantener una distancia profesional.

—¿Ya ha decidido que quiere hacerse cargo de la tienda? ¿No va todavía al instituto?

—¡Pues claro! Es hija única... Debe heredar el negocio, no le queda otra opción. —Se ató los cordones del zapato y dio dos puntapiés al suelo—. Además, la señorita Emiko es una de esas jovencitas que están fuera del alcance de todos los chicos... No se me dan bien las de su tipo. Pero parece que le gusta hablar contigo. ¿Qué me dices de eso?

—Qué va, apenas hablamos.

Era verdad que en la tienda no intercambiábamos demasiadas palabras, pero desde que nos habíamos dado los números de teléfono, a veces me enviaba imágenes de los *wagashi* que había preparado y me pedía mi opinión. Esperaba que Kato no detectara ningún rastro de culpabilidad en mi tono; era un hombre con una intuición muy afilada.

—Bueno, pues sigue así, hazme caso... también soy tu superior, ¿no? —Me dio unas palmaditas en el hombro, se subió a su bicicleta y sonrió mientras se despedía con un gesto del brazo.

Me marché en la dirección contraria, envuelto en el frío aire del inminente invierno de Kioto. Sin turistas, la calle Ninenzaka estaba en silencio al atardecer. La luz de las farolas brillaba sobre los adoquines de piedra. En la distancia, la pagoda iluminada de Yasaka parecía exudar una sensación de soledad milenaria.

Me sonó el teléfono al recibir un mensaje de Emiko:

«An-Chun, ¿quieres ir a ver el templo de Kaso? Si estás libre, ¿qué te parece si vamos este domingo por la tarde?».

Terminó el mensaje con un emoji monísimo que me arrancó una sonrisa.

Me lo pensé durante un rato, y al final contesté: «Sí». Cuando levanté la vista al cielo, este se había desencapotado para revelar una franja de estrellas brillantes.

El santuario de Yoshida está formado por un conjunto de templos emplazados en el pequeño monte del mismo nombre, cerca de la Universidad de Kioto. Acordamos encontrarnos bajo las puertas *torii* del templo. Emiko ya me estaba esperando cuando llegué. Me sorprendió comprobar que, aunque solo estábamos a diez grados, llevaba puesta una fina sudadera de color verde oliva y unos pantalones cortísimos que dejaban a la vista sus largas y pálidas piernas. Quise preguntarle si tenía frío, pero no quería que pensara que era un pervertido que mira los muslos de una chica, así que me limité a alabar la boina color burdeos que le cubría la cabeza. Una sonrisa floreció en sus labios. Para ocultar la vergüenza repentina que me embargó, señalé las puertas que nos rodeaban.

—¿Por qué será que a la gente le gusta pintar las puertas *torii* de rojo?

—Los japoneses creen que el tono bermellón puede ahuyentar la brujería. ¿Cómo son los lugares sagrados en Taiwán?

—Tenemos un montón de templos, y muchos de ellos son supercoloridos… Mira, con baldosas amarillas y rojas. —Busqué en mi teléfono algunas imágenes—. Siempre encuentras un sinfín de esculturas de deidades y bestias sagradas en los tejados, incluso los pilares tienen relieves en forma de dragón que los circundan. Todo es muy exagerado y exuberante.

—¡Es como una versión mejorada de los nuestros! —Su expresión la hacía parecer una ardilla que acabara de toparse con una fruta deliciosa.

Cruzamos las puertas *torii* y subimos unas escaleras para que nos diera la bienvenida una abundante vegetación por ambos flancos. Emiko, que no había estado nunca en Taiwán, me pidió que le contara más cosas sobre mi lugar de origen. La última vez, ya le había explicado lo que eran los mercados nocturnos, las motocicletas y el té de perlas, así que me decanté por hablarle sobre las frutas taiwanesas.

—Las *Shi-jia*, las chirimoyas, se parecen a la cabeza de Buda. —Tracé pequeños círculos alrededor de mi cráneo con los dedos. Llegados a ese punto, Emiko se reía con tantas ganas que ni siquiera era capaz de mantenerse erguida—. La cáscara es de color verde y, cuando se la quitas, dentro hay pequeñas porciones de pulpa, y cada una de esas porciones contiene una semilla negra, que se escupe.

—¿Como cuando comes sandía? Qué raro…

Tras sacar el tema de la fruta, empezó a contarme el resto del mito que Kato había mencionado:

—Cuando Tajimamori regresó a Japón de la tierra eterna, el emperador Taruhito ya había muerto. Tajimamori fue a visitar la tumba del emperador, le presentó la fruta de la fragancia eterna y entonces se quitó la vida. La palabra para «fruta», *ka*, es el origen para la palabra *kashi*, que pasó a ser *wagashi*. Desde entonces, Tajimamori se convirtió en el guardián de los *wagashi*.

—Qué historia tan trágica. Debió de sentirse muy culpable por no haber regresado a tiempo.

—¿Eso crees? Me la han contado tantas veces que ya ni me inmuto al oírla. Supongo que se puede decir que es una tragedia, si te paras a pensarlo. —Ladeó la cabeza, como si estuviera discurriendo sobre un difícil problema matemático—. Pero cuéntame más cosas sobre Taiwán. ¡Me parece muy interesante!

—Podrías venir de visita.

—No. —Agachó la cabeza—. Me encantaría, pero no es posible.

Me sorprendió su respuesta, y quise saber si era por Han Shun Do, pero por algún motivo no fui capaz de formular la pregunta. Me pareció que si pronunciaba las palabras estaría sellando su destino; el destino de despedirse de viajar a Taiwán y desestimar cualquier otra acción en su vida que no tuviera que ver con los *wagashi*.

—A ver, Japón... ¡Japón también es muy interesante! Como, por ejemplo, cuando todo el mundo sorbe cuando come ramen. —Hice el gesto de comer fideos con los dedos a modo de palillos. Ella me puso una expresión que decía: «¿Eso te parece interesante?».

Dejamos atrás el templo más importante de Yoshida y seguimos subiendo; nos desviamos hacia la izquierda, pasamos por debajo de otra puerta *torii* y llegamos a una larga hilera de monolitos de piedra que seguían las escaleras. Cada uno tenía inscritos los nombres de las pastelerías locales que habían hecho alguna donación al templo. Emiko las reconocía casi todas, e incluso fue capaz de localizar el monolito donde aparecía el nombre de Han Shun Do.

—Mi padre dice que para poder confeccionar buenos *wagashi*, debemos inspirarnos en lo que observamos en nuestra vida diaria. Aunque la diferencia sea mínima, debemos ser capaces de distinguir entre la nieve que cae a principios de invierno y los copos que caen a finales —dijo ella, mientras contemplaba pensativa el monolito de Han Shun Do—. Pero en muchas ocasiones no soy capaz de dilucidar qué significa exactamente.

Me di cuenta de que su mente estaba llena de cosas más propias de una persona de mucha más edad. La mayoría de las muchachas como ella probablemente estarían preocupadas por qué marca de pintalabios les quedaría mejor, por ejemplo.

—Cuando era pequeña, siempre me pedía que le describiera las plantas de nuestro jardín por la mañana, y esas mismas plantas al ocaso. A veces me preguntaba por el tejo, a veces por el hibisco. Si le respondía que no lo sabía, entonces me gritaba y me castigaba obligándome a sentarme durante horas en el porche a fin de observar detenidamente la diferencia. El señor Ono siempre se compadecía de mí y me chivaba la respuesta a media voz.

»Una vez, me enfadé tanto con mi padre que estallé en lágrimas y le grité: «¡Todos los días son iguales en Kioto! ¡Todo es muy aburrido!». No me dijo nada para consolarme, solo me soltó que no tenía lo que hay que tener para ser pastelera de *wagashi*.

Aquel debía de ser uno de los recuerdos más tristes que guardaba Emiko. Parecía más pálida y débil solo con revivirlo. Me quedé quieto, y ella también detuvo sus pasos. Al ver que los ojos le centelleaban por las lágrimas acumuladas, le puse con amabilidad una mano sobre la cabeza.

—Estoy seguro de que te ganarás la aprobación del señor Imanishi algún día. No me cabe duda. —La textura de su afelpada boina me hizo pensar en un conejito mullido. Si me la quedaba mirando un rato con más intensidad, ese conejo metafórico podría saltarme a los brazos—. ¿Quieres hacer ver que eres una turista taiwanesa? Así todo lo de Kioto te parecerá nuevo y emocionante… incluso el sushi que ya has aborrecido tendrá un sabor espectacular.

Asintió con la cabeza, servicialmente, y yo retiré la mano, con la palma sudada.

—¿Sabes qué? —me soltó de repente con una sonrisa, como si se le acabara de ocurrir algo gracioso—. La oferta de trabajo que viste en el escaparate de la tienda... aunque solo eran unas pocas palabras, mi padre las cambió una y otra vez, e incluso llegamos a un punto en el que descartó la idea de contratar a alguien.

Jamás me olvidaré de aquella oferta de trabajo. Aparte de la descripción del puesto, el horario y el salario, se especificaban casi diez requerimientos especiales: ninguna afiliación criminal, puntualidad, nada de holgazanear, no robar, no beber, no fumar... Y varios más.

Emiko se pellizcó la nariz e imitó el tono grave de la voz de su padre:

—¡Han Shun Do no es un lugar al que pueda entrar un individuo cualquiera únicamente porque le apetezca, aunque solo sea para hacer recados y limpiar el mostrador! ¡Si Nakamura no se hubiese lastimado en ese accidente de coche, jamás habría contratado a un tipo cualquiera de la calle!

Aquella imitación me arrancó una risotada.

—Por eso es toda una hazaña que te haya podido conocer, An-Chun. —La sonrisa le llegaba a los ojos cuando me dijo esto.

Seguimos andando y llegamos a una pequeña arboleda a los pies de los escalones de piedra. El templo de Kaso se alzaba circundado por los árboles. La estructura principal estaba compuesta por una simple caseta a modo de altar, hecha de madera oscura, que resaltaba en contraposición con el color vivo del bermellón de la cerca también de madera. Las lámparas blancas que colgaban en la puerta lucían dibujos hechos con tinta negra que representaban unas mandarinas, haciendo referencia al mito de Tajimamori. Le rezamos al dios de los *wagashi* desde el otro lado de la valla. Los rayos de sol se posaron sobre las pestañas batientes de Emiko, que parecían pelusillas de diente de león listas para echar a volar.

No sé si ella y yo rezamos por las mismas cosas. Cuando digo «rezar», en realidad me refiero a hacerle una promesa al futuro. Incluso ahora, todavía creo que Emiko se convertirá en una pastelera excelente, algún día. De eso no me cabe duda.

CAPÍTULO QUINCE

S in lugar a dudas, debo compartir en *Diario de un nómada* la escena que se desarrolla delante de mis ojos. Jamás me había reunido con pasteleros taiwaneses de *gao-bing* fuera de Yang Tzu Tang, y ahora me encuentro en una clase con chefs y trabajadores de más de veinte pastelerías distintas. Algunos son veteranos y otros jóvenes, y se intercambian cumplidos como si estuvieran en un reencuentro escolar. Como no conozco a nadie, localizo un asiento vacío y ocupo así la sexta silla alrededor de una pequeña mesa.

Ha sido Pin-Hsin quien me ha convencido de que me uniera a este «seminario de *marketing* narrativo» que organiza la asociación local de *gao-bing*. Nos intercambiamos los números de teléfono después de la excursión a Fengyuan y más tarde me envió el enlace para registrarme. «Os puede beneficiar tanto a Yang Tzu Tang como a ti», me escribió.

Me preparé a conciencia para recibir una buena reprimenda antes de contarle la idea a mi tío abuelo, creyendo que me diría que Yang Tzu Tag no necesitaba ningún truco moderno para incrementar las ventas. Le expliqué el contenido del seminario y le comenté lo que había observado en Shan Kun, Ho Chi y Hsueh Chai, y compartí los dulces que había comprado en cada una de las tiendas con él y con los demás pasteleros, pero no supe distinguir si las expresiones que pusieron eran de aprobación o de rechazo.

—Pues ¿qué te parece si vas y ves de qué va?

Mi tío abuelo, que siempre ha sido cabezota y conservador, no solo me proporcionó un permiso remunerado del trabajo para poder acudir al seminario, sino que incluso pagó las tasas de inscripción.

Localizo la coleta de Pin-Hsin entre los asistentes que buscan asiento. Va con ropa más formal a lo que estoy acostumbrado, con un traje pantalón. La revista para la que trabaja es uno de los patrocinadores que organiza el evento. Me saluda efusivamente con la mano y se acerca. Lleva un fajo de papeles repleto de tachones en tinta roja y le pregunto qué son.

—Ah, ¿esto? —hojea las páginas—. A una de las tiendas que entrevisté no le gustó lo que escribí sobre ellos y me ha pedido que hiciera algunos cambios. Quieren que emplee más expresiones idiomáticas, porque, según dicen, hará que el artículo sea más sofisticado. —Esto me deja de piedra, pero ella se limita a encogerse de hombros, como si fuera incapaz de alterarse por este tipo de injusticias diarias—. ¡Le estoy muy agradecida al señor Lin por que no me haya pedido que cambiase ni una sola palabra!

—El texto era pura perfección… a mi tío abuelo le encantó. Durante la entrevista estaba muy disperso, pero conseguiste transformar mi caos en un artículo completamente emotivo y humano.

Me sonríe de oreja a oreja, como un niño al que el profesor felicita delante de toda la clase. Entonces se percata de que una de las mujeres sentadas a mi mesa también es una de las personas a las que ha entrevistado. Me la presenta con entusiasmo.

—¡La chef Chieh fue la ganadora del premio del certamen anual de pastelitos de sol del año pasado!

Chieh es una mujer menuda de pelo corto que, pese a parecer más joven que yo, ya ha ganado algo. También es la primera vez que oigo que hay premios para los pastelitos de sol.

—Hay muy pocas chefs en el negocio de la pastelería tradicional, ¿sabes? —me dice Pin-Hsin—. Tienes que ser capaz de trabajar muchas horas a altas temperaturas y levantar ingredientes pesados y cuencos y demás, lo que hace que sea todavía una hazaña más increíble que Chieh ganara el premio. ¡Se estuvo preparando para el concurso cada día antes de empezar a trabajar, confeccionando cientos y cientos de pastelitos!

Chieh y yo nos sonreímos. Quiero preguntarle por qué tuvo que practicar si ya prepara los pastelitos de sol en el trabajo, pero antes de que pueda hacerlo, el ponente entra en la sala y saluda a todo el mundo a voz en grito. Se trata de un hombre bajito, de aquellos que consideran que su gran sonrisa y el traje de negocios forman parte del uniforme diario. Nos sugiere a los que estamos sentados en las mesas que presentemos nuestras elaboraciones de *gao-bing* a los demás para practicar cómo contar una buena historia. Los miembros de nuestra mesa nos lanzamos miraditas de reojo… Puede que nos dediquemos a lo mismo, pero no nos conocemos bien ninguno. Chieh es la que toma la iniciativa:

—¡Empiezo yo!

Chieh es la tercera generación en una pastelería local. Nos explica que, a diferencia de las tiendas de *gao-bing* que se especializan en las cajitas de regalo, los establecimientos suburbanos están más ligados a los cambios de vida del vecindario, como si fueran testigos de la evolución cultural de la región.

Entre sus productos se cuentan los *shou-tao*, unos bollitos dulces en forma de melocotón que simbolizan la longevidad y se usan en las ofrendas a los altares de los dioses; los *zhuang-yuan*, tartas «académicas» hechas con arroz glutinoso que tradicionalmente se usan como regalo de bodas, así como empanadillas de soja verde, que son indispensables durante el festival de otoño.

Chieh se ha pasado la vida en una pastelería, y esa experiencia le permite guardar el recuerdo de un cliente en concreto, un anciano que vivía solo. Siempre iba con sombrero y compraba un único bollito *shou-tao*, pagando el importe exacto. Durante años, Chieh se estuvo preguntando sobre los problemas financieros y la soledad de aquel hombre. Entonces, un buen día, entró en la tienda con una actitud claramente distinta a la habitual, blandiendo varios billetes arrugados de mil dólares taiwaneses. Se ve que su hija, con quien hacía años que no tenía relación, se había puesto en contacto con él para informarle de que se iba a casar. El anciano quería comprar algunas cajitas de tarta de bodas para regalárselas a sus vecinos y estaba tan emocionado que las lágrimas se le acumularon en los ojos mientras hacía el pedido.

—Todos sabíamos que se trataba de los ahorros que había conseguido reunir con esfuerzo gracias a llevar una vida frugal. Fue entonces cuando me di cuenta de que las pastelerías de *gao-bing* tienen una responsabilidad. Nuestros clientes nos permiten ser una pequeña parte de sus vidas y, a cambio, nosotros debemos proporcionarles los mejores dulces posibles.

Toda la mesa aplaude las emotivas palabras de Chieh con sinceridad.

¿Cuál de las historias de Yang Tzu Tang vale la pena contar? ¿La relación con la familia Lin en Shekou? ¿El hecho de que la hubiese fundado mi bisabuelo, que luego la heredara mi tío abuelo, y así su historia abarcara más de sesenta años? ¿O el relato oculto que hay tras la tienda… la inevitable separación entre el joven pastelero y la heredera?

Seguimos avanzando por el grupo. Cuando llega mi turno, el ponente anuncia que se nos ha acabado el tiempo. Me siento profundamente aliviado, pero me carcome ese «relato» de Yang Tzu Tang durante el resto del seminario.

Miro a la cara de las personas que me rodean. Todas pertenecen a la misma industria, pero cada una alberga sus historias individuales. Algunas vienen de parte de empresas industriales cuyos productos se ofrecen en supermercados y otros puntos de venta, y que presumen de sus certificados alimentarios internacionales. Algunos intentan inventar nuevos sabores dentro de las categorías existentes de *gao-bing* de estilo chino; otros comparten una profunda conexión con las confiterías de corte japonés y visitan el país nipón a menudo en busca de inspiración, procurando desarrollar nuevas fusiones de las especialidades japonesas con los sabores únicos de Taiwán.

Son enfoques que me resultan completamente inimaginables desde la perspectiva de Yang Tzu Tang.

Terminado el seminario, me cruzo con la chef Chieh en los ascensores y aprovecho la oportunidad para preguntarle sobre el certamen de los pastelitos de sol.

—Cada obrador hace los pastelitos de sol de manera distinta, ya sea por los ingredientes, el tamaño o el peso —me dice sin tapujos—. Debido al volumen de trabajo, incluso las tiendas más pequeñas emplean maquinaria. Pero para los concursos es distinto. Todo se tiene que hacer a mano, y hay que seguir unas normas para el tamaño y el peso de cada unidad, así que hace falta muchas modificaciones y práctica para encontrarle el tranquillo. Los concursos duran noventa minutos, durante los cuales tienes que preparar veinticuatro pastelitos de sol, lo que significa que tienes que practicar y planificarlo todo... El flujo de trabajo, dónde colocar las herramientas y todo eso. —Me sonríe—. ¿Te llama la atención participar? ¡Deberías probarlo! Pero al señor Lin Yi probablemente no le interesen estas cosas.

Por lo visto, la naturaleza testaruda y solitaria de mi tío abuelo es bien conocida en el sector.

—Ah, no, solo te lo pregunto porque me picaba la curiosidad. No soy tan bueno como para concursar.

—Con esa actitud seguro que no —repone ella—. No lo sabrás hasta que no lo intentes... Estoy muy segura de que nadie creía que podía ganar hasta que lo hice. Quiero ser un modelo a seguir para las chicas y la gente joven en general. Quiero que sepan que existen posibilidades infinitas para la gente de nuestra edad o más joven en el mundo de los *gao-bing* tradicionales... Que es algo que vale la pena legar a la siguiente generación.

El ascensor se abre en la planta baja y la luz del sol que se filtra del exterior le acaricia la cara. Tengo la sensación de que se trata de un momento de ordenación divina, como si alguna fuerza sobrenatural estuviera declarando que el futuro de Chieh va a ser brillante. Ese resplandor no significa que no vaya a encontrarse con dificultades, pero será capaz de salir adelante a pesar de los obstáculos del camino.

En el pasado, vi en Emiko esa misma mirada, ese mismo brillo. Fue esa luz la que hizo que me decidiera a abandonarla.

CAPÍTULO DIECISÉIS

E miko y yo acordamos encontrarnos en la estación de Demachiyanagi. Quería llevarme a «saltar sobre las tortugas», antes de ir a la tienda de *wagashi* Ko Ryo.

—¡Tienes que hacerlo como mínimo una vez mientras estés en Kioto! —me dijo.

De camino al río Kamo, no pude evitar fijarme en que Emiko lucía un conjunto distinto a lo que estaba acostumbrado a ver en ella. Normalmente llevaba el pelo recogido o trenzado, pero ese día se lo dejó suelto, meciéndose al viento. Se había puesto una simple sudadera blanca con unos tejanos. Se dio cuenta de que la estaba mirando y me dijo, avergonzada:

—¿Esta ropa es la que se pondría una chica taiwanesa? La última vez me dijiste que fingiera ser taiwanesa y que experimentara a Kioto desde un punto de vista distinto, así que he buscado cómo se viste la gente en Taiwán. ¿Te parece raro? —Agachó la mirada mientras se tiraba de la tela de la sudadera.

—Para nada. Te queda muy bien.

Nos sonreímos y seguimos andando.

No tardamos en llegar al lado de las aguas, que fluían ondulantes. A diferencia de las áreas de Gion y Shijo, ese barrio es una porción triangular de tierra donde confluyen los dos ríos, el Kamo y el Takano. Los lugareños de Kioto han colocado unas piedras en forma de tortuga dentro del río Kamo, que se pueden cruzar si saltas de una a otra, con el fin de añadir algo de entretenimiento a la rutina diaria. La zona en la que estábamos era donde había más tortugas. Algunas estaban lo suficientemente juntas como para poder pasar caminando por encima de ellas, mientras que otras estaban más separadas y para cruzarlas tenías que dar un saltito. Cuando llegamos, había bastantes niños brincando sobre los animalitos pétreos, así como grupos de amigos que holgazaneaban en la ribera y varias parejas tomadas de la mano.

Emiko, al ser mi guía, tomó la iniciativa y saltó sobre algunas tortugas.

—¡An-Chun, venga!

Mis pasos eran más largos que los suyos, así que no tardé en atraparla. Se me ocurrió algo.

—¿Sabes cómo podrías parecer más taiwanesa? Te enseñaré algunas frases en mandarín y puedes intentar decirlas cuando vayamos a la tienda de *wagashi*.

Me adelanté a ella y le dije una frase en mandarín en cada tortuga sobre la que ponía el pie. Ella me siguió, repitiendo las palabras a cada paso. Juntos, llenamos el río Kamo con frases en mandarín: «quiero este», «es delicioso», «qué monada». El viento parecía tener ganas de participar, haciendo ondear nuestra ropa. Nos lo estábamos pasando tan bien que ni siquiera el frío de diciembre nos detuvo.

Dije una última frase: «¡me gusta mucho esto!» y llegué a la orilla contraria. Emiko, a la que le faltaba solo una tortuga, se detuvo en seco. Parecía no verlo claro con el último salto, que era más largo que los demás. Sin pensarlo, le extendí la mano.

Ella sonrió y la aceptó.

—Me gusta mucho esto —me dijo.

Aferrándome a su cálida y suave mano, la llevé hacia la tierra firme de la orilla. El olor del río y del viento de repente pareció endulzarse, como si algún campo lejano se hubiese cubierto de flores de improviso. Nos soltamos tras un segundo o dos. Después de eso, manteniendo una pequeña distancia entre nuestros hombros, caminamos uno al lado del otro.

Ko Ryo, la tienda de *wagashi* fundada hacía más de quinientos años, estaba cerca del palacio imperial de Kioto, que había sido la residencia del emperador japonés. La gelatina *yokan* de Ko Ryo solía prepararse para la familia real en exclusiva, y estaba completamente vetada a la «plebe». Hoy en día, Ko Ryo es una famosa cadena con tiendas por todo Japón e incluso en París, ampliamente conocida en el mundo de los *wagashi*.

—Quiero este —dijo Emiko en mandarín, y yo tuve que contener una carcajada.

Había un motivo por el que habíamos ido juntos a Ko Ryo. La comunidad pastelera de Kioto era un mundo muy pequeño; todos sabían exactamente a qué generación pertenecía cada quien y qué familia regentaba cada una de las tiendas. Debido a esto, Emiko no podía simplemente entrar en cualquier establecimiento y probar lo que le gustara, y ninguna de sus amigas del instituto mostraban el suficiente interés por los dulces como para hacerle el favor de comprárselos. Decidimos ir a Ko Ryo porque, dada su enorme escala operacional, probablemente sus dueños y altos ejecutivos no estuvieran físicamente en la tienda, y seguramente Emiko podría pasar desapercibida. Como medida extra, llevaba puesta mi gorra de béisbol taiwanesa.

Para que no la reconocieran, no hablamos demasiado dentro de la tienda. Contemplé admirado y en silencio el paisaje que ofrecía el jardín; el invierno hacía que incluso los árboles parecieran fríos, su corteza agrietada como la piel seca. Emiko parecía estar pasándoselo en grande en su papel de taiwanesa. Echaba miradas alrededor, cargadas de curiosidad, como si estuviera visitando Kioto por primera vez.

Cuando nos sirvieron los pedidos, corté una porción de mi gelatina de miso blanco, que era de un color marrón muy claro, y se derritió en mi boca al instante. Tenía un sabor dulce, ligero y suave, que contrastaba con el té verde caliente con el que lo acompañaba. Emiko estaba admirando el dulce que había elegido, de nombre *yukito*, por diferentes ángulos. El nombre significaba «conejo de las nieves», y tenía unas orejitas y patas traseras que evocaban la agilidad de un conejo. Cuando lo partió, el interior rebosaba relleno de *yuzu* de un color verde pálido. Yo también lo probé; el sabor cítrico era intenso, pero refrescante.

—Gracias, An-Chun. —me susurró Emiko en japonés, al ver que no teníamos a nadie cerca—. Siempre había querido saber qué sabor tenían los *wagashi* fuera de Han Shun Do.

—¿Y qué te parece la experiencia?

—Los *wagashi* son verdaderamente extraordinarios. Personas de distintas familias y generaciones pueden crear sus propios estilos. Los dulces de aquí tienen un sabor profundo, que probablemente ha ido pasando de generación en generación desde la época en la que el emperador vivía en Kioto. Al fin comprendo por qué no consigo la aprobación de mi padre. Es verdad que me queda mucho camino por recorrer.

Para mí, tanto los *wagashi* de Han Shun Do como los de Ko Ryo eran simplemente exquisitos. No era capaz de discernir las sutiles diferencias a las que hacía referencia Emiko, pero sus palabras me emocionaron. Estar a su lado, deleitándome con aquellos sabores de Kioto que se remontaban a siglos atrás… ¿No era algo extraño, casi milagroso? Como en aquel poema en el que el poeta les pide a los dioses que lo transformen en un puente solo para que su enamorada pueda cruzar el río. En japonés, lo llaman *en*. En mandarín, lo llamamos *yuan*. Conexión. Oportunidad. Destino.

—Ojalá pueda ir a Taiwán contigo algún día.

Tenía la mirada perdida, y su voz era tan liviana como una pluma al viento. Quería aceptar sus palabras con la misma amabilidad con la que las había pronunciado ella, pero mi corazón estaba desbocado.

—¡Ah! —exclamó Emiko.

La primera nevada había llegado a Kioto. Los delicados copos caían a un ritmo imposiblemente lento, enseñándome el significado de lo que es la serenidad. Emiko y mi *en*... Quizá también fuera algo que sería recordado durante la posteridad.

CAPÍTULO DIECISIETE

En las zonas subtropicales de Taiwán, donde a menudo las estaciones se mezclan las unas con las otras, solo cuando como pastelitos de luna pienso: *Ah, ya casi ha llegado el otoño.*

Comer *gao-bing* es una actividad que proporciona felicidad. Cuando se acerca el festival de otoño, los clientes pueden elegir entre las tradicionales empanadillas de soja verde, pastitas de huevo salado, minipastelitos de luna que recuerdan a los postres japoneses, o pastelitos de luna cantoneses de cortezas crujientes y un amplio abanico de rellenos. También es la época de más trabajo en Yang Tzu Tang; desde que dio inicio setiembre ha sido habitual que le echáramos más horas al trabajo, hasta pasadas las diez de la noche. También es la época en la que la irascibilidad de Orca alcanza su punto álgido. El estrés extremo que siente se hace patente en cada palabra que pronuncia, y parece que soy incapaz de evitar que explote como mínimo diez veces por día.

Asombrosamente, en mitad de todo este frenesí, Parker le hace esta petición al tío abuelo:

—Por favor, deme permiso para participar en este taller de panadería.

En el taller en cuestión participarán los tres panaderos ganadores de la copa del mundo de panadería del año pasado, quienes hablarán de sus experiencias durante la competición y demostrarán en vivo cómo hornean el pan ganador. Se trata de un evento que dura solo un día, pero con el festival de otoño a la vuelta de la esquina, cada día en el obrador parece un campo de batalla, y una sola jornada sin Parker sería una auténtica tortura. Parker es muy consciente de esto, y asegura que pagará la inscripción y compensará las horas que pierda entrando a trabajar dos horas antes durante el resto de la semana.

—¿Tú quieres ir también? —me pregunta mi tío abuelo.

Solo estaba leyendo el panfleto del taller porque he escuchado la conversación por casualidad, cuando he entrado en la sala de descanso.

—Ah, no… qué va, solo me daba curiosidad.

—¿Por qué no vais juntos?

No sé qué le ha pasado a mi tío abuelo por la cabeza para llegar a esta conclusión. Parker se lo agradece profusamente. Mientras tanto, yo me siento tan confundido como un estudiante que no se ha presentado para el puesto de delegado de clase pero al que el profesor le anuncia igualmente que el cargo es suyo.

Parker solía ser panadero antes de empezar a trabajar en Yang Tzu Tang. La panadería en la que trabajaba es muy conocida en la zona. No es un horno taiwanés tradicional, sino más bien una moderna *boulangerie,* que solo vende productos europeos y cuenta con una cafetería adyacente. Una vez le pregunté por qué había cambiado el pan por los *gao-bing.* Me respondió que los dulces taiwaneses forman parte de su cultura, y que sentía que se estaba perdiendo algunas cosas al aprender tanto sobre los productos horneados extranjeros y prestarle tan poca atención a las tradiciones de su propia tierra.

Dudo que ese sea el motivo real. Aunque tampoco es mentira, a juzgar por el empeño que pone Parker en Yang Tzu Tang, muy comprometido con aprender el arte de los dulces tradicionales taiwaneses. Pero siento que debe de haber otro motivo de peso que guarda en su interior y que no puede verbalizar. Lo digo porque en los descansos del trabajo sigue leyendo libros y revistas sobre la panadería occidental, cuyas páginas están plagadas de frases subrayadas y pósits. Mientras lee, su expresión se transforma de confusión a algún tipo de amargura, pasando por el aburrimiento y finalmente por un afligido abatimiento, como si hubiera diferentes partes de él enzarzadas en un feroz debate.

Parker ha llegado al lugar del taller pronto y parece más contento que unas castañuelas cuando voy a su encuentro en el auditorio vacío.

—¿Qué haces aquí tan pronto?

Me he apresurado a llegar tras recibir un mensaje suyo en el que me informaba de que ya estaba allí. Todavía queda más de media hora para que empiece el taller, y somos los únicos presentes, aparte del personal del evento.

—Para conseguir los mejores asientos. —Me sonríe—. Solía venir a los seminarios que se organizaban aquí a menudo. Estas instalaciones pertenecen a una empresa que fabrica maquinaria de restauración. Llevan mucho tiempo patrocinando concursos tanto en Taiwán como en el extranjero, y también organizan muchas charlas y talleres. Siempre me siento aquí.

Ocupamos los asientos del centro literal del auditorio, a una distancia equidistante de las cuatro paredes. Desde nuestro punto elevado, podemos ver con total claridad la superficie de la mesa de trabajo donde harán las demostraciones, así como los utensilios que hay a cada lado, y la hilera formada por hornos de distinto tipo que se extiende por la parte trasera. Toda la industria panadera parece concentrarse en este punto. Me siento algo emocionado.

—Tengo que instruirte un poco sobre el horneado del pan antes del taller —dice Parker.

Sabe que no tengo ni idea sobre este tema, así que saca una hoja de papel y escribe en ella cuatro palabras: harina, levadura, agua y sal.

Hay cientos de tipos de harina, cada una con características distintas que afectan el aroma, la esponjosidad, la elasticidad y la textura del pan. Los panaderos profesionales a menudo mezclan diferentes tipos de harina para crear la suya única y original. La levadura es el ingrediente clave que hace que el pan se hinche, y es también la fuente de su fragancia y sabor. En resumen, es el alma del pan. La sal y el agua también son indispensables: el agua es el medio que une todos los ingredientes, mientras que la sal hace resaltar el dulzor de la masa, e incrementa su densidad.

—Estos son los cuatro elementos principales del pan. Parece simple, pero las posibilidades son infinitas.

Los ojos de Parker brillan mientras me dice esto, como un jardinero que mira un puñado de semillas y puede imaginar todo un bosque.

Aunque la mirada de Parker esté cargada de sentimiento, hornear pan no es para nada emocional, sino más bien algo científico. El folleto del taller está repleto de números: mediciones, temperaturas y tiempos. El mismo tipo de pan puede emplear diferentes proporciones de los cuatro elementos principales, dependiendo de la metodología del panadero. La ingente cantidad de términos técnicos que emplean hace que me sienta un ignorante. Puede que los panaderos no sean como los jardineros, después de todo, sino que se asemejan más a unos científicos locos.

—La clave no está en la receta, An-Chun. Por más detallado que sea un procedimiento, no puede replicar el sabor de algo. La verdadera clave radica en cómo cada panadero concibe el pan.

Sigo su mirada y veo que los tres ponentes ya han ocupado sus sitios en la tarima. Representaron al equipo de Taiwán y ganaron la medalla de plata en la copa del mundo de panadería del año pasado. Gracias a ellos, entre otros participantes taiwaneses que lo han hecho muy bien en los últimos años, esa prestigiosa competición se ha convertido en un sueño alcanzable para los panaderos taiwaneses en ciernes.

El taller empieza con un vídeo documental que permite a los asistentes seguir a los tres maestros a lo largo de las rondas de práctica de ocho horas cada una, las agradables sorpresas que se llevan en su búsqueda por ingredientes puramente taiwaneses, la angustia en el vuelo hasta París, la presión durante la competición que a duras penas les dejaba tomar aliento y, finalmente, el grupo que se abraza entre lágrimas cuando la bandera taiwanesa se iza en el acto de entrega de premios. Al final del vídeo, el público estalla en un efusivo aplauso, como si nosotros también hubiésemos formado parte de su arduo trabajo y de la consiguiente victoria. Parker es el único que no aplaude.

«Nada en esta vida se consigue fácilmente». El lema de mi tío abuelo. No tiene razón de ser que un pastelero de *gao-bing*, que solo cuenta con el graduado escolar, siga una consigna tan filosófica. A menos que tenga su origen en las experiencias vitales.

Los tres panaderos en la tarima empiezan a recrear las elaboraciones que presentaron para las tres categorías de la competición: «*Baguettes* y panes de especialidad», «*Viennoiserie* dulce» y «Diseño artístico». Van de un lado a otro, amasando, mezclando, comprobando el horno, juntándose un instante para dirigirse a continuación a sus siguientes tareas, trazando una coreografía tan fluida que parece como si pudieran hacerlo con los ojos cerrados. Debe de ser el resultado de infinitas sesiones de práctica. La escena me recuerda a los maestros artesanos de los espectáculos de variedades japoneses. La seguridad y la confianza que ponen en sus manos y sus habilidades hace que irradien un aire calmado y grácil, incluso mientras corren a contrarreloj.

El aroma a pan empieza a llenar el auditorio lentamente. Las *baguettes* son las primeras en salir del horno y el personal de la organización las corta en pequeñas porciones para que las pueda probar el público.

—Huélelo primero —me indica Parker, antes de que me meta el pedazo entero en la boca—. Luego pruébalo y asegúrate de masticar treinta veces antes de tragar. Solo comiendo lentamente podrás diferenciar el sabor de la levadura de la fragancia de la harina.

Sigo sus instrucciones, recordando el tempo lento con el que se comen los *wagashi*. Primero observo, luego huelo, tomo un bocado, y noto la suavidad de la miga mientras disecciono las distintas capas de fragancia y dulzor al tiempo que reparo en cómo el sabor del pan se transforma en mi paladar con cada segundo que pasa.

Estoy tan absorto saboreando el pan que tardo un rato en darme cuenta de que Parker hace quince minutos que se ha ido, aunque me ha dicho que solo iba al baño un momento. Voy en su busca y me lo encuentro fuera del edificio, subido a su motocicleta, con la mirada perdida hacia el tráfico.

—¡Oye, Parker! ¿Te vas?

—Ah, sí. Me ha surgido algo.

Nuestras miradas se cruzan y sus ojos titilan, llenos de inseguridad.

—No es verdad.

De repente, me parece que es como un ciervo alarmado que desaparecería por entre los árboles de un bosque en un abrir y cerrar de ojos si notara algún cambio en el viento. Pasados unos pocos segundos, se tranquiliza lo suficiente como para seguir hablando.

—El panadero que ha preparado las *baguettes*... él y yo solíamos ser buenos amigos. Aprendimos juntos y nos ascendieron a panaderos a la vez. Prometimos que participaríamos en la copa del mundo algún día. Pero a medida que pasaba el tiempo, me di cuenta de que había llegado al límite de mi talento, aunque no fue así con él. Siempre siguió mejorando y descubriendo nuevas cosas. ¿Cómo puede ser que tanto él como yo hayamos empleado la misma cantidad de tiempo y esfuerzo, pero solo sea yo el que se ha quedado atascado?

No hay una respuesta fácil para una pregunta así.

—Lo eligieron para el equipo nacional y le suplicó al entrenador que permitiera que yo también formara parte, pero la cagué estrepitosamente en la prueba de acceso. La temperatura, la levadura, la textura... Todo estaba mal. Me cegó la rabia, amontoné todo el pan y lo tiré al suelo.

No pude evitar proferir un grito ahogado.

—Salí hecho una furia, sin limpiar, y jamás regresé a la panadería. No he vuelto a hablar con él desde entonces. Supongo que... simplemente hui. Igual que estoy haciendo ahora, dejándote atrás.

—Entonces, ¿por qué querías acudir a este taller?

—Quería comprobar cuánto ha mejorado desde la última vez que lo vi. Quería verificar cómo sabe el pan merecedor de ganar la copa del mundo. Pero no debería haberlo hecho. —Le propina un puntapié a una piedrecita—. Lo siento, An-Chun, pero creo que será mejor que me vaya.

Tras su marcha, regreso al auditorio y me quedo hasta que termina el taller. La historia de Parker me ha dejado mal cuerpo, y no puedo parar de darles vueltas a sus últimas palabras: «Creía que, si encontraba mi sueño y lo daba todo para concretarlo, en algún punto lo lograría. Pero no fue el caso. Así no funciona el mundo. El camino para alcanzar un sueño vital no es una línea recta, sino que es un sendero lleno de curvas y giros que hace que la gente se pierda».

Durante el resto del taller, el panadero que había hecho las *baguettes* no para de mirar en mi dirección, hacia el asiento vacío de Parker, como si estuviera preguntándole al bosque a dónde ha ido el ciervo. Me queda claro que se acuerda de Parker con la misma claridad que Parker se acuerda de él.

CAPÍTULO DIECIOCHO

En el calendario lunisolar, el año se divide en veinticuatro periodos climáticos, uno de los cuales lleva por nombre Gran Nevada. Como predecía el calendario, a mediados de diciembre, en Kioto cayó durante varios días un manto de nieve tan grueso que si salías al exterior, ni que fuera unos minutos, se te acumulaban dos pequeños montículos de copos blancos en los hombros. A pesar de ese frío que te calaba hasta los huesos, los lugareños acudían igualmente a Han Shun Do para comprar *wagashi*. Cada cliente que entraba inevitablemente comentaba primero la cantidad inusual de nieve que se acumulaba en la calle, seguido por un gesto de la mano señalando los dulces de temática navideña que se exponían en la vitrina de cristal. Todos exclamaban: «¡Qué monos!».

En Han Shun Do, ese año se sacaron a la venta tres *wagashi* inspirados en la Navidad: Takahashi había juntado tres esferas *kinton* de un tono verde oscuro y luego había espolvoreado su superficie con unas virutas circulares de colores llamativos para crear pequeños árboles de Navidad. Kato había usado pasta de ñame, azúcar y harina de arroz para preparar unos *joyo manju*, bollitos al vapor, a los que les añadió una pequeña nariz roja y unas astas metálicas para crear unos renos. Por último, Yoshida había moldeado la pasta de judías rojas en forma cónica para diseñar unos gorritos de Papá Noel.

Aunque la creación de Emiko, un dulce en forma de campana, no se veía por ningún lado de la vitrina, sabía que estaba cerca de ganarse la aprobación del señor Imanishi. La campana se asemejaba a la que lleva alrededor del cuello Doraemon, el famoso gato cósmico robot, y parecía que fuera a tintinear si la tocabas. Su sabor a *yuzu* era intenso y refrescante en el paladar, y causaba un efecto tan placentero como una mañana de Navidad. El señor Ono no paraba de alabarlo e incluso el señor Imanishi dijo: «Al fin, algo que se acerca al sabor único de Emiko».

—¿Cómo ha ido el negocio hoy, señor Hsu? —me preguntó Emiko mientras se retiraba la nieve del abrigo.

Acababa de regresar del instituto, pero su mente ya estaba puesta en las ventas del día. Siempre que no estábamos solos, se dirigía a mí como señor Hsu, en vez de An-Chun.

Le mostré el pulgar hacia arriba.

—¡No nos queda ninguna unidad!

—¡Maravilloso! ¡Podremos celebrarlo por todo lo alto en la fiesta de fin de año! —se regocijó Kato.

Los *jo-namagashi* se hacían siempre frescos, y no se guardaban de un día para otro. Cualquier sobra al final de la jornada constituía siempre una visión nefasta para los pasteleros, como si sufrieran en su propia piel el abandono de aquellos dulces.

Ah, la fiesta de fin de año, pensé, y empecé a limpiar con más ímpetu.

La fiesta tenía lugar en un famoso restaurante de Kioto, situado en una de las tradicionales *machiya* del centro. Tuvimos que cruzar varios jardines privados interiores antes de llegar al comedor que nos habían reservado. La sala tenía el suelo de tatami y puertas correderas que estaban hechas de papel en la parte superior y de cristal en la inferior, lo que permitía a los comensales que disfrutaran de las vistas que les ofrecía el jardín nevado de fuera.

Cuando todo el mundo hubo tomado asiento, el señor Imanishi propuso el primer brindis.

—¡Gracias a todos por el arduo trabajo de este año! Puede que Han Shun Do tenga más de ciento cincuenta años, y puede que hayamos superado todo tipo de adversidades, pero eso no significa que seamos inmunes a los nuevos desafíos. Tendremos que seguir confiando en vuestro apoyo y esfuerzo en el futuro.

El señor Ono fue el siguiente en tomar la palabra.

—Este ha sido un año muy interesante, con la adición de An-Chun desde Taiwán y el inicio de Emiko como aprendiz en la tienda. Con estos jóvenes aquí, me muero de ganas de ver qué futuro le espera a Han Shun Do. Brindemos... ¡por el futuro de Han Shun Do!

Todos levantamos nuestras copas y brindamos, marcando el inicio del banquete.

Los platos que nos sirvieron eran como unos *wagashi*, unos pequeños lienzos pintados con los variados colores de las estaciones en Kioto. Kato me dijo que los nabos rojos encurtidos eran el aperitivo por excelencia en la ciudad, y que el cuenco de tofu con sopa de verduras era el plato perfecto para calentar el cuerpo y el alma cuando hacía frío. También había un estofado de calabaza y judías rojas llamado *itokoni*, que no había visto nunca antes, y los dos ingredientes me sorprendieron por la manera como se equilibraban mutuamente. El plato que más me sorprendió de todos, sin embargo, fue sin duda el cangrejo, cuyo caparazón rojizo era más grande que mi cara. Para evocar una atmósfera invernal, habían espolvoreado el caparazón con un polvo blanco que daba la ilusión de que el cangrejo acababa de reptar por la nieve.

La fiesta de fin de año japonesa, la *bonenkai*, es parecida a la fiesta de fin de año taiwanesa, la *wei-ya*. Pero una distinción importante es que en Japón, donde la jerarquía social entre los supervisores y los subordinados es mucho más rígida que en Taiwán, esa es, quizá, una de las pocas ocasiones durante el año en la que la gente puede dejar a un lado las diferencias jerárquicas y hablar con libertad. Aunque Kato se mofara del señor Imanishi, nadie le llamaría la atención por ello al día siguiente.

En algún momento durante la fiesta, me acerqué al señor y a la señora Imanishi y les dije:

—Gracias por cuidarme estos últimos meses y por hacer una excepción conmigo por ser extranjero.

—An-Chun, nosotros también queremos darte las gracias. Hemos aumentado considerablemente el número de clientes extranjeros gracias a ti… Sobre todo, de personas de Taiwán. ¿No es así? —La señora Imanishi se giró hacia su marido, quien se limitó a asentir—. Me siento tan sola al pensar que el próximo año regresarás a Taiwán y Emiko se marchará a Tokio en abril…

Emiko, que estaba sentada al lado de su madre, compuso una expresión de conmoción.

—¿El señor Hsu regresará a Taiwán el año que viene?

—Eso es, su visado de trabajo tiene validez solo durante un año, así que tiene que regresar en junio. Espera, An-Chun, ¿no me dijiste que ibas a ir a Hokkaido en invierno y a Tokio en primavera? ¿Cómo es que no te fuiste a Hokkaido?

Me rasqué la cabeza.

—Ah… Se me pasaron las ganas.

La señora Imanishi esbozó una sonrisa amable.

—Qué bonito es ser joven. Puedes decidir a dónde quieres ir cuando te plazca.

Kato apareció de la nada, me echó el brazo alrededor del cuello y me empujó fuera de mi cojín y cerca de Emiko. En medio de ese caos, y sin saber exactamente cómo, mi mano terminó sobre la de Emiko.

—Tiene tanta razón, señora Imanishi... ¡Nos vamos a sentir muy solos aquí! An-Chun es mi colega, ¿sabe? Si me hubiese pasado todos los días trabajando solo con el callado de Takahashi, me habría convertido en una piedra. —Kato, que parecía ir un poco borracho, estaba más atrevido que de costumbre.

No oí lo que dijo a continuación, porque Emiko susurró en voz queda y triste:

—Eso significa que no veré al señor Hsu en la próxima fiesta de fin de año. —El contacto de nuestras manos me recordó al día que sostuve la suya durante unos instantes mientras saltábamos las tortugas. Noté su mano cálida. Ansiaba llevármela al pecho.

—No sabía que se marcharía a Tokio, señorita Emiko. ¿Es para estudiar *wagashi*?

Ella asintió.

¿Por qué no lo había pensado antes? Sabía que tendría que regresar a Taiwán algún día, pero, aun así, no me había detenido a pensar en lo que implicaba alejarme de Emiko. Cada día que había pasado en Kioto me había parecido infinito.

Le apreté la mano. Ella dio un pequeño respingo, y después me devolvió el apretón. En ese momento confirmamos los sentimientos que nos teníamos: lo mucho que nos gustábamos y lo poco que queríamos separarnos. Las voces de los demás nos quedaban muy lejos, igual que la nieve de fuera, lenta y silenciosa, cayendo sin que nadie le prestara atención.

¿Sentiría Emiko lo mismo que yo? ¿Sentiría, ella también, la profunda alegría y la abismal tristeza que se estrechaban entre nuestras manos?

CAPÍTULO DIECINUEVE

Dentro de pocos días será el festival de otoño. Nuestro momento del año más lleno de trabajo se ve interrumpido por Pin-Hsin, quien aparece con algunos ejemplares de la revista recién publicada. Nos quitamos los delantales para leerla, metiéndonos los unos con los otros por nuestras poses y expresiones en las fotos. Pero todo el mundo está complacido con la fotografía grupal que nos tomaron delante de la tienda. Los pasteleros más experimentados están en la primera fila, con mi tío abuelo en el centro. Orca tiene los brazos cruzados, como un chef de estrella Michelin, y Liebre las manos en las caderas. En comparación, los que estamos en la segunda hilera desprendemos un aire mucho más vivaracho: algunos levantan los pulgares y otros hacen el símbolo de la paz, mostrando el salto generacional que hay dentro del equipo. La tía Mei-Man, que insistió en estar con el grupo de los «jóvenes», está con nosotros en la segunda fila, adoptando la pose de una cantante de pop de los años ochenta.

Todos alabamos a Pin-Hsin por lo que ha escrito y ella nos responde con una ancha sonrisa que irradia confianza. Mi tío abuelo, que en un principio había rechazado hacer la entrevista, ahora parece más interesado que nadie.

—¿Dijo que estas revistas se venden en Taipéi, también? —pregunta.

—Sí, estará disponible en más de cien puntos de venta e incluso hay taiwaneses que se suscriben para que se la envíen al extranjero —le digo—. Estoy seguro de que esto ayudará a incrementar las ventas.

—No son las ventas lo que... —Su voz se va apagando y su mente parece divagar hacia otros lugares.

Pin-Hsin se prepara para marcharse y la acompaño hasta su motocicleta, que tiene aparcada fuera. Le doy una bolsita de papel.

—Esto es para ti... son los famosos pastelitos de luna de Yang Tzu Tang.

—¡Ay, no tendrías que haberte molestado! —exclama—. Pero gracias. Debéis de estar hasta arriba con la preparación del festival de otoño, ¿verdad? ¿Has tenido la oportunidad últimamente de meditar lo que piensas sobre los *gao-bing*?

Sus preguntas siempre logran ir al grano, y su mirada siempre logra sacar la verdad del interior de las personas. Delante de ella, no me queda más remedio que desprenderme tanto de mis dudas como de mis defensas.

—Prométeme que no te vas a reír. —Sé que mi madre se va a reír de mí cuando se entere y me dirá que mi carácter ha dado un giro de ciento ochenta grados—. Me estoy planteando presentarme al nivel tres de los certificados de *gao-bing*.

Toda mi vida he odiado las competiciones o cualquier tipo de prueba de acreditación de conocimientos. Solía correr más lento, solo para impedir que me eligieran para el equipo de carrera de relevos de la clase y fingía olvidarme de los caracteres del chino mandarín para evitar tener que participar en las competiciones de lectura. El examen de certificación de lengua japonesa que hice fue un requerimiento que me pedía la universidad, y es la única vez que he accedido a algo por el estilo.

—¡Qué maravilla! —exclama de corazón Pin-Hsin, que lógicamente desconoce mi carácter pueril.

Su sinceridad me da el empujón final para dejar en el pasado mi cobardía. Las palabras que no se pronuncian son como una bruma que pende en el aire, pueden disiparse con la más leve de las brisas. No le había contado a nadie mis planes de presentarme a este examen, porque me faltaba valor para enfrentarme a la materialización que supone decirlo en voz alta. Pero la franqueza de Pin-Hsin parece convertir esa bruma en nieve, creando una vasta extensión de un blanco sólido que se alarga por delante de mí. Aunque lo que no se ha dicho se ha hecho más tangible, al mismo tiempo es más abrumador.

Asiento. Al ver su sonrisa, me descubro esbozando una yo también.

De vuelta al obrador de Yang Tzu Tang, todo el mundo está inmerso en su trabajo. El aire está cargado de diferentes aromas que batallan por ser los elegidos por los clientes: el salado relleno de carne picada contra el dulce relleno de las judías rojas. Delante de mí, mi tío abuelo envuelve mecánicamente unas yemas curadas de huevo de pato con pasta de judías rojas, para las pastitas saladas, moviéndose a una velocidad increíble. El meñique que le falta en la mano izquierda parece no afectar lo más mínimo su destreza. A mí, sin embargo, aunque ha pasado más de medio año desde que entré en Yang Tzu Tang, las masas *you-pi* y *you-su* que amaso a veces me siguen quedando como si les hubiese pasado un camión por encima.

—¿Crees que te has adaptado al ritmo del obrador? —me pregunta mi tío abuelo, sin reducir la velocidad.

—Sí, más o menos.

Me he acostumbrado a que Orca me eche la bronca y a las quemaduras accidentales y el dolor muscular. Estos achaques son comunes en todos los que trabajan aquí. Incluso Orca tiene que pedirle a Parker que lo ayude a ponerse parches contra el dolor en las partes de la espalda donde no se llega, que tiene dolorida de saltear grandes cantidades de carne picada para los rellenos.

—¿Qué le pasó a Parker en el taller? —pregunta mi tío abuelo—. Parece estar un poco en Babia.

Como no sé muy bien qué responderle, me decanto por lo siguiente:

—Se encontró con un viejo amigo... uno de los panaderos que ganaron el premio. Quizá le dio un poco de envidia.

Mi tío abuelo emite un gruñido por respuesta y completa unos diez rellenos más para las pastitas saladas de huevo antes de tener tiempo de volver a hablar.

—¿Por qué querías que yo también fuera al taller?

—Te ayudará ver qué hacen los demás. Hay cosas que no podrás saber solo quedándote aquí y pensando en ellas.

Según parece, no le han pasado por alto la decepción de Parker ni mi confusión.

No hay nada que pueda responder. Me concentro en la masa amarillenta, en la repetición de mis propios movimientos envolviendo la masa *you-pi*, mezclándola con la *you-su*, para hacer una corteza *you-su-pi*. Pienso en las delicadas manos de Emiko mientras les daba forma a los *wagashi*, aterrada de arruinarlos con solo un mal gesto. Pienso en la mirada concentrada de Kato mientras mezclaba las judías rojas, en los movimientos del panadero galardonado mientras echaba harina sobre la masa, en la expresión de Pin-Hsin cuando se centra en la persona a la que está entrevistando y en el tono sombrío de Parker cuando habla de su pasado. Pero esas son sus historias, no las mías.

—Tío abuelo, quiero presentarme al examen nivel tres de *gao-bing*, ¿qué te parece?

Detiene el movimiento de las manos durante medio segundo.

—Si eso quieres, adelante.

El terreno que se extiende delante de mí está cubierto por completo de nieve, y mi tío abuelo ha designado a Yuan como la persona que tiene que enseñarme a abrirme camino por él. Por qué lo ha elegido a él como mi mentor es algo que desconozco. No acabo de comprender del todo la personalidad excéntrica de Yuan, pero confío a pies juntillas en el criterio de mi tío abuelo.

¿Hasta dónde llega la excentricidad de Yuan, exactamente?

Si Orca, que es de constitución menuda, tiene una talla «M», entonces Yuan debe de ser una «S». Es más delgado y esbelto, y parece no tener ni un gramo de grasa entre los músculos. Sus palabras también son escuetas y secas, y a veces es tan callado que debes recurrir a los gestos para comunicarte con él. Lo que es más raro es que espontáneamente esboza una media sonrisa, como si alguien le acabara de contar un chiste que solo él puede oír.

A pesar de todo esto, te puedes fiar de Yuan al cien por cien. El otro día, cuando Parker puso el cronómetro del horno veinte minutos más de la cuenta sin querer, el reloj interno de Yuan evitó que una bandeja entera de empanadillas de soja verde se redujera a cenizas. Por eso no le cae mal a nadie, por más que lo puedan tildar de «tipo raro».

Pero ¿cómo un hombre de tan pocas palabras se supone que va a ayudar a un novato como yo a aprobar el examen?

Pasado el festival de otoño, gozamos de una larga semana de vacaciones en Yang Tzu Tang. El día que regresamos al trabajo, es también cuando da inicio mi entrenamiento intensivo. Lo que hago primero es darle las gracias a Yuan por ayudarme.

—La prueba... no es difícil. Solo debes aprender... ocho tipos —responde sin emoción, tras asentir.

Los ocho tipos de *gao-bing* se dividen en dos categorías, según su masa. La hojaldrada corteza de los *you-su-pi* es una de las categorías, que comprende las pastas de huevo saladas, las pastas de crisantemo, las empanadillas de soja verde y los pastelitos de luna de la zona de Suzhou. La otra categoría es la corteza blanda de los *gao-jiang-pi*, en las que se incluyen las galletas de nuez, los pastelitos de luna taiwaneses, los pastelitos de luna cantoneses y las tartas de piña. Cada persona que se examina saca un papel en el que hay escrito un tipo de confección para cada una de las categorías. Así pues, y como apunta Yuan, siempre y cuando me aprenda de memoria el proceso de elaboración de estos ocho dulces, aprobaré el examen. Pero no es solo eso, hay que tener en cuenta que debo elaborarlo todo de cero el día de la examinación, así como completar un «informe de producción» y una prueba escrita.

Primero, repasamos las elaboraciones básicas. Jamás había oído hablar de las tartas de crisantemo, las *jü-hua-su*. Por lo visto, se trata de un antiguo postre imperial con relleno de judías rojas que adopta la forma de una flor de crisantemo con doce pétalos.

—Debes mezclar *you-pi*, *you-su*, combinar ambas masas, estirar, estirar, rellenar, cortar, darle la vuelta, pintarla y al horno. —Yuan me hace una demostración mientras recita estas palabras.

Cada pétalo que emerge de su mano es del mismo tamaño y forma, formando una perfecta flor radial.

Al fin veo por qué mi tío abuelo ha designado a Yuan como mi instructor. No solo sus movimientos son precisos y su flujo de trabajo fluido, ¡sino que además ha inventado técnicas mnemónicas para recordar los pasos! Por ejemplo, también ha condensado la receta del pastelito de luna cantonés en diez palabras: «Mezclar, reposar, mezclar, dorar, rellenar, incorporar, formar, hornear, pincelar y hornear». Estas «guías de estudio» son increíblemente útiles para revisar los pasos mentalmente.

En nuestra mesa de trabajo, Yuan y yo somos como un mago y su aprendiz, gritando hechizos como: «¡Dora! ¡Rellena! ¡Hornea!». Cada vez que Orca nos pasa por al lado, parece estar a punto de decir algo, pero se contiene, se rasca la cabeza y se aleja. Liebre se acerca para observarnos y se marcha con una sonrisa en los labios. Por otro lado, Parker, que siempre me ha tratado con mucha amabilidad y me ha ayudado cuando le ha sido posible, se muestra extrañamente esquivo y no se nos acerca para nada. Intento hablar con él después del trabajo, pero se escabulle como una anguila en el agua.

Me paso los días siguientes practicando con Yuan hasta que el sol casi se ha puesto y el cielo se ha teñido de un tono azul oscuro. Entonces recogemos nuestros utensilios bajo esta mágica luz desvanecedora.

—Oye, Yuan, ¿por qué quisiste dedicarte a la confección de *gao-bing*? —le pregunto un día.

—Me gusta.

Es todo cuanto dice; sin embargo, sus palabras son tan poderosas que me siento culpable por habérselo preguntado. Le gusta. Una persona no necesita más motivos para dedicarse a una profesión más allá de que le guste. Es una elección que no tiene por qué tener nada que ver con el salario, los elogios o los consabidos planes futuros. Que te guste algo es suficiente.

Pues claro que a nadie le cae mal Yuan. He empezado a respetarlo, incluso.

Para finales de noviembre me he familiarizado a conciencia con los ocho tipos de *gao-bing* gracias al entrenamiento de Yuan, pero me tropiezo con la parte del informe de producción de la prueba. Se trata de un componente crucial, porque afecta a la cantidad de cada ingrediente que me van a permitir usar el día del examen práctico. Tomemos las empanadillas de soja verde como ejemplo: para hacer una tanda de veinte unidades de ciento diez gramos cada una, ¿cuáles son los pesos respectivos de *you-pi*, *you-su*, relleno y carne picada de cerdo que necesito? Si lo desglosamos un poco más, solo para la masa *you-pi*, ¿cuánta harina, azúcar, aceite y agua necesito?

Cuando se lo pregunto a Yuan, me recita los pesos y las proporciones a una velocidad de vértigo, pero es incapaz de encontrar las palabras para explicarme de dónde saca los cálculos. Al mirar los números de la receta, me viene a la mente el taller de panadería. Por lo visto, las matemáticas importan tanto en la confección de los *gao-bing* como en la panadería occidental. Orca y Liebre son pasteleros experimentados, que hace mucho que interiorizaron estos números, y probablemente no puedan ofrecerme ninguna instrucción concreta. El único que puede ayudarme ahora es Parker.

—Oye, Parker... ¿Podrías...? ¿Podrías enseñarme cómo calcular esto?

Como Parker me ha estado esquivando visiblemente, le meneo el formulario del informe de producción delante de las narices para obligarlo a contestarme.

Como lo he tomado por sorpresa, titubea durante un segundo, pero ve que no puede ignorarme.

—Primero, calcula la proporción de todos los distintos componentes basándote en unidades de ciento diez gramos, multiplica el resultado por veinte, y luego calcula el peso de los ingredientes crudos siguiendo la proporción de masa *you-pi*. Solo es una simple conversión de proporciones. Pero recuerda tener en cuenta un cinco por ciento de merma.

Tiene razón… la aritmética por sí misma no es complicada. Con esa explicación de la lógica y el objetivo, lo veo todo claro y no tardo en calcular los porcentajes de los ingredientes para las empanadillas de soja verde. Luego me dice que, en realidad, no tengo que memorizar los porcentajes, que en el examen se me permite llevar una hoja con las fórmulas.

—Siempre y cuando comprendas el principio que hay detrás de los cálculos, todo te irá sobre ruedas —me dice y hace ademán de alejarse.

—Parker —lo llamo—. Hay muchas similitudes entre los *gao-bing* y el pan… No solo los cálculos, sino que la prueba dura cuatro horas, lo que significa que tengo que planificar el orden de trabajo, y ¿no es precisamente eso lo que vimos en el taller? Este examen tan elemental para mí es tan importante como un campeonato mundial.

Detiene sus pasos.

—Sí, hay muchas similitudes. —Pasado un segundo, esboza una tímida sonrisa—. Espero que todo te vaya bien.

CAPÍTULO VEINTE

Al echar la vista atrás, Emiko y yo solo nos sostuvimos las manos durante unos pocos segundos, pero para mí fue como toda una plácida noche en la que los copos de nieve caían lentamente.

La percepción de «gustarnos», una vez confirmada, era como una sensación ardiente en mi interior. Jamás «dimos un paso más allá» en ningún sentido después de la fiesta de fin de año, ni lo hicimos «oficial». Ni siquiera «tuvimos algo». Seguíamos sin hablar en el trabajo y solo asentíamos para reconocer nuestra presencia cuando pasábamos por al lado del otro. En todo caso, nuestras conversaciones privadas se hicieron menos frecuentes. No tuve la oportunidad de darle el regalo de Navidad que le había comprado, porque se pasó la velada en una fiesta con sus amigos. Había momentos en los que quería escribirle algo, pero inevitablemente lo borraba todo tras teclear algunas palabras.

Y llegamos a la fiesta de año nuevo. A diferencia de Taiwán, en Japón ya no se celebra el año nuevo lunar, sino que las fiestas tradicionales tienen lugar durante el enero gregoriano. A la Nochevieja la llaman *Omisoka*, y la costumbre es comer fideos con caldo durante esa noche, con la esperanza de tener una vida tan larga como los fideos.

Siendo un extranjero sin familia con la que pasar las fiestas, metí algunos billetes en mi cartera y me dirigí al pequeño restaurante que quedaba a un par de calles de mi apartamento. Allí, pedí un cuenco de fideos con arenque y cebollino, una antiquísima especialidad de Kioto. En el televisor del restaurante estaban dando el Kohaku Uta Gassen, organizado por la cadena NHK, un festival de música que se emitía cada año, desde tiempos inmemoriales. No fui capaz de identificar ni una sola de las componentes del grupo femenino que estaba cantando en el escenario. Era la primera vez, desde que había llegado a Japón, que sentía como si tuviera un agujero en el cuerpo, un vacío que ni siquiera otro cuenco de fideos calientes podría llenar.

El romance jamás se me había dado bien. En el pasado, siempre que me había gustado alguien la historia había terminado antes de empezar, sin que le hubiese confesado a ese alguien mis sentimientos. Mis amigos se burlaban de mí, diciéndome que seguía una «política de no interferencia», pero, en realidad, no se trataba de una decisión consciente, sino que… Bueno… el mero hecho de pensar en decirle a alguien que me gustaba y esperar su respuesta me hacía sentir como si estuviera bajo una guillotina, aguardando a que cayera la cuchilla. No podía soportar esa clase de dolor, así que había optado por seguir una vida tranquila y por no esforzarme ni hacer el intento siquiera. Al esconderme en una esquina y pasar desapercibido, podía dedicarme a pegar las piezas resquebrajadas de mi ser que se hubiesen dañado durante el camino. Si nadie se daba cuenta de mi dolor, ¿no era básicamente inexistente? Eso era lo que creía, y pensaba que sería lo mismo en esa ocasión. Dejaría que mis sentimientos quedaran sepultados lentamente bajo un manto de nieve hasta que pasaran inadvertidos.

Pero entonces recibí un mensaje de Emiko.

«An-Chun, ¿tienes planes para el *Hatsumode*? ¿Quieres que vayamos juntos al templo de Nonomiya?».

Leí el mensaje una y otra vez, con la mente en blanco. ¿Tenía planes? No podía acordarme. Debí de dejarla en «visto» demasiado rato, porque añadió: «¿Estás ocupado? Lo siento. No importa».

Mis pulgares parecieron moverse por cuenta propia, y sin ser consciente de ello, escribí:

«Estoy comiendo fideos con arenque».

«¡Nosotros también!».

Me envió una imagen de la familia Imanishi reunida alrededor de un *kotatsu*, una mesa con brasero. El señor Imanishi tenía el rostro rubicundo por el alcohol, y nunca lo había visto tan relajado. La señora Imanishi iba tan elegante como siempre, sosteniendo una naranja a medio pelar.

«An-Chun, ¿quieres ir conmigo al *Hatsumode* mañana?».

Me lo volvió a preguntar. Sus palabras desprendían un cierto anhelo.

«Claro, vamos». Nada más acceder, noté que se me formaban nuevas grietas en las partes de mi corazón donde abultaban más los sentimientos.

El *Hatsumode* es la visita que se hace a un templo durante el Año Nuevo. En ese día, los santuarios de Japón se llenan de multitudes desde que empieza a rayar el sol. Emiko había elegido el templo Nonomiya, que se encuentra al oeste de Kioto, y está menos abarrotado en comparación con los santuarios Fushimi Inari, Yasaka o Heian.

De camino allí, pasamos por un sendero flanqueado por bambú verde, que albergaba la tranquilidad de tiempos pasados más apacibles. Las mujeres japonesas a menudo visten kimonos para el *Hatsumode*, y Emiko no fue la excepción. El que llevaba puesto tenía una base color bermellón y estaba decorado con flores de cerezo de un rosa pálido hasta el borde de la falda. Lo combinaba con un lazo *obi* dorado y un pañuelo sedoso de color blanco, exudando a la par un aire aristocrático y la diversión de una adolescente. Había otras muchachas vestidas con kimono siguiendo el camino de bambú, pero Emiko tenía algo que la hacía brillar con más intensidad que las demás, tan cegadoramente arrebatadora que no era ni capaz de mirarla directamente.

Pasamos por debajo de la única puerta *torii* hecha con madera negra de todo Japón. La muchedumbre empezó a formar lentamente una hilera que llegaba hasta el altar. Emiko, al descubrir que uno de los requerimientos para mis estudios de japonés en la universidad había sido leer *La novela de Genji*, me dijo entusiasmada:

—¡El templo Nonomiya es donde Lady Rokujo partió con Hikaru Genji!

Esa obra de la literatura clásica japonesa está ambientada en el período Heian, y sigue las aventuras de Hikaru Genji, un hombre tan precioso como la misma luz, que se involucra en varias relaciones turbulentas con distintas mujeres. En el libro, Lady Rokujo es la más honesta de las nobles, pero tras convertirse en la querida de Genji, los celos y la deshonra a su dignidad le provocan tal tormento que termina matando a la esposa de Genji en un arrebato de «posesión espiritual». Al final, en el templo, decide abandonar a Genji para siempre, liberándose de aquel amor torturador.

—Mi padre una vez confeccionó un *wagashi* inspirado en Lady Rokujo. Era una peonía de color morado oscuro, coronada por una lágrima. Causó furor entre las ancianas adineradas.

No tenía ni idea de que *La novela de Genji* se pudiera plasmar en un dulce.

—¿Y tú, Emiko? ¿Qué personaje te gustaría reflejar en un *wagashi*?

¿Sería la amable pero decidida Lady Murasaki, a quien el propio Genji educó para que fuera su mujer ideal? ¿O sería Lady Akashi, la honorable y afable mujer a quien Genji conoció tras su exilio?

—Oborozukiyo. Mi favorita es Oborozukiyo. —Mientras decía esto, sus ojos retenían una luz distinta a la que había visto antes en ellos.

Oborozukiyo estaba destinada a casarse con alguien de la corte, pero se enamora de Genji. Esa relación es uno de los motivos por los que él es exiliado. Aunque se reencuentran un tiempo después, Oborozukiyo elige convertirse en una monja budista en vez de permanecer al lado de Genji.

—La admiro. Es capaz de querer tanto a alguien como para perder el norte, pero cuando decide terminar ese amor, lo hace sin pensárselo dos veces y sin remordimientos. Si fuera un *wagashi*, creo que sería una rosa con la mitad color escarlata y la otra mitad lila, mostrando la intransigente línea que dibuja entre el amor y el odio.

Dicho esto, Emiko pareció avergonzarse de pronto de su propia asertividad, y cambió de tema rápidamente.

En un primer momento no le di demasiada importancia, pero un rato después, cuando estábamos rezando en el altar, bebiendo *amazake* dulce o atando el *omikuji*, el papel que predice tu fortuna —el mío decía *kyo*, mala suerte—, pude sentir cómo las palabras pendían agoreras en el aire.

El templo se fue llenando cada vez más de gente. Mis hombros rozaban con los de Emiko mientras enfilábamos el camino de salida. Para evitar que la muchedumbre la arrollara, pasé un brazo alrededor de su espalda y la agarré por el hombro, casi abrazándola. Se le sonrojaron las mejillas. Avanzamos lentamente, envueltos por las demás personas, como si no nos fuéramos a separar nunca más.

—¿Emiko?

Nos topamos con Takahashi. Me sobresaltó que no se dirigiera a ella como «señorita».

Su voz fue como un cuchillo que nos separó de un tajo. Retiré la mano que, de pronto, sentía helada.

Los ojos de Takahashi se posaron sobre mí. Tras una breve pausa, le pidió a la chica que lo acompañaba que se fuera a comprar *amazake*.

—¿Habéis venido los dos solos? —nos preguntó cuando la muchacha se hubo alejado.

Me crispó el tono de su voz. No había ningún motivo por el que tuviéramos que darle explicación alguna sobre dónde estábamos o dejábamos de estar. A punto estuve de recriminarle su actitud cuando vi por el rabillo del ojo que la expresión de Emiko no solo mostraba incomodidad, sino que sus ojos brillaban aterrados. ¿Por qué le tenía miedo a Takahashi? Intuí que no debía confrontar con él y opté por adoptar una actitud natural para quitarle hierro al asunto.

—Sí, la señorita Emiko oyó que yo había leído *La novela de Genji* pero no había estado nunca en el templo Nonomiya, así que se ha ofrecido a hacerme de guía.

—*La novela de Genji*, mmm… —Takahashi no me quitaba los ojos de encima y su tono irradiaba sospecha. Emiko no hizo ningún ademán de ofrecer una explicación y únicamente pegó la mirada al suelo, con el rostro exangüe. Al ver esto, Takahashi pareció decidir que no quería indagar más en el asunto, así que inclinó la cabeza y dijo con voz calmada—: Ya veo. Feliz Año Nuevo.

—Quiero ir a casa —me pidió Emiko cuando Takahashi se hubo marchado.

Durante el camino de vuelta, no medió palabra e hizo todo lo posible por evitar mirarme a los ojos. Su actitud era tan fría y silenciosa como el hielo.

CAPÍTULO VEINTIUNO

Orca me ha dicho que, para vivir la «experiencia completa» de hacer una prueba de certificación, tengo que apuntarme a la opción de «evaluación inmediata», lo que significa que recibiré mi nota justo después del examen y, si apruebo, podré obtener mi licencia allí mismo.

En comparación con todos los exámenes para los que estudié en la escuela, para este estoy inusitadamente nervioso. La angustia incluso aparece en mis sueños. En uno de ellos, Yuan me dice que la temperatura está mal y gira la ruedecita del horno, pero cuando saco la bandeja, solo hay una masa quemada y ennegrecida. En otro, Liebre se come a hurtadillas dos pastelitos de luna para que me falten unidades cuando el examinador acuda a mi mesa. En la mayoría de los sueños, simplemente estoy trabajando duro, preparando *gao-bing*, ejercitando mis músculos doloridos incluso mientras duermo.

A pesar de todo esto, logro recomponerme después de completar el examen escrito por la mañana. Para la parte práctica, que tiene lugar por la tarde, dibujo un esquema del pastel de crisantemo y el pastelito de luna taiwanés.

«Me acuerdo... Sí... Lo tengo». Primero, calculo las cantidades de ingredientes crudos que se necesitan para las dos pastas. Luego, voy a la cocina y —como me ha recordado Yuan un sinfín de veces— precaliento el horno. Vale, lo siguiente: reunir los ingredientes y empezar a hacer las masas *you-pi* y *you-su*. Tengo que trabajar en ambas preparaciones a la vez, porque el tiempo es ajustado, e ir con cuidado de no saltarme ningún paso de ninguna de las dos recetas durante el proceso. Musito los poderosos «hechizos» de Yuan, y visualizo en mi mente su expresión seria, que parece decir: «No pierdas el tiempo».

Da la impresión de que todo está yendo sobre ruedas. Entonces, de repente, me doy cuenta de que el horno que tienen aquí es de una marca distinta al que usamos en Yang Tzu Tang. El poder calorífico es mucho mayor... los pasteles de crisantemo van a quedar reducidos a cenizas si les aplico el tiempo de horneado de siempre.

No me queda otra que comprobar el horno cada tres minutos, más o menos, echando por tierra el flujo de trabajo que había planeado en un inicio.

Está bien. Tranquilo, Hsu An-Chun. Tranquilo.

Las tartas salen del horno de una pieza. Empiezo a limpiar la mesa de trabajo mientras espero a que se enfríen —la limpieza también la puntúan—. Por fin, ¡por fin!, les presento las pastas preciosamente decoradas a los examinadores. Juraría que es el instante de mi vida en el que me he sentido más satisfecho de mí mismo.

Al salir del centro de examinación, las cuatro horas se me antojan como toda una eternidad. La transición que ocurre en el edificio, de la calidez que emana de los hornos al frío de diciembre en la calle, me saca del trance. Aferro los resultados del examen en la mano, con los pensamientos hechos una maraña.

Me suena el teléfono con una llamada de Pin-Hsin. No me pregunta por el resultado, solo me dice:

—Venga, quedamos para tomar un té.

Acordamos vernos en la histórica calle Nantun, que no está lejos del antiguo templo Matsu. La tetería que ha elegido ocupa lo que había sido una vieja mansión, de la que han conservado la estética de la fachada, pero cuyo interior han renovado siguiendo un moderno estilo industrial. Encuentro a Pin-Hsin sentada al lado de la ventana que abarca toda la pared, hojeando una revista. Su coleta, de cabello ligeramente ondulado, se mece con la brisa que entra por la ventana.

—¿Es una tienda de *gao-bing*? —le pregunto en voz baja cuando tomo asiento.

—¡Premio! Se trata de una tetería taiwanesa de alto *standing*, llamada Chin Hsiang.

Saca un bolígrafo y esboza un mapa con cuatro trazos de la calle Nantun en relación con la ciudad de Taichung, la ciudad de Changhua y el templo Matsu. Me dice que la calle Nantun también es un punto de referencia en el mundo de la pastelería tradicional de Taichung, igual que el Distrito Central, Fenguyan y Dajia. El nombre histórico de Nantun es «Litoudian», y había sido una importante posta durante la dinastía Qing. Tiempo después, como el área de Nantun fue destinada a funcionar como almacén de las raciones de harina, tanto la industria de la producción de fideos como la pastelería florecieron allí rápidamente. Chin Hsiang se fundó en 1860, y ha sobrevivido mientras los demás establecimientos a su alrededor iban cerrando uno tras otro, convirtiéndose así en un comercio de referencia.

—No es tarea fácil mantener la reputación de una tienda centenaria, ¿sabes? Una nueva era exige nuevas maneras de abordar el negocio. ¿Ves lo mucho que se parece a una cafetería? Es producto de mucho ensayo y error —me dice, y levanta la mirada hacia la pared de ladrillos rojos y las columnas, antes de desviarla hacia la ventana y la vieja calle—. He pensado que quizá podría expandirte los horizontes cuando estés pensando en Yang Tzu Tang.

De repente me siento abrumado. Me emociona que haya hecho propias mis preocupaciones y que haya estado explorando diferentes posibilidades para mí. Este súbito arrebato de emoción hace que me sienta un poco incómodo. Agacho la mirada hacia la carta y me sorprende la ingente cantidad de combinaciones que hay entre tés taiwaneses y opciones de comida, como los pasteles de carne, los pasteles de arroz *zhuang-yuan*, los *muâ-láu*, hechos con arroz glutinoso frito rebozados en sésamo, y las galletas *shou-yan*, que literalmente significa «galletas que te hacen la boca agua» y que se usan en las celebraciones de los bebés que cumplen los cuatro meses y a los que les empiezan a salir los dientes. Las opciones en las bebidas incluyen varios tés, *lattes* y *mian-cha* tradicionales, hechos con harina tostada. Algunas de las referencias del menú incluso contienen *muâ-ínn*, que en el dialecto taiwanés significa «yute».

Llevado por la curiosidad, pido un *latte* de hoja de yute con una porción de pastel chifón también de hoja de yute. El color verde claro de ambos hace que parezcan de té matcha. El pastel tiene un sabor ligeramente dulce, que se equilibra con un regusto amargo. El *latte* está preparado con una buena cantidad de leche espumosa, y el toque final amargo hace que sienta que me estoy tomando una sofisticada bebida de «adulto».

Pin-Hsin sonríe.

—¿Te gusta el *muâ-ínn*? Entonces eres un auténtico habitante de Taichung. Yo también soy de aquí, pero no me gusta la sensación pegajosa y amarga del yute.

—Me acostumbré cuando era pequeño.

Durante el verano, mi madre siempre compraba un bote de sopa de yute y batata cuando era un niño. Hoy en día, poca gente hila las hojas de yute, puesto que se trata de una tarea ardua y lenta.

El pastel de arroz que se ha pedido Pin-Hsin es uno que no había visto nunca. Tiene forma cuadrada, está espolvoreado con algo blanco y en la parte de arriba luce un patrón en forma de flor. La textura es más suave y aireada que la de los *wagashi* japoneses, y se derrite en cuanto me lo meto en la boca, disolviéndose y emanando un sabor salado y dulce a la vez.

—Se llama *jian-gang,* y está hecho con arroz glutinoso cocido y un poco de sésamo. La gente mayor lo llama *kiâm-á-ko* en taiwanés, y solían usarlo como ofrenda para rezar por la seguridad. De hecho, es la primera vez que lo pruebo. Probablemente la gente hoy en día solo se acuerda de las pastas tradicionales cuando quiere hacer un regalo o durante el festival de otoño. —Se queda callada un momento—. Me parece increíble cómo algo tan importante para la sociedad se está desvaneciendo lentamente. Si te paras a pensarlo, es impresionante que los *wagashi* japoneses hayan pasado de generación en generación durante miles de años sin que se extinguieran.

—Los artesanos de *wagashi* japoneses custodian sus tradiciones con sus vidas. Para ellos, no hay nada más importante en el mundo que sus dulces.

Algunas cosas solo se pueden decir en momentos concretos de la vida. Le hablo a Pin-Hsin sobre todos los trabajadores de Han Shun Do, en especial sobre Emiko, quien ha consagrado toda su vida a los *wagashi*, a pesar de no haber cumplido todavía los veinte años. En un arrebato de verborrea, le explico lo ocurrido desde que puse un pie por primera vez en Han Shun Do hasta el día que me marché de Tokio. Las palabras fluyen con la misma naturalidad que el agua de un río hacia el mar, y los detalles brillan como las olas.

No estoy seguro de la carga que llevaba sobre mis hombros antes, pero fuera lo que fuere de lo que me he liberado, Pin-Hsin lo ha escuchado y recibido todo, como un resguardo, como un refugio. Las cosas que me habían resultado demasiado pesadas o dolorosas ahora parecen adoptar una forma liviana.

—Debe de gustarte mucho Emiko.

Eso es lo único que no he dicho explícitamente, pero Pin-Hsin lo ha captado de todos modos. Me habla con voz suave, con la intención de consolarme.

—¿Ahora hablamos de romance, en vez de dulces?

Se echa a reír.

—Te soy muy sincera cuando te digo que no he tenido demasiadas parejas. Se me da de fábula no pedirle explícitamente a alguien que salga conmigo. —Menuda sorpresa. Le pregunto si ella, como yo, se contiene por el miedo—. No... Creo que cuando te gusta alguien, no hace falta expresarlo con palabras. Si dos personas se gustan, pueden comunicarlo sin necesidad de decirlo. Es como en una película, si el actor principal extiende la mano y la actriz principal la toma sin vacilar, ¿no transmiten así que se gustan?

—Pero, en realidad, no se dan tantas oportunidades en las que extender la mano de manera natural, ¿no? —le digo, pensando en cuando crucé el río Kamo.

—Sé que es un poco idealista. Por eso esta fantasía romántica todavía se tiene que hacer realidad. —Le da un sorbo al té, con la mirada perdida—. Debes de envidiar mucho a Emiko, también.

—¿Envidiar?

—Envidias que tenga un objetivo en la vida que valga la pena seguir... Aparte de vivir cada día.

Durante la fracción de segundo que tardo en fruncir y relajar el ceño, algunos pensamientos parecen desenredarse en mi mente. Quizá que me guste Emiko se deba en parte a nuestras trayectorias vitales completamente opuestas.

—También te envidio a ti —digo pasados unos segundos—. Por poder disfrutar tanto de tu trabajo.

—Bueno, en comparación con la venta al público, prefiero mil veces más entrevistar a la gente. Pero también hay cosas que no me gustan, como cuando tergiversan mis palabras, por ejemplo. —Pone una mueca—. De hecho, casi siempre estoy un poco asustada. ¿Estoy contando bien las historias de mis entrevistados? ¿Estoy representando sus vidas con exactitud? Siempre me hago estas preguntas después de cada artículo, y me da miedo traicionar la confianza que la gente ha puesto en mí. Hace falta valor para contarle tu historia a un desconocido, ¿no crees? —Empieza a hacerle agujeros a su porción de pastel de arroz.

—No tienes de qué preocuparte —la tranquilizo—. Ya lo has hecho. Tienes un don especial que hace que la gente se sienta cómoda contándote la verdad, y posees el talento para escribir unos artículos fabulosos. Todos en Yang Tzu Tang comparten esta opinión.

Quizá no se esperaba que le dijera algo así. Titubea durante algunos segundos, como si la hubiese sorprendido una racha de viento. Entonces una sonrisa se abre paso lentamente por sus labios.

—A ver, An-Chun, dime... ¿Has aprobado el examen o no?

Asiento. Me propina un manotazo en el brazo y pierde la compostura por completo.

—¡Eso se dice nada más llegar! —exclama.

Su mezcla de enfado y entusiasmo me arranca una carcajada.

CAPÍTULO VEINTIDÓS

Tras la excursión para celebrar el *Hatsumode*, no vi a Emiko en Han Shun Do durante días. Fue el señor Ono quien me informó de que se había ido a una jornada de puertas abiertas para nuevos alumnos en la escuela de repostería de Tokio y había aprovechado la ocasión también para visitar a algunos amigos de la familia que vivían en la ciudad, acompañada por la señora Imanishi.

Me dieron ganas de escribirle y preguntarle: «¿Qué tal Tokio? ¿Por qué no me dijiste que te marchabas?». Pero ¿por qué tenía que darme explicación alguna? Puede que nos hubiéramos dado las manos, pero no manteníamos ninguna relación «real», ni una amistad real ni un romance real. Simplemente habíamos estrechado nuestros lazos de una manera algo confusa, y luego nos habíamos alejado por razones que no estaban del todo claras.

Takahashi, entretanto, seguía con su típico distanciamiento arrogante, aunque parecía más enfadado que antes cuando miraba en mi dirección. Intenté evitarlo todo lo posible, temeroso de no ser capaz de suprimir las ganas de preguntarle: «¿Por qué tú puedes llamarla por su nombre? Y ¿por qué te tiene tanto miedo?».

Han Shun Do recibió un torrente de comandas para las ceremonias del té de los templos, dando por resultado que tuviéramos que trabajar horas extra durante varios días seguidos.

Un día, al final de la jornada, Kato exclamó que necesitaba una copa.

—Venga ya, jamás salimos pronto... ¡Vamos a algún lado! —proclamó, acercándose hacia donde estábamos Takahashi y yo. Su aliento producía pequeñas volutas blancas en el frío—. De vez en cuando tenemos que hacer vida con el equipo, ¿no os parece?

Miré a Takahashi y, como habría puesto la mano en el fuego por que él rechazaría la propuesta, asentí. Un poco de alcohol parecía buena idea con aquella temperatura gélida. Kato me pasó el brazo por encima de los hombros lleno de felicidad.

—Está bien.

Tanto Kato como yo nos quedamos pasmados al oír la voz de Takahashi. Pero Kato, siendo la persona más sociable del grupo, no tardó en pasar su otro brazo alrededor de Takahashi y echó a andar hacia su bar *izakaya* favorito.

El local estaba situado en un pequeño callejón en la zona de Kawaramachi, con una lámpara roja que iluminaba la entrada. Kato se sentó a la barra y, sin echarle un vistazo siquiera al menú, pidió cerveza, *sashimi*, pinchos de pollo y algunos platillos que eran especialidades de Kioto. Nos indicó que nos sentáramos a su derecha e izquierda, como si fuera el dueño del lugar.

—¡A beber se ha dicho! —nos instó—. Olvidemos nuestros problemas.

¿Acaso se había percatado de la tensión que nos envolvía a Takahashi y a mí?

Brindamos. Kato empezó a chupetear los *edamame* y a quejarse de sus infortunios, como si fuera un oficinista esclavo del trabajo. Nos habló de una amiga con la que «había tenido algo», pero no era nada oficial. Luego ella lo había empezado a ignorar por completo. Cuando él le escribía, ella le respondía con un escueto: «Ah».

—He tenido muchas amigas, pero, al final, siempre se queda en nada. ¡No tengo ni idea de en qué piensan las mujeres! —Le dio un capirotazo a una vaina de *edamame* vacía.

—Probablemente se deba a que nunca actúas seriamente, así que sienten que no estás siendo sincero con ellas —propuso Takahashi.

—¡Ah! ¡Eso me lo dijo una chica una vez! ¡Pero yo siempre soy sincero! ¿Es porque siempre estoy de risas? Si tuviera la misma cara estirada que tú, Takahashi, quizá todo el mundo pensaría que soy un tipo serio.

Le dio un sorbo a su cerveza, luego empezó a imitar el rostro inexpresivo de Takahashi y su voz monótona. Por más incómodo que me sintiera, tuve que reírme ante aquello. Takahashi simplemente gruñó.

—¡Te envidio! —añadió Kato, dirigiéndose a Takahashi—. Tu novia se llama Airu, ¿verdad? ¡No me puedo creer que ya llevéis ocho años juntos!

Me vino a la mente la mujer joven que acompañaba a Takahashi en el templo. Debía de ser Airu. Lo que significaba que el disgusto que se había llevado al ver a Emiko no era de naturaleza romántica. Entonces, ¿de qué se trataba?

Kato se volvió hacia mí, lleno de curiosidad.

—¿Y tú qué, An-Chun? ¿Tienes novia?

—Qué va.

—¿Has tenido alguna vez?

—No.

Se sorprendió tanto que escupió un poco de cerveza.

—¿Te gustan los chicos?

—No.

—¿Te ha gustado alguien alguna vez?

—Pues claro.

—¿Te has declarado alguna vez a una chica?

—No.

—¿Por qué?

—¿Por qué, qué?

—¿Por qué no le has pedido para salir nunca a nadie? ¿No sabes que informar a alguien de tus sentimientos es el primer paso? ¡No puedes echarte novia si no eres capaz de dar ni el primer paso siquiera!

—Claro que lo sé... —Pero fui incapaz de articular ningún motivo.

Las caras de todas las chicas por las que había sentido algo en mi vida se proyectaban claramente en mis recuerdos... Quizá con demasiada nitidez. Sus ojos me inmovilizaban. No podía hacer nada, excepto quedarme mudo hasta que se daban la vuelta y se marchaban. A cada desilusión amorosa, le sucedía una oleada de alivio.

—Así que, básicamente, tienes demasiado miedo —sentenció Takahashi con voz fría—. Le tienes miedo al amor y temes que te hagan daño. Jamás serás capaz de comprender las alegrías y los desafíos a los que se enfrentan las personas que están enamoradas de verdad. Sinceramente, me dan pena las personas de las que te encapriches.

El alboroto del bar no fue suficiente para ahogar sus palabras, y cada una de ellas me perforó el corazón con su afilada sinceridad.

—¡Eso no es verdad! —grité. Fue la única respuesta que se me ocurrió—. He hecho todo lo posible por volver a estar junto a ella, pero cada vez que pestañeo, parece que se aleja de nuevo...

Kato parecía no caber en sí tras oír mi confesión.

—¡Ah! ¡Así que sí que hay alguien! ¡Desembucha! ¿De quién se trata?

—¿Cómo exactamente has hecho «todo lo posible»? —preguntó Takahashi—. ¿Eres capaz de renunciar a Taiwán por ella? ¿Renunciarías a todo lo que tienes en la vida y te quedarías en Japón?

No tenía respuesta para aquellas preguntas. El silencio abrumador que nos envolvió enmudeció todas las demás voces. Incluso ignoramos los comentarios constantes de Kato, que exigía saber de quién estábamos hablando.

—Pues si es así... Si ni siquiera eres capaz de tomar esa decisión... entonces no deberías estar cerca de ella. —Takahashi se levantó y se puso el abrigo—. Me marcho ya.

Incluso a Kato le costó distender el ambiente extraño que dejó Takahashi con su partida. Cuando nos quedamos solos, intentó por todos los medios cambiar de tema, pero nada podía hacer que tuviera ganas de volver a hablar. Pasado un rato, me dijo con amabilidad:

—Ya saldremos otro día. Deberías ir a casa y descansar.

Al oír sus palabras, la fatiga se adueñó de todo mi cuerpo, como una capa que me cubría de la cabeza a los pies.

CAPÍTULO VEINTITRÉS

En el sueño, estoy de vuelta en el río Kamo, con Emiko a mi lado, haciendo saltar las piedras sobre el agua. El chapoteo de los guijarros forma unas coloridas flores. Grito: «¡Emiko, mira!», pero el viento ya ha disuelto su figura, formando un aluvión de pétalos de cerezo que arrastra hacia el mar, dejando tras de sí un reguero de flores.

«No pasa nada, An-Chun. Estás emprendiendo tu propio camino, ahora». Me doy la vuelta... Es Pin-Hsin. En sus ojos, veo un campo de hierba infinito e incandescente.

Me despierto con los cegadores rayos del sol sobre mi cara. Mi teléfono está plagado de notificaciones. Desde que empecé a publicar en el blog entradas sobre la elaboración de los *gao-bing* y cómo me estaba preparando para el examen, el número de lectores de *Diario de un nómada* ha crecido sin cesar. Muchos de los comentarios son de estudiantes interesados en la repostería. Cuando les respondo, a veces tengo la sensación de que estoy construyendo un puente o un camino para que la gente que venga detrás de mí pueda hacer un viaje más tranquilo.

Antes de que me dé tiempo a responder a todos los comentarios, recibo un mensaje: «Buenos días». Viene de parte de Pin-Hsin, quien me envía información sobre la celebración de un festival dedicado a los *gao-bing*.

Respondo: «Buenos días. Muchas gracias por decírmelo». No le cuento nada del sueño.

El festival de los *gao-bing* se celebra cada año en el parque local, y los múltiples puestos ambulantes siempre atraen a las multitudes. Sin embargo, Yang Tzu Tan no ha participado nunca.

En cuanto llego a Yang Tzu Tang, le cuento a mi tío abuelo la noticia de que uno de los comerciantes se ha tenido que retirar del festival en el último momento y que deberíamos aprovechar la oportunidad para ocupar su puesto.

Naturalmente, me expresa su reticencia.

—Es mucho trabajo y mucho tiempo, y si mantenemos la tienda abierta mientras vendemos en el parque, tendremos que ajustar todo el flujo de producción, las cantidades y los precios —razona—. Y, lo más importante, tendremos que empezar por ver si alguno de los pasteleros quiere hacerlo.

Es importante tener esto en cuenta. Participar en el festival significará que la carga de trabajo del personal aumente: ir al parque pronto para el montaje, atraer a la clientela todo el día y limpiar al final de la jornada, por no mencionar que tendrán que producir un número mayor de *gao-bing* para proveer al puesto.

Primero me acerco al más bonachón de todos. Liebre se está alisando meticulosamente delante de un espejo el delantal blanco con el conejo bordado.

—Lo siento, An-Chun, ese día me lo pedí libre. Le prometí a mi hija que la llevaría a algún sitio —me dice con una sonrisa.

Orca, que ha oído nuestra conversación, me propina al instante su consabida colleja en cuanto me vuelvo hacia él.

—¡Ni en sueños! Yo no puedo ir y Mei-Man tampoco. A nuestra edad, podemos darles las gracias a los dioses si no nos desplomamos solo con atender la tienda. ¡Los puestos ambulantes son un trabajo para la gente joven!

No esperaba que me dijera que sí, pero, aun así, es bastante descorazonador que te rechacen sin haber tenido la oportunidad de abrir la boca siquiera.

Pero Orca se da la vuelta.

—Si al final os decidís por ir, mira cuánto material quieres llevar y lo meteré en la lista de producción, ¿entendido? ¡No podemos permitir que los clientes no tengan nada que comprar!

Típico de Orca, de lengua afilada pero corazón blandito. Con su ayuda, no tendré que preocuparme por la producción. Envalentonado, voy en busca de Yuan mientras preparo mentalmente un largo monólogo con el que convencerlo. Lo encuentro manipulando la batidora.

—Oye, Yuan, ¿quieres encargarte de un puesto de venta conmigo este sábado?

—Claro —responde de inmediato, para mi sorpresa.

—Ni siquiera te he dicho dónde será, ¿y ya aceptas?

—«Sí» significa «sí». Si tú vas... yo voy.

No había reparado en que tuviera un sentimiento de equipo tan arraigado. Su boca se curva en un intento de esbozar una sonrisa tranquilizadora, y el esfuerzo me parece extrañamente cándido.

El siguiente es Parker, quien ahora es para mí el más opaco de los pasteleros. Sigue tratándome con afabilidad, pero, igual que un ciervo amigable, sus astas son puntiagudas. Le explico lo del festival de *gao-bing* con todo lujo de detalles mientras corta en porciones una masa.

—Ah, vale, puede ser divertido.

—¿Eso crees?

—Sí. No me mires así. A lo mejor acabo siendo un excelente vendedor, quién sabe. —Al ver su sonrisa no me cabe ninguna duda de esta posibilidad.

Pues está decidido: Yuan, Parker y yo participaremos en el festival de repostería como parte del equipo de Yang Tzu Tang.

Los toldos rojos de las casetas resiguen el serpenteante camino del parque como unas cartas en el juego del solitario. A las nueve de la mañana, llegamos con un carrito lleno de dulces y empezamos a buscar el puesto asignado a Yang Tzu Tang. Cuando lo encontramos, estiramos unos manteles rojos y amontonamos algunas cajas de distintos *gao-bing* sobre la mesa, dejando el resto de las unidades detrás. Nos dividimos el trabajo de esta manera: yo seré el responsable de dar a probar las muestras y atraer a los clientes, Parker se encargará de presentar nuestros productos en la mesa y Yuan, que es el que menos habla y el más ágil con las matemáticas, cumplirá la función de cajero. Las tareas van acorde a nuestros puntos fuertes y nuestras personalidades.

Como es un fin de semana de invierno, la gente se levanta tarde. Son las once de la mañana para cuando empezamos a ver más visitantes, pero aun así no abundan; la mayoría parecen estar simplemente cruzando el parque. Una integrante de la organización del festival pasea por las casetas para notificarnos de que habrá un evento especial de venta en el escenario y todos los interesados pueden presentar algunos productos rebajados. Al ver que estamos sin hacer nada, decido llevarme seis cajas y probar suerte.

Hay bastantes personas reunidas cerca del escenario, donde disfrutan de un espectáculo de hip-hop. La integrante de la organización me dice algo, pero no consigo oírla por encima de la estruendosa música y no puedo leerle los labios.

—¡Yang Tzu Tang! ¡Seis cajas! ¿Por la compra de una, te llevas otra de regalo? —acaba berreándome.

Los pastelitos de sol de Yang Tzu Tang se venden en cajas de doce unidades por 360 dólares taiwaneses. Cada unidad sale por 30 dólares, así que si regalamos una caja con cada venta, el pastel quedará por 15 dólares. Pero cada pastelito de sol se ha amasado, moldeado, rellenado, horneado y empaquetado a mano... Usando nuestras manos, las de Parker, Yuan, Liebre, Orca y las mías. Y solo vamos a obtener 15 dólares de beneficio.

Intento explicarle que mi jefe probablemente no esté contento con ese precio.

—En la caseta los estamos vendiendo con un veinte por ciento de descuento... ¿Qué te parece si aplicamos un treinta en el escenario?

Pero la música derriba mis palabras y ella me mira cargada de confusión. Así que asiento, le levanto los pulgares y su rostro se relaja. Me quita las cajas de los brazos y cierra el trato.

Antes de venir, mi tío abuelo me ha dicho que soy el responsable de tomar las decisiones en lo relativo a los descuentos de hoy, y que no pondría ninguna pega con lo que determinara, pero aun así tengo una sensación de abatimiento que no sé muy bien cómo expresar. Le sigo dando vueltas a esto mientras espero a que empiece el evento promocional, y solo desvío la atención cuando atisbo una figura familiar entre el público.

Coleta, una bolsa de asas llena hasta los topes y una cámara réflex digital. Aunque las inmediaciones del escenario ya están llenas de periodistas de la televisión que colocan enormes cámaras, tan altas como paredes, ella se abre camino, inclinando la cabeza y disculpándose con la gente con la que tropieza. Para no bloquear las demás cámaras de noticias, se agacha sobre una rodilla en la primera fila. Un representante del gobierno al que no reconozco sube al escenario para decir unas palabras, y ella se pone en cuclillas mientras los demás periodistas dan un paso adelante para capturar el mejor ángulo. Una de las cámaras que tiene detrás le golpea la cabeza, algo que ella ignora completamente, con la atención puesta en el visor, como si su objetivo y ella fueran las únicas personas presentes. Tras disparar el obturador varias veces, vuelve a agacharse sobre una rodilla y cambia de pierna; parece tener la otra dolorida. Al representante le sigue otro, y luego otro más, y no le queda más remedio que seguir agachándose y postrándose de rodillas, como si estuviera atrapada en un bucle sin fin.

Por fortuna, los discursos cesan y los demás periodistas empiezan a perder el interés y a desperdigarse en todas direcciones. Ella es la única que queda, arrodillada. Quiero ir y ayudarla a levantarse, pero oigo que dicen mi nombre en el escenario. Ella se pone de pie lentamente y, cuando nuestras miradas se cruzan, esboza una sonrisa de agradable sorpresa. Vocaliza: «¡Vamos, ve!».

La presentadora sostiene las cajas de Yang Tzu Tang y dice con un tono de voz ensayado que los pasteles son increíblemente sabrosos y aromáticos, que esta histórica pastelería casi nunca hace eventos promocionales pero que hoy tiene una oferta con la que, si compras una caja, te llevas otra gratis.

—¡Te arrepentirás si dejas pasar esta oportunidad!

Con todo, ni siquiera una presentadora con experiencia puede estimular a un público indiferente. Después de intentar engatusar a mucha gente, conseguimos vender dos sets y nadie reclama las dos últimas cajas.

La vergüenza que siento creo que puede llegar a ser contagiosa. Tras aferrar los billetes por valor de 360 dólares taiwaneses de la venta de las cajitas, me siento completamente paralizado en el sitio. Aprieto las manos con fuerza y el sudor de mis palmas amenaza con empapar el dinero. La presentadora tira la toalla y empieza a mirar hacia los miembros de la organización del festival, señalando que está lista para que suba el siguiente vendedor.

Entonces alguien levanta la mano.

—¡Ah, sí, la fotógrafa! ¡Son tuyas! ¡Vendidas!

Algunas de las personas del público quizá piensen que simplemente no se ha podido resistir a una ganga, pero tanto la presentadora como yo somos plenamente conscientes de que lo ha hecho para salvarnos.

Pin-Hsin.

Cuando regreso a la caseta, me encuentro a Parker y a Yuan comiendo una bandeja *bento* cada uno. Orca, que ha venido para ver qué tal nos va, me pregunta en taiwanés:

—¿Y esa mala cara? Parece que hayas olido un pedazo de mierda.

Abro la mano para mostrarles el dinero.

—Faltan billetes. Deberían ser... mil ochenta dólares.

Orca da un respingo.

—¿Te han dado un importe erróneo? No te preocupes, iré contigo.

Parker es el primero que se da cuenta.

—Te han obligado a aplicar la oferta por la que si compras una caja te regalan otra, ¿verdad? En las promociones en el escenario siempre se aplican descuentos más extremos. Aunque solo eran seis cajas. Aquí, en la caseta, será mejor que mantengamos el veinte por ciento de descuento.

Asiento y le paso el dinero a Yuan. No encuentro el valor para decirles que, aun aplicando la oferta de la cajita gratis, por poco no las vendemos todas... que Pin-Hsin ha comprado el último set. Orca espera hasta que todos hemos terminado el almuerzo antes de irse. Mientras, seguimos intentando vender *gao-bing*. Yo, personalmente, le pongo más ímpetu en los discursos de venta que por la mañana, tratando de que no se me escape ni un solo posible cliente.

Los clientes son como una tormenta eléctrica desatada: torrentes de personas seguidos de un absoluto silencio. Cuando Pin-Hsin se pasa por el puesto, justo acabamos de saludar a un grupo de interesados.

—Bueno, ¿cómo van las ventas?

Por el pelo un tanto enmarañado que luce y el brillo del sudor en su frente sé que ya se ha pateado toda la extensión que ocupa el festival. Nos dice que la cosa está tranquila, que deberíamos aprovechar la oportunidad para ir a dar una vuelta y que ella nos ayuda vigilando la caseta.

—No, no podemos dejarte aquí sola.

Pero ya se ha sentado a nuestra mesa y se está rehaciendo la coleta. Tras hablarlo, decidimos que Parker y Yuan irán primero y yo me quedaré con Pin-Hsin y saldré después.

—¿Estás bien? ¿Te ha hecho daño la cámara?

—¡Ay, lo has visto! Así es mi trabajo. A veces me gritan los cámaras: «¡Eh, la de ahí delante! ¡Agáchate!». —Se encoge de hombros para demostrar que no le afecta—. Aunque te duelen las piernas cuando tienes que estar tanto rato en cuclillas.

—Gracias por lo de antes. Lamento que hayas tenido que comprar nuestros dulces.

—Hsu An-Chun. —Compone una expresión seria—. Me voy a enfadar si dices este tipo de cosas. ¿Comprar una y que te regalen otra? Para mí es una auténtica ganga. Es el suvenir perfecto para mis compañeros de la oficina. —Entonces levanta la cámara como para cambiar de tema—. ¿Quieres ver qué pinta tenías en el escenario? —Se inclina hacia mí, lo bastante cerca como para que me dé la sensación de que sus pestañas baten a cámara lenta. Lo suficientemente cerca como para que me llegue el suave olor de su perfume.

—Ah, mmm… sí, claro. —Reculo un paso inconscientemente y procuro volver en mí. Rebusco por entre las cajitas hasta encontrar una unidad de pastelito de sol individual envuelta y se la paso—. Este lo hice para practicar. Pruébalo.

—¿Lo has hecho tú solo? ¿De principio a fin? —Le da un bocado y parece sumirse en una profunda cavilación mientras mastica. Pasa un buen rato antes de que declare—: Es distinto a los originales de Yang Tzu Tang. Ay, ¡pero con eso no quiero decir que no esté bueno! ¿Te ha sentado mal?

Niego con la cabeza. Aunque haya aprobado el certificado de nivel tres, soy muy consciente de que mis pastelitos de sol solo están «bien», pero no se comparan en nada con el trabajo que realizan los maestros pasteleros.

Cuando regresan Yuan y Parker, también vemos a Liebre acercándose a nosotros con su esposa y su hija agarrada de la mano.

—Mi hija quería venir sí o sí. —La hija de Liebre todavía va a primaria y lleva unas gafas de culo de vaso. Ahora mantiene una conversación bastante absurda con el monosilábico Yuan—. Hace calor hoy, así que he pensado que no sería mala idea traer algo de bebida fría. Así no me odiaréis tanto. Ay, lo siento, no sabía que usted también estaba aquí, señorita Chen.

—Pin-Hsin se puede quedar con la mía. Toma.

Ella rechaza la oferta, pero le pongo la bebida en la mano de todos modos.

—Eso está muy bien, An-Chun, hay que tener consideración con las damas —dice Liebre en tono insinuante.

Su esposa tose. No es un sonido alto, pero basta para recordarle a Liebre que también les había prometido que irían al centro comercial juntos. Cuando se marchan, Pin-Hsin dice que también debería irse.

—Vaya… —La decepción que tiñe mi voz atrae su mirada. Yo desvío los ojos—. Bueno, ten cuidado en el camino de vuelta.

—Espero que el resto del día os vaya de fábula —me dice.

Solo me atrevo a levantar la mirada de nuevo cuando empieza a alejarse. No le quito los ojos de encima hasta que desaparece a la distancia.

Para los tres que quedamos, nuestra misión todavía no ha terminado… Aún tenemos un tercio de las existencias por vender. Empiezo a ofrecer muestras incluso a los niños que pasan cerca, y cuando oigo a una pareja hablando en japonés, aprovecho la oportunidad y les pido en ese idioma que prueben una porción. Esa conexión lingüística permite que estrechemos lazos al instante, y acaban por comprar tres cajitas. Cuando se marchan los despido con la inclinación de noventa grados de rigor. Cuando me doy la vuelta, me encuentro a Parker presentando nuestros dulces a otros clientes extranjeros, hablando en un inglés fluido. Terminan comprando cinco cajitas, la mar de felices. En comparación con los taiwaneses locales, parece que los visitantes extranjeros se sienten más atraídos por los *gao-bing* tradicionales.

Al ver el acusado incremento de ventas en comparación con la mañana, estamos seguros de que lo venderemos todo antes del fin de la jornada. Pero para cuando el sol se tiñe de naranja en el crepúsculo, todavía nos quedan algunas cajitas desperdigadas sobre la mesa. Los compradores se han ido dispersando gradualmente y en muchas de las otras casetas han empezado a limpiar, pero Yuan, Parker y yo nos mantenemos firmes con las cajitas que faltan por vender.

—No tenemos por qué venderlo todo. —Parker tiene la voz un poco rasgada.

—Pero quiero hacerlo, de verdad —repongo. Ambos asienten. Juntos, reunimos las fuerzas que nos quedan.

Una anciana que lleva un bolso de marca cara se acerca a nosotros. Desvía la mirada hacia el cartel de nuestra caseta y la baja hacia la revista que sujeta en la mano.

—¡Ah! ¿Así que vosotros sois Yang Tzu Tang? ¡Por fin os encuentro!

Todos nos ponemos en pie y nos fijamos en la revista que lleva en la mano... ¡Es el artículo de Pin-Hsin! Los tres nos quedamos sin palabras. La mujer sigue hablando.

—Vivo en Taipéi y tenía muchas ganas de probar vuestros *gao-bing* después de haber leído esta revista. Por casualidad he tenido que venir a Taichung hoy y vi que se celebraba este festival. ¡Me he pateado todo este sitio buscándoos! Aun os queda algo, ¿verdad? ¿¡Qué!? ¿Solo esas? Está bien, está bien... ¡Me las llevo todas! Oye, ¿no me podéis hacer algún descuento? ¡Que he venido desde Taipéi!

Le vendemos todas las cajitas restantes a un «precio VIP», con un descuento del treinta por ciento, y luego la ayudamos a cargar las cajas en su coche de lujo.

Algunos acontecimientos en la vida son tan vívidos que sabes, justo cuando están ocurriendo, que se convertirán en recuerdos que albergarás para siempre. Sé que jamás olvidaré esto: después de que el coche rojo brillante se aleje, los tres empezamos a gritar y a vitorear al mismo tiempo, chocando los cinco y dándonos palmadas en la espalda, ignorando a los desconcertados transeúntes y empapándonos de los últimos rayos del embriagador sol del atardecer.

CAPÍTULO VEINTICUATRO

No sabía que Emiko había vuelto de Tokio hasta que me topé con ella en la tienda.

—Emi... Señorita Emiko. ¿Cómo ha ido por Tokio?

—Muy bien.

Movió los labios, intentando sonreír. Tras unos segundos de silencio, empezó a alejarse.

—¡Emiko! —Avergonzado por aquel arranque, volví a bajar el tono de voz—. ¿Podemos hablar? ¿Mañana por la tarde, a las tres, en la orilla del río Kamo?

Se quedó pensándolo un buen rato y, finalmente, asintió, antes de meterse en el obrador. Aliviado, intenté calmarme en el pasillo. Pero entonces Kato salió del obrador, me agarró del brazo y me arrastró fuera de Han Shun Do hacia el callejón. Empezó a dar vueltas nervioso, rascándose la cabeza y suspirando agitadamente.

El frío de la noche invernal hizo que se me pusiera toda la piel de gallina.

—¿Qué pasa? —le pregunté, mientras me frotaba los brazos.

—¿Qué pasa? ¿Me estás preguntando qué pasa? —Detuvo los pasos de golpe, como si fuera alguien con un trastorno de personalidad múltiple—. Vale. Te lo voy a preguntar, pero solo porque he oído sin querer la conversación que habéis tenido antes... ¿Puede ser que la persona que te gusta sea la señorita Emiko?

No quería mentirle a Kato, pero tampoco quería responder. Permanecí callado.

—¿En serio? ¡No te puede gustar ella! —Se aferró la cabeza y pareció ser víctima de un ataque de nervios.

—¿Por qué no? ¿Solo porque es la grandiosa señorita Imanishi?

—¡Exacto! ¡Pero no solo por eso! Ah, ¡ahora entiendo por qué Takahashi estaba tan cabreado el otro día! —Tal vez él había experimentado una epifanía, pero yo seguía sin comprender nada. Me aferró los brazos con ambas manos—. Presta atención. Lo que te voy a decir te va a costar asimilarlo, pero no puede ser de otra manera... Tienes que oírlo. ¿Me entiendes? —Respiró hondo—. ¡La señorita Emiko está prometida! ¡Su prometido es el hermano pequeño de Takahashi! Ambas familias tienen el acuerdo de que cuando él se gradúe de la escuela de repostería adoptará el apellido Imanishi y heredará Han Shun Do, junto con la señorita Emiko.

No podía creerlo. Tampoco oí nada de las cosas que musitó entre dientes después. Me separé lentamente de Kato y me flaquearon las fuerzas. Los recuerdos desfilaban por delante de mis ojos, como si fueran diapositivas, una imagen tras otra proyectada en la visión de mi mente, cada vez más rápido. Quise darle al botón de pausa, y las diapositivas se detuvieron en aquella noche en el bar *izakaya*. Takahashi me había preguntado: «¿Eres capaz de renunciar a Taiwán por ella? ¿Renunciarías a todo lo que tienes en la vida y te quedarías en Japón?».

—Pero... ¿por qué... por qué no me lo dijo Takahashi?

—Puede que parezca que Takahashi no sepa sonreír, pero eso no significa que sea un desalmado. Creo que no se atrevió a decírtelo. Ay... Entonces soy yo el desalmado, ¿no?

La luz de las farolas brillaba en la espalda de Kato cuando este se agachó al suelo. El resto de lo que nos rodeaba estaba sumido en una completa oscuridad, tan vacía que no se produciría ningún eco por más alto que alguien gritara.

Como siempre, las aguas del río Kamo fluían calmadamente por encima de las rocas de la orilla y las algas que sobresalían por la superficie. Los peces, sin embargo, no seguían el curso del agua. Se pasaban toda la vida nadando para desafiar el destino de ser empujados hacia el mar. ¿Cómo podía haber gente que considerara a los peces criaturas ociosas?

Aquellos eran los pensamientos sin sentido que me correteaban por la mente antes de que llegara Emiko.

Acudió puntual, y se sentó a mi lado, sin mediar palabra. Yo tampoco sabía qué decir, así que nos quedamos con la mirada perdida en el agua. Mi idea original había sido confesarle mis sentimientos aquel día, pero al saber que estaba prometida las palabras pasaron a ser imposibles de pronunciar. Era la única heredera de la histórica pastelería Han Shun Do; probablemente su destino estaba decidido desde el momento en el que había nacido y no se trataba de la clase de obstáculo que un tipo cualquiera de la calle pudiera sortear simplemente pidiéndole que fuera su novia. Todo apuntaba a que el primer intento de declararme a alguien en mi vida estaba destinado a fracasar, antes incluso de haber reunido el valor para enfrentarme a ella.

—Si no tienes nada concreto que decirme, entonces mejor me marcho. —Se puso en pie.

No me hizo falta volver la cabeza para saber que ella debía de haber estado observándome de soslayo. Al no ver ninguna reacción en mí, giró sobre los talones y empezó a alejarse. Como todas las chicas que se habían alejado de mí en el pasado, me pareció ver nubes de lluvia congregándose en su espalda mientras se distanciaba. No olvidaría aquella estampa jamás.

El sonido cada vez más amortiguado de sus pasos hizo que me levantara del suelo.

—¡Emiko! —grité.

Se quedó inmóvil. Me acerqué a ella.

—Kato me lo ha contado todo. Lo del compromiso. Ojalá lo hubiese sabido por ti.

Emiko podría haber fingido inocencia y haber dicho: «Creía que ya lo sabías», pero optó por ser sincera.

—No sabía cómo sacar el tema.

—¿Te gusta él?

—Conozco a Yu desde que éramos niños. Es muy buena persona.

—Pero este matrimonio no es algo que quieras tú, ¿me equivoco? Es por el bien de los *wagashi*, ¿verdad? ¿En serio son tan importantes?

—No hay nada más importante que los *wagashi* para nuestras familias.

—¿Y tú? ¿De verdad te gustan tanto los *wagashi*?

—¿Me gustan los *wagashi* o no? Me he hecho esa pregunta cientos de veces… miles. —Se mordió el labio, hablaba con una voz tan suave que parecía estar susurrándole al río—. No fue hasta ir a la escuela de repostería de Tokio cuando me di cuenta de que sí que me gustan los *wagashi*… Me gustan mucho. Todo me resultó fascinante… ideas que eran distintas de las de Han Shun Do, y técnicas y equipamientos diferentes. Mi padre tenía razón cuando decía que no le estaba poniendo el suficiente empeño en aprender a preparar *wagashi*. Pero ahora no paro de pensar que quiero saber más sobre ellos. Esta nueva versión de mí misma, que ansía aprender más, me emociona. De hecho, me emociono tanto que paso las noches en vela llorando, sintiendo que el universo me ha dado una misión.

Sus ojos brillaban con lágrimas acumuladas. La luz que contenían había dejado atrás las chispas sin propósito para convertirse en el fulgor de las estrellas.

—¿Alguna vez te has sentido así, An-Chun?

Tanto la pregunta como su expresión me produjeron un dolor lacerante. Sentía que podía asomarme al futuro, un futuro en el que Emiko se pasaba el resto de su vida persiguiendo la luz, mientras que yo permanecía para siempre con los ojos apagados.

—Emiko, me gustas.

No tenía otra manera de responder que no fuera estrujarme el corazón para sacar esa verdad. Las palabras le hicieron daño, la sacudieron, la obligaron a recular un paso.

—¿Y qué? Pronto regresarás a Taiwán, ¿no? ¿Qué tienes planeado hacer entonces?

—¿Vendrías a Taiwán conmigo?

Supe, tan pronto como las palabras escaparon de mi boca, que era una propuesta completamente inviable. Sonaba como un niño en plena rabieta.

—Voy a Taiwán contigo, ¿y luego qué? —Un nuevo brillo se asomó en sus ojos.

—Hay muchos lugares que quieres visitar, ¿no? Podemos viajar por todo Taiwán y después… y después… no lo sé, encontraremos otras cosas que podamos hacer juntos. No importa lo que sea, yo estaré a tu lado.

El brillo desapareció. Dio otro paso atrás y se giró hacia el río.

—Mi madre me contó que ha habido tres ocasiones en todo este tiempo en las que Han Shun Do ha sobrevivido por los pelos. La primera fue durante la época Meiji, cuando la mitad de la tienda ardió en un incendio que se había extendido por todo Kioto. La segunda fue durante la guerra. Y la tercera, cuando mi abuelo sucumbió ante una muerte súbita. Lógicamente, habrá habido otros contratiempos durante estos quinientos cincuenta años, pero Han Shun Do los ha superado todos. Puede que todavía sea una cría en muchos aspectos, pero no pienso arriesgarme, bajo ningún concepto, a que Han Shun Do desaparezca por mi culpa. An-Chun, quiero quedarme en Kioto. ¿Lo entiendes? Entre los *wagashi* y tú, he elegido los *wagashi*.

Lo entendía perfectamente. Comprendí todo lo que me dijo. Quizás incluso había intuido lo que me iba a decir antes de que abriera la boca. Cargaba sobre los hombros las corrientes de la historia, no muy diferentes de las corrientes del río que teníamos enfrente, y no le quedaba más opción que fluir hacia delante.

Con todo, había algunas cosas que quería decirle.

—Jamás le había dicho nunca a nadie que me gustaba, porque siempre he tenido mucho miedo a que me hicieran daño. Emiko, eres la primera persona a la que se lo digo. No quiero ver cómo te alejas. Sé que no hay nada más que pueda hacer, excepto repetírtelo una y mil veces: Emiko, te quiero. Me he enamorado de ti. —Las palabras eran como una riada que aplastaba mi corazón y arrastraba sus restos—. Me gustas mucho —insistí, empleando todas mis fuerzas.

Probablemente esa fue la ocasión en la que más ímpetu haya mostrado por algo en toda mi vida. Pero ¿de verdad creía que bastaría para que se quedara a mi lado y rechazara su destino? No. Sabía muy bien que no cambiaría su respuesta.

—Lo siento, An-Chun.

Se marchó.

Con eso, el río Kamo fue engullido por un invierno infinito. Ningún cerezo volvería a florecer.

CAPÍTULO VEINTICINCO

—**B**ueno, no todos los días van a ser Año Nuevo —dice mi tío abuelo. Puede que nos hubiéramos quedado sin existencias durante el festival de *gao-bing*, pero después del Año Nuevo lunar, el negocio en Yang Tzu Tang ha sido como un páramo yermo. Se ve, por el decrecimiento en la carga de trabajo, que las ventas se han vuelto a desplomar, pero nadie parece estar dispuesto a clamarlo en voz alta.

Mientras estoy comprobando la fecha de caducidad de los ingredientes, oigo a la tía Mei-Man que me llama desde la planta de abajo.

—An-Chun, ven un segundo.

Mi tío abuelo y ella están sentados en la salita. Sobre la mesa hay un pequeño montón de cáscaras de semillas de melón fritas. La tía Mei-Man sigue saboreando las semillas y dice, haciendo un esfuerzo por sonar natural:

—An-Chun, escucha esto: tu tío abuelo y yo estábamos hablando hace poco sobre las ventas de este mes… y las cosas no pueden continuar así. ¿Y sabes qué me ha dicho tu tío? Me ha dicho que por qué no lo meditamos un segundo y cerramos la tienda de una vez. ¡An-Chun, hazle recapacitar!

Me tenso y me giro hacia mi tío abuelo.

—¿Lo dices en serio? ¡No tomes una decisión así tan a la tremenda!

No dice nada y solo le da sorbos al té. La tía Mei-Man vuelve a interceder:

—¡Eso! ¿Sabes lo difícil que es empezar un negocio hoy en día? ¿Cómo vas a cerrar el nuestro así por las buenas? Aunque… es cierto que tenemos que idear algunas estrategias nuevas.

Asiento y yergo la espalda.

—An-Chun, estaba pensando… ¿Por qué no participamos en el certamen de pastelitos de sol? Piénsalo, si ganáramos, ¡podríamos poner una preciosa placa en la puerta de la tienda para ser la envidia de toda la calle! De nada sirve seguir discutiendo sobre la autenticidad de la receta, o sobre quién llegó primero, toda esa historia ya no se puede rastrear a estas alturas de todos modos, pero tener la placa de campeones sería distinto. ¡Significaría que nuestros pasteleros son superiores y que nuestros dulces tienen que ser exquisitos!

Pensé en la pastelera Chieh, que había ganado el certamen, y en cómo su tienda había experimentado un importante incremento en las ventas justo después. También sé que la tía Mei-Man está cansada de intentar persuadir a los compradores de que nuestros pastelitos de sol son distintos a los de los demás, y que no hay nada más convincente que haber ganado un premio importante.

—¡Sí! Pienso que es una idea increíble.

—¡Lo ves! ¡Sabía que An-Chun lo haría! —exclama ella, victoriosa, y le dedica a mi tío una mirada cargada de significado—. Es capaz de tener una visión más amplia.

—Ah, ¡pero no me refería a mí! —protesto—. Para una competición profesional, deberían ir Orca o Liebre.

—Oye, el objetivo de la competición es que participen pasteleros jóvenes. ¿De qué nos sirve observar a unos ancianos? Y por qué deberías ser tú, pues… Cuando Yuan fue la última

175

vez, fue presa del pánico escénico al ver el público. En cuanto a Parker... puesto que vas a ser tú quien herede la tienda, te toca a ti participar y no a él, y de esa manera el premio seguirá quedando en la familia.

Antes de que pueda decir nada, mi tío se me adelanta. En vez de dejar las estrategias promocionales de la tienda en mis manos, como ha estado haciendo últimamente, me dice:

—En ningún momento he dicho que fuera a legar la tienda a An-Chun. Todavía le queda mucho camino por recorrer. Solo lo consideraré si queda entre los tres primeros.

—Tienes razón. ¡Los jóvenes tienen que salir al mundo y ganar experiencia! Venga, An-Chun, tómatelo como una prueba que te pone tu tío. No pienses en participar y ya está... ¡Tu objetivo debe ser quedar en el podio! ¡Por Yang Tzu Tang!

Ambos me niegan la oportunidad de sopesar mis opciones antes de dar el asunto por cerrado y el tema por zanjado.

Se lo cuento a mi madre durante la cena. Aunque parece sorprendida, también lo comprende.

—¿Así que tu tío abuelo está lo bastante cansado como para plantearse dejar las riendas de la tienda a la siguiente generación? Siempre ha intentado llevarlo todo él solo, pero ya no puede estar en todas partes, a su edad.

—Probablemente solo quería que no desapareciera la tienda de su padre, ¿no?

Mi madre sirve la sopa en un cuenco.

—Ese es uno de los motivos, pero creo que no es toda la historia. Cuando era joven solía ayudar en la tienda, y siempre me decía que, si veía a una mujer guapa y elegante de pelo largo que entrara para comprar pastelitos de sol, alguien que tuviera el aspecto de proceder de alguna ciudad grande como Taipéi, debía decírselo de inmediato.

Me quedo boquiabierto.

—¿Y qué quiere decir eso?

—Quiere decir que todavía la sigue esperando... a su primer amor. No tengo ni idea de qué aspecto tiene. Tu abuelo me dijo que su nombre contenía el carácter «Lan», así que para mí siempre ha sido la «tía Lan», cuando he pensado en ella.

Sus palabras parecen reverberar en la habitación. Me cuesta un buen rato procesarlas.

—¿Tía Lan? Pero... ¿cómo es posible? Probablemente se olvidó de él hace mucho tiempo. Y seguramente ninguno de los dos reconozca al otro ahora, ¿no?

—No lo sé, pero ¿no te parece que es un hombre bastante romántico? —Suelta una risilla y me pasa el cuenco de sopa. El vapor caliente me hace llorar.

La brisa primaveral todavía es lo bastante fresca como para que se me erice la piel por la noche. Estoy a punto de escribir una publicación para *Diario de un nómada* cuando pienso en las palabras de mi madre. Cuando Pin-Hsin trajo la revista a la tienda y mi tío le preguntó reiteradas veces si la vendían en Taipéi, ¿también habrá sido por la tía Lan?

Tras titubear un poco, marco el teléfono de Pin-Hsin. Aunque es tarde, oigo el sonido de un teclado de fondo cuando contesta. Por lo visto, se acerca la fecha de publicación de la revista. Me disculpo por interrumpirla mientras está trabajando.

—No pasa nada, de todos modos necesitaba un descanso.

No le digo nada del secreto de mi tío abuelo, pero sí le cuento lo que me atribula.

—Estoy más que dispuesto a presentarme al certamen si con ello ayudo a Yang Tzu Tang, pero ahora se ha sumado el asunto de heredar la tienda, y de eso no estoy del todo seguro todavía, así que no sé si este debería ser mi objetivo. Además, tú ya has probado mi pastelito de sol, sabes que no es ninguna maravilla... ¿Cómo voy a ganar? Todas estas preguntas me hacen sentir como un perro que se persigue la cola.

La comparación la hace reír.

—¡Pues olvídate de todo esto! Contémplalo como algo divertido que estás haciendo. Si lo das todo y aun así no ganas, entonces quizá signifique que no estás destinado a perseguir una carrera profesional confeccionando *gao-bing*. Y si ganas, pues tal vez también sea cosa del destino.

El viento sopla con ímpetu las nubes por el cielo, revelando una porción de la luna, cuya suave luz toca los alféizares de los insomnes. En mi mente, Pin-Hsin es como una veleta; por más turbulento que sea el viento, es capaz de señalar hacia la dirección correcta, tranquilizándome.

—Buenas noches —le digo.

—Buenas noches —responde.

Siento como si estuviéramos tumbados uno al lado del otro. Casi puedo percibir su sonrisa.

Al día siguiente, al enterarse de que tengo planeado participar en el certamen dentro de unos escasos tres meses, Yuan conjura una expresión de espanto. Aunque es un hombre de pocas palabras, las pronuncia tartamudeando.

—¿E-Estás se-seguro? Que te observen... como si fueras un animal... tanta gente... —Se tapa la boca a media frase, como si fuera a vomitar, y sale disparado.

Orca estalla en una carcajada ronca.

—¿No te lo han contado? El muchacho vomitó durante la competición. Aunque con razón... yo también estaría nervioso con un público observando todos mis movimientos.

Mientras que el examen de certificación había tenido lugar en una tranquila aula de cocina y con la presencia únicamente de los examinadores y los candidatos, la competición de pastelitos de sol está abierta al público. El proceso de horneado en vivo no solo incluye a los jueces circulando por las mesas de trabajo con los informes de evaluación en la mano, sino que además toda la zona está rodeada por una numerosa audiencia.

—Mmm... veinticuatro unidades de pastelitos de sol de sesenta gramos cada uno, en noventa minutos. —A Parker no le cuesta empezar a trazar una estrategia, puesto que se entrenó para la copa del mundo de panadería. Su antiguo entusiasmo regresa a la vida y se anima a comentar el proceso de trabajo conmigo—. En resumen, todas las sesiones de práctica tienen que ser de noventa minutos, con el objetivo de terminar con quince minutos de margen, de ser posible. De esta manera, si tienes alguna emergencia el día de la competición, contarás con ese tiempo extra para resolver problemas.

A partir de entonces, empiezo a vivir mi vida en unidades de noventa minutos. Hago una sesión de práctica antes del trabajo, en la que los miembros del personal se turnan para mirarme fijamente, con el fin de que esté preparado para enfrentar el pánico escénico. Al principio, tener todos sus ojos sobre mí hacía que me pusiera realmente nervioso y que me olvidara de cuánto azúcar había pesado o cuantas veces había plegado la masa, pero, pasado un tiempo, dejó de importar quién se acercara a husmear; dejé de levantar la cabeza, como si tanto mis manos como mis ojos estuvieran tan centrados en los pastelitos de sol que no pudiera desviar la atención ni siquiera un segundo.

—An-Chun. An-Chun.

La voz parece llegar de muy lejos y viene acompañada del ligero aroma dulce de las flores de osmanto.

Levanto la cabeza de golpe y me encuentro a Pin-Hsin que me está saludando con la mano y con una sonrisa dibujada en el rostro.

—¿Cuándo has entrado? ¿Mi tío abuelo te ha dejado subir?

Giro la cabeza para mirar por la ventana. Por la oscuridad de la calle, hace poco que se ha puesto el sol y las farolas se acaban de encender. Estamos entre el crepúsculo y la noche.

—He entrado hace unos quince minutos. Es como me ha dicho el señor Lin, estás muy concentrado. ¿Quieres tomarte un descanso?

Menea ligeramente el té *oolong* que tiene en las manos.

Le digo que habíamos logrado vender todas nuestras existencias en el festival de repostería gracias a la señora y la revista, lo que en realidad significa que fue gracias a su artículo. Se ríe con tantas ganas al visualizarnos a todos haciéndole una reverencia de noventa grados a la señora que incluso ella se dobla en dos.

—Te estoy muy agradecido. Cómo me alegra que Yang Tzu Tang haya aceptado esa entrevista. Creo que por eso mi tío abuelo confía en ti.

Le sobresalta y le halaga que haya usado el término «confiar». Le explico que mi tío abuelo es extremadamente estricto con las normas de acceso al obrador de Yang Tzu Tang. Aparte de circunstancias especiales como con la entrevista, nunca deja que las personas ajenas accedan al piso superior, y mucho menos para entregar una bebida.

—Qué va, no es por mí, ni por el artículo. Es por ti —me corrige. Ahora me toca a mí quedarme perplejo—. Confía en ti. Es gracias ti que me puedo saltar las normas y beberme un té aquí contigo. An-Chun, eres el motivo por el que todo el mundo en Yang Tzu Tang estuvo dispuesto a aceptarme. Es la primera vez que me encariño tanto con las personas a las que entrevisto…, tanto que casi nos hemos hecho amigos. Me hace muy feliz.

Cada palabra que pronuncia es tan sincera como las frases que fluyen de su bolígrafo. Quiero decirle que se equivoca, que confían en ella porque les ha emocionado su honestidad y su amabilidad.

El pitido del horno reclama nuestra atención. Saco la bandeja llena de pastelitos de sol recién hechos, llenando todo el espacio con el profundo aroma a azúcar de malta, caliente y dulce. Corto uno por la mitad y el relleno se desparrama de su interior.

—Cuidado, quema —le advierto.

Prosigue con movimientos lentos y cuidadosos, temerosa de que se le caiga una miga de la corteza extremadamente crujiente. Tras algunos bocados, forma una «O» con la boca para dejar escapar el calor.

—¡Están buenísimos recién salidos del horno! —exclama con los ojos como platos—. ¡Y creo que has mejorado!

Me como la otra mitad del dulce, que está tan caliente que me lo tengo que tragar con un buche del té que me ha traído. Las fragancias del pastel y del té se extienden por igual en mi boca, equilibrándose.

—Vaya, ¡está muy bueno con el té *oolong*!

Toma un sorbo de inmediato y asiente con entusiasmo.

—¡A por ello, An-Chun! Solo te queda esto para ser el campeón. —Sostiene en alto el pulgar y el índice a una distancia de unos cinco centímetros. Ambos nos echamos a reír.

Sí, lo sé, todavía me queda mucho por mejorar.

CAPÍTULO VEINTISÉIS

S egún Kato, los días después de la conversación con Emiko fui algo parecido a un muerto viviente y no habría reaccionado ni aunque me hubiese atacado con un cuchillo. Creo que esto último me lo dijo en un infructuoso intento por hacerme reír.

Ella y yo no habíamos intercambiado ni una sola palabra desde aquel fatídico día a orillas del río Kamo, pero la veía casi a diario, cuando acudía a la tienda para practicar con los *wagashi* después de clase, lo que significaba que yo vivía en una tortura constante. El dolor era algo ladino; se escondía en los gestos más banales y me laceraba una y otra vez, cada dos por tres: en las sonrisas amables de Emiko o en un contacto visual fortuito. Era como el formol, preservando todo mi cuerpo en un estado de perfecto tormento y congoja, destinado a no deteriorarse jamás.

Empecé a pensar que quizá había llegado el momento de mudarme a Tokio y retomar los planes de viaje que había dejado a medias. Pero siempre que rumiaba algo así, era incapaz de no mirarla, entregándome a la melancolía y al afecto, a pesar del dolor atormentador. Tanto «seguir adelante» como «volver atrás» eran caminos bloqueados por la desesperación.

Mientras la estaba mirando, un hombre joven al que no había visto nunca apareció detrás de ella. Al ver que había reparado en su presencia, me sonrió y se llevó un dedo a los labios, señalándome que no dijera nada. Así que simplemente contemplé pasmado cómo se acercaba a Emiko. Ella percibió que la observaba y levantó la cabeza. Durante una fracción de segundo, nos miramos a los ojos en silencio.

Parecía estar a punto de pronunciar mi nombre, pero justo un segundo después, el hombre le tapó los ojos con las manos.

—¿Quién soy?

La visión que teníamos el uno del otro había sido obstruida físicamente, como si el mismísimo destino se estuviera mofando de nosotros. Desamparado, me afané a alejarme lo máximo posible de ellos, pero aun dando las zancadas más largas que me permitían las piernas, pude oír claramente la voz de Emiko en el obrador:

—¡Yu! ¡Has vuelto!

Otra persona a la que nadie pondría en tela de juicio por llamarla «Emiko», sin usar el «señorita». Era el hermano pequeño de Takahashi, el prometido de Emiko: Takahashi Yu. A diferencia del estoico de su hermano, el joven Takahashi exudaba un aire alegre y desenfadado por todos los poros de la piel. Parecía ser el tipo de persona que no dudaría en aceptar hacer algún favor si alguien se lo pedía.

Durante los días siguientes, Takahashi Yu estuvo deambulando por Han Shun Do. A veces charlaba con la señora Imanishi, y otras preparaba el té para el señor Imanishi y el señor Ono. Kato, que hacía años que trabajaba allí, también lo conocía bien, pero siempre que los sorprendía hablando me lanzaba miradas furtivas cargadas de culpa. Le costaba comportarse de manera «neutral». Cada día, poco antes de las tres de la tarde, Takahashi Yu esperaba a Emiko delante de la puerta de la tienda, para luego entrar en el obrador con ella y afinar sus técnicas de pastelería juntos.

Se trataba de un repostero excelente. En sus manos, los ingredientes eran como las pelotas de un malabarista, que manipulaba con tal rapidez y fluidez que costaba seguirle los movimientos. En un visto y no visto, era capaz de producir un *wagashi* perfecto. Emiko y él llenaban el obrador con su conversación; ambos tenían el mismo brillo en el rostro cuando hablaban de los dulces, ya fuera para alabarse mutuamente o sacarse faltas, o para idear nuevas elaboraciones que brotaban como los chorros de una fuente. Nadie se atrevía a inmiscuirse en la burbujita en la que se habían metido, y mucho menos alguien que supiera tan poco sobre los *wagashi* como yo.

Aquellos días resultaron doblemente dolorosos para mí, y mi único consuelo lo encontraba en que la dinámica que habían adoptado desprendía un aire fraternal. Tal vez porque se conocían desde que eran niños, Emiko estaba relajada con él; cuando sus manos o sus hombros se rozaban, no se ruborizaba ni temblaba como había hecho al sostener la mía. Me reconfortaba que no le gustara «de esa manera».

De vez en cuando continuaba dando largos paseos por la orilla del río Kamo. A pesar de la inminente primavera, la ribera seguía teniendo un aspecto yermo y seco; incluso mi reflejo en el agua parecía proyectar una figura más solitaria de lo habitual. Observé el agua fluyendo hacia destinos que ni podía imaginar, dejando que mi mente vagara y que mis recuerdos salpicaran como hacían las aguas turbulentas.

Entonces, en la distancia, vi a un hombre y a una mujer que me resultaban familiares. Emiko y Takahashi Yu. No alcanzaba a oír lo que estaban diciendo, pero, de repente, él la estrechó entre sus brazos.

Esos pocos segundos fueron como un largometraje a cámara lenta en mis ojos.

En un primer momento, ella se rio e intentó apartarlo, como si solo fuera una riña entre dos niños. Pero él la aferró con más fuerza, sin mostrar ningún tipo de intención de soltarla, y la expresión de ella fue cambiando gradualmente. La sonrisa que esbozó destilaba un deje triste, como si en aquel momento, en aquel preciso instante, hubiera aceptado finalmente tanto su destino como el amor de Takahashi. Cerró los ojos y le devolvió el abrazo, con el rubor extendiéndose por sus mejillas.

Entonces supe que serían capaces de desarrollar un amor fuerte y tenaz, un amor que les permitiría avanzar en la misma dirección, uno junto al otro.

Esa misma tarde le presenté a la señora Imanishi la carta de renuncia que había preparado largo tiempo atrás. Estaba decidido: me marcharía a Tokio a mediados de marzo.

CAPÍTULO VEINTISIETE

No he estado tan nervioso en toda mi vida. De camino al centro donde se celebra el certamen anual de pastelitos de sol, la ansiedad me carcome el estómago hasta que me siento como si hubiese hecho *puenting* cien veces seguidas.

La competición tendrá lugar en una feria gastronómica. Para cuando llegamos a las instalaciones, ya está lleno de gente. Aparte de la tía Mei-Man, que tiene que vigilar la tienda, todo el personal de Yang Tzu Tang está aquí, pero esto solo ayuda a alimentar mis nervios.

—No olvides que la *you-pi* va por encima de la *you-su*, no la *you-su* por encima de la *you-pi*.

Por lo visto, Orca teme que se me olvide hasta lo más fundamental cuando esté en el escenario.

—Si la cámara te está enfocando, no te olvides de sonreír —me indica Liebre, luciendo su bonita sonrisa como muestra.

—Imagínate que la gente del público son sandías. —Yuan está extraordinariamente pálido, de vuelta en el sitio donde vomitó en su día.

—Recuerda: noventa minutos. Pero cuanto antes mejor. —Parker me dedica un pulgar levantado.

—Adelante —dice mi tío abuelo en voz baja, y asiente.

Me registro con el personal de la organización y me dirijo a la mesa de trabajo que me han asignado. Si es una mesa por concursante, esperan que compitan unos treinta pasteleros. Por alguna extraña razón, de repente pienso en el señor Imanishi, lo que hace que me recoloque el cuello de la chaquetilla, me alise el delantal, me ajuste el gorro blanco y respire hondo.

Con el fin de ignorar los ruidos y las miradas del público que nos rodea, intento retrotraerme a cada recuerdo que he vivido en Yang Tzu Tang, separando mi mente en dos: una mitad viaja por el sendero de los recuerdos —cuando Orca me pidió que estirara una masa en mi primer día, pero al resultado siempre parecía que le había pasado un coche por encima— y la otra mitad se empieza a mover automáticamente al oír que la competición ha dado inicio oficialmente. Mis manos son como una máquina cuyo interruptor han encendido, moviéndose fluidamente de un paso al siguiente. Con cada gesto, me adentro un poco más en mi propio mundo; nada puede interrumpirme ahora.

Dentro de este mundo hermético, el centro donde se disputa la competición se convierte en el obrador de Yang Tzu Tang, donde un día tras otro mezclamos la masa, envolvemos la *you-pi* sobre la *you-su*, y metemos el relleno, asegurándonos de cerrar la pasta fragrante rápida y meticulosamente. Cada día, estiramos los pastelitos de sol formando discos aplanados, les estampamos nuestro sello rojo y los metemos en el horno, todo con la música de fondo que producen las regañinas y los tacos de Orca, mezclados con el zumbido de las máquinas en funcionamiento. «¡Cling!», sacamos del horno una bandeja tras otra de pastelitos de sol, o empanadillas de soja verde, o tartas de piña, cada uno con el sabor característico de Yang Tzu Tang.

Entonces limpiamos las superficies de trabajo hasta que brillan, fregamos el suelo varias veces, apagamos las máquinas y las luces, y dejamos que el brillo de la luna llene el obrador vacío mientras nos marchamos. Todos estos sonidos, instantáneas y movimientos forman parte del éter del tiempo; sesenta años condensados en un solo instante.

La memoria muscular casi hace que me olvide de que los minutos van pasando. No es hasta que cierro la puerta del horno y oigo el sonido sordo que produce cuando mi cuerpo entra en modo reposo. Percibo de repente el alboroto en el que está sumido el local. En algún sitio hay un niño llorando porque quiere comer un pastelito de sol.

Relajarme tan de sopetón hace que me sienta mareado. En lo que espero a que se cuezan los dulces, limpio la mesa. Mientras me lavo las manos, pienso en las de mi tío abuelo, y en que el hecho de que le falte un dedo no lo entorpece en absoluto a la hora de apretar, pellizcar, doblar y llevar ingredientes. Nunca yerra, nunca permite que sus *gao-bing* se estropeen. Cómo desearía que mis manos fueran tan infalibles como las suyas. Finalmente, presento mis pastelitos de sol terminados: veinte unidades intactas y cuatro cortadas por la mitad. Entonces abandono la zona de competición.

El equipo de Yang Tzu Tang alaba mi flujo de trabajo, diciéndome que tengo muchas oportunidades de ganar, dado lo regular que he sido durante toda la elaboración.

—Jefe, ya sé dónde podemos poner la placa —dice Orca, en tono engreído.

Solo puedo rezar para que mis dulces estén a la altura.

Una vez que el jurado termina de deliberar, me siento con los demás participantes delante del escenario a esperar los resultados. Mi tío abuelo y los demás están entre el público. Pin-Hsin, que también ha venido, me escribe: «Se te ve nervioso».

«Estoy nervioso por no ganar, pero también nervioso por si gano», le contesto con franqueza.

La ceremonia de entrega de premios da comienzo. Los representantes de las instituciones y los VIP tardan unos veinte minutos en dar sus discursos. El presentador se acerca al micrófono y empieza a anunciar los ganadores. Hasta el último de los concursantes, ataviados con un uniforme blanco se remueve en su asiento, deslizándose hasta el filo de la silla e irguiendo la espalda. Todos esperan que sea su nombre el que pronuncien. Ese ambiente hace que me den ganas de salir corriendo.

La ceremonia comienza con las categorías de empanadilla de soja verde y *gao-bing* original. Los pasteleros que son nombrados no caben en sí de alegría, y saltan al escenario con un par de pasos largos. Seguidamente, al fin, viene la esperada categoría de los pastelitos de sol. Aprieto los pies contra el suelo para que no me tiemblen las piernas.

El presentador anuncia los ganadores del tercer, segundo y primer puesto, diciendo los nombres de las tiendas a las que pertenece cada pastelero. Yang Tzu Tang no está entre ellas.

CAPÍTULO VEINTIOCHO

C uando le presenté la carta de dimisión, la señora Imanishi la recibió con expresión compungida, pero no
intentó persuadirme de que me quedara. Sabía que
ya había retrasado mi plan original durante toda una estación
para alargar mi estancia en Han Shun Do. Estuve dos semanas
más después de la renuncia, durante las cuales me organizaron
una fiesta de despedida. Con el objetivo de volver a pegar los
cachitos de mi corazón fracturado y no dejar atrás ninguna es-
quirla, me ceñí a mi rutina de trabajo de siempre, limpiando
utensilios, recibiendo a los clientes extranjeros y, de vez en
cuando, iba a tomar algo con Kato a un bar *izakaya*. Siempre
que se emborrachaba me decía:

—An-Chun, amigo mío, no creía que te fuera a echar tanto
de menos. ¡Te prometo que iré a visitarte a Taiwán!

Emiko parecía calmada. Lo único que quedaba de nuestras
interacciones eran saludos a media voz y asentimientos con la
cabeza.

Antes de que Takahashi Yu se marchara de Kioto, me dijo
con amabilidad:

—Ha sido un placer conocerte. Mi familia vive en Tokio, y
yo estaré allí durante un tiempo. Si necesitas algo, no dudes en
ponerte en contacto conmigo.

La última tarde antes de mi partida, estaba ayudando a Kato a mezclar la pasta de judías rojas. La señora Imanishi me pidió que fuera con ella, y nos arrodillamos en el suelo de tatami donde me habían hecho la entrevista de trabajo. Su sonrisa era tan afable como lo había sido aquel primer día.

—¿Ya has hecho las maletas?

—Sí. Muchas gracias por todo. —Le dediqué una reverencia.

—Nosotros también tenemos que darte las gracias. Has mejorado Han Shun Do en muchos sentidos. —Tras una breve pausa, añadió—: ¿Recuerdas cuando te dije, cuando te conocí, que tenía el presentimiento de que habías venido a Japón porque estabas buscando algo? ¿Crees que has encontrado tu camino?

Negué con la cabeza.

—Si le soy sincero, me siento más perdido que nunca.

—No pasa nada. No te rindas en tu búsqueda… el camino se mostrará ante ti, tarde o temprano.

Ella no podía saberlo, pero ya no me quedaba voluntad para buscar o encontrar nada. Solo quería huir. Charlamos un poco sobre Tokio y Taiwán y, sin saber muy bien cómo, aterrizamos en el tema de Emiko.

—Emiko dice que quiere despedirse formalmente. Te está esperando en la sala del té. —Al ver que vacilaba, la señora Imanishi añadió—: Necesitamos despedirnos como es debido para que podamos echar la vista atrás y mirar al pasado con cariño.

A juzgar por aquellas palabras, debía de hacerse una ligera idea de lo que había ocurrido entre Emiko y yo. ¿Tan obvios eran nuestros sentimientos? Había hecho el camino hasta la sala del té muchas veces, pero nunca en primavera. Los rayos del sol acariciaban el jardín interior, proyectando las sombras de las flores y las plantas hacia el pasillo. Sus siluetas se mecían suavemente.

Me detuve en seco a pocos pasos de llegar a la habitación. No solo porque podía ver la parte trasera del kimono verde de Emiko, sino porque, además, el señor Imanishi estaba en la entrada. Por lo visto, me había estado esperando.

Él también me daba la espalda, y no se giró cuando me habló.

—¿Has venido?

—Sí.

Di un paso y me coloqué a su lado, ambos mirando hacia la sala del té. Recordé que no era la primera vez que hablábamos en ese mismo sitio. En aquel entonces, había dicho de Emiko: «Su corazón todavía no se equipara con su intuición».

—Emiko ha heredado el talento de la familia Imanishi para elaborar *wagashi*, pero el talento innato tiene sus límites. Por lo general, la gente mejora y afila sus habilidades para convertir lo que es limitado en algo infinito. Los *wagashi* no ponen de manifiesto solo la forma y la apariencia, sino que son un reflejo del corazón del pastelero. Lo que alberga el corazón del artesano fluye por sus manos hasta el *wagashi* y solo hace falta un bocado para percatarse de ello. Los dulces que preparaba Emiko solían carecer de corazón. Eran puros, pero les faltaba algo. —El señor Imanishi se me quedó mirando un instante—. Pero ahora ha cambiado. Ahora lo comprende. Y es gracias a ti que ha experimentado esta transformación.

Caí entonces en que él también debía de estar al corriente de nuestros sentimientos. Agaché la cabeza y no me atreví a pronunciar palabra.

—Teniendo en cuenta las consideraciones prácticas, no apruebo vuestra relación. No todas las personas que nos transforman necesariamente permanecen en nuestras vidas para siempre. Muchas solo están de paso.

—Sí, lo comprendo. La señorita Emiko sabe cuál es su propósito en la vida.

Jamás olvidaré lo que me dijo a continuación.

—Por otro lado, si recuerdas a alguien toda la vida, entonces significa que esa persona no fue solamente algo pasajero. Gracias, An-Chun.

Dentro de la sala del té, el agua hirviendo borboteaba en la tetera. La habitación medía cuatro tatamis y medio, y entrar en ella era como adentrarse en el mundo interior de Emiko: desde el pergamino colgado en la pared hasta el arreglo floral en el nicho *tokonoma*, todo era una manifestación de los pensamientos y las emociones de la persona que preparaba el té.

Es por eso que, cuando vi los caracteres de «una vez en la vida» escritos en el pergamino, la armadura que me había puesto para enfrentarme a aquella mañana se destruyó al instante. Solo un encuentro inesperado como el nuestro en la vida, que no se repetiría jamás, un tiempo que no se podía rebobinar. Lo único que se podía hacer era atesorar cada momento del presente.

Debajo del pergamino había un arreglo con una flor de camelia del color de las peonías, cuyo nombre desconocía. Era alargada, delgada y elegante, con una sola flor en el tallo. Los arreglos florales japoneses, por lo general, priorizan la simplicidad a la abundancia de flores, un énfasis que recalca la belleza de la tranquilidad y la soledad. Aquella única flor, con un tallo tan delicado como fuerte, apuntaba hacia arriba sin perder su esplendor, y su sombra solitaria, proyectada por los rayos del sol, parecía existir en algún limbo entre la realidad y lo etéreo.

Había un plato con *wagashi* sobre el tatami. Tenían la forma de una campanilla china, conseguida mediante una técnica de corte en capas con la que los cinco pétalos formaban una silueta como la de una estrella de cinco puntas. La campanilla china en los dulces tradicionales tiene un centro blanco decorado con un estambre amarillo y los pétalos presentan un degradé que va del blanco al morado. Sin embargo, el *wagashi* en forma de campanilla china que tenía delante era distinto. Era de tonos más oscuros, más pesado, y los pétalos pasaban de un lila claro a un azul oscuro para regresar al lila, un degradé sutil y vacilante. Aquellas tonalidades me evocaban el color de la tristeza y el remordimiento. Al partirlos, el relleno de aspecto común de judías rojas tenía unas sorprendentes notas saladas incorporadas dentro de su dulzor, como si hubieran mezclado en él un toque de sal de las lágrimas de su creador. En todos los aspectos, Emiko había sobrepasado todas las tradiciones, así como a sí misma.

Aquel era el *wagashi* único de Emiko.

No había pronunciado palabra desde que había entrado; su atención estaba puesta en la preparación del té. Desde donde estaba arrodillado, ella y su kimono, del color de la hierba recién brotada, se recortaban sobre el jardín, formando una imagen unificada que dejaba claro que la primavera ya había llegado a Kioto.

Por suerte para mí, la ceremonia del té es una forma de arte parsimoniosa, una que me dio tiempo de sobra de memorizar todos sus movimientos. Sacó tres cucharadas de polvo de té matcha de un tarro, luego usó un cucharón de bambú para extraer el agua caliente de la tetera y verterla lentamente sobre el polvo en un pequeño cuenco. El sonido del agua al caer era como el riachuelo de una montaña. Apartó a un lado con cuidado los utensilios, tomó un batidor de bambú y empezó a remover el matcha con la cabeza inclinada. Sus movimientos mesurados, pero llenos de vigor, mezclaban el té y el agua, creando una espuma densa en la superficie.

Por último, rotó la taza del té hacia mi dirección, luego la levantó y me la entregó. La recibí con ambas manos, notando el peso y la densidad de la cerámica de color terroso. Me fijé en una desportilladura en el borde, que se había reparado con barniz dorado. El primer sorbo me llenó la boca con la pungente amargura del matcha, dejándome más estupefacto que nunca.

—Los cerezos están a punto de florecer.

Cuando me dijo esto, supe que ambos estábamos pensando en el primer paso que dimos a orillas del río Kamo, cuando me describió fervientemente el paisaje de Kioto lleno de flores de cerezo y me dijo que no me lo podía perder.

—Qué pena… No llegaré a verlo. —Sonrío débilmente.

Se volvió para mirar la flor solitaria bajo el pergamino.

—En Taiwán, ¿la gente cree que solo las cosas que van de dos en dos pueden simbolizar la completitud? ¿Como en China?

Era una pregunta, pero no esperó a que respondiera.

—En el arreglo floral japonés, a las flores que son impares se las llama *ikebana*, y como están «incompletas» parecen estar llenas de esperanza. Es como la técnica *kintsugi*, que emplea el oro para arreglar desportilladuras y grietas en las tazas del té, transformando una pieza imperfecta en algo único. Como la que tienes delante… su imperfección es una forma de belleza por sí misma.

El fragmento dorado brillaba delante de mis pupilas.

Sus ojos se posaron en mí, su mirada era sincera e intrépida.

—An-Chun, tu aparición ha sido como un milagro en mi vida. Eras tan distinto a todos los demás… y, aun así, apareciste en Kioto, una ciudad que me parecía totalmente invariable. Gracias a ti, comprendí que ahí fuera hay un mundo completamente diferente al que conozco. También me has enseñado a observar las cosas cotidianas desde una nueva perspectiva. Sé que es gracias a haberte conocido que mi padre al fin aprueba mis *wagashi*.

Esboza una media sonrisa triste.

—He estado pensando que, si no estuviera destinada a continuar con el legado familiar, me habría ido contigo a Taiwán sin pensármelo dos veces. Pero, An-Chun, ¿sabes por qué Oborozukiyo pudo rechazar a Genji, a quien quería con toda su alma? Porque decidió no echar la vista atrás. Mirar al pasado es demasiado doloroso. Nadie sabe cuál es la elección «correcta» en la vida, así que ella decidió mirar adelante y aprendió a que le gustaran las cosas que le desagradaban. Esa fue la única manera de que pudiera vivir sin culpa ni remordimientos. —Ensanchó la sonrisa—. Siempre me he querido convertir en una mujer valerosa como ella.

Miré su rostro iluminado. Ya se había convertido en el tipo de mujer que estaba describiendo.

—An-Chun, te recordaré durante el resto de mis días. —Tenía los ojos tan fijos en mí que ni siquiera pestañeó cuando se le anegaron de lágrimas—. Gracias.

Eso fue lo último que me dijo. Acto seguido, me hizo una profunda reverencia, que yo le devolví. Las lágrimas que ya no era capaz de contener cayeron al suelo de tatami, que las absorbió rápidamente, como si no hubiesen existido jamás. Al inclinarnos, dejamos de vernos las caras, como dos hojas de arce que crecen en la misma rama y bailan juntas al viento, pero que terminan aterrizando silenciosamente en campos distintos.

Supe, en aquel preciso instante, que Emiko no me volvería a necesitar nunca más.

CAPÍTULO VEINTINUEVE

No gané ningún premio para Yang Tzu Tang, no logré la placa que la tía Mei-Man tantísimo anhelaba. Aunque nadie lo dice en voz alta, sé que ellos, al igual que yo, se sienten tanto indefensos como inquietos en el calor abrasador de julio. Mi teléfono no para de iluminarse al recibir notificaciones de comentarios de los lectores de mi blog, en los que me preguntan por los resultados del certamen anual de pastelitos de sol. Todavía no tengo las fuerzas suficientes para responder.

Las ventas han ido menguando mes a mes, así que terminamos pronto el trabajo. Todos tenemos que buscar algo que hacer: Orca empieza a revisar el inventario de ingredientes, Liebre se entretiene quitando manchas de su delantal, Parker pule las brillantes mesas de trabajo hasta que relucen más si cabe, y Yuan y yo hacemos un repaso del almacén, donde encontramos una caja de cartón llena de moldes para hornear *gao-bing*.

Los moldes apilados están hechos de madera y son todos de distinto tamaño, color y forma. Lo único que tienen en común es lo antiguos que son y el hecho de que cada uno de ellos sea tan delicado y precioso que se podrían considerar obras de arte. Agarro uno y lo examino con detenimiento. El borde del molde tiene un contorno circular ondeante, con el carácter *xi* escrito en letras grandes en el centro —la palabra que se usa en las bodas y que significa «doble alegría»— y un dragón y un fénix que se miran a cada lado de la palabra. Incluso hay una flor de peonía en el fondo, que me recuerda a los pasteles *dabing* que mi madre solía traer a casa cuando regresaba de una boda. Mis rellenos favoritos eran los de piña y los de cerdo agridulce.

—Ah, esos moldes de *da-bing* son de la colección del jefe. Este está tallado en alcanforero, lo notarás si hueles la madera.

—Orca se nos acerca y se acuclilla con aire nostálgico para examinar los preciados moldes—. Ah, este se llama «desfile del académico», es un molde para tartas *zhuang-yuan*. —En él se aprecia la imagen de Zhuang-yuan, un académico imperial, subido a un caballo, con diferentes flores y plantas en el fondo—. Y ese es para elaborar *ang-ku-kueh*, pasteles de tortuga roja.

Orca señala un molde que tiene Yuan en la mano, cuyo contorno es tan dinámico y fluido como una tortuga real que vadea por el agua. En el caparazón tiene grabado el carácter *shou*, que significa «longevidad».

Cada molde de *gao-bing* es como una historia. Para cada uno que sacamos de la caja, Orca nos cuenta las connotaciones y las anécdotas que hay detrás. Para él, son huellas de su vida.

Antaño, todos los aspectos de la vida en Taiwán estaban «entrelazados» con los *gao-bing*. Los bebés comían *shou-yan*, galletas «recogedoras de saliva», cuando cumplían los cuatro meses, y luego pasaban a comer *ang-ku-kueh*, pasteles «tortuga roja» cuando cumplían el año. Los prometidos necesitaban tartas *zhuang-yuan*. Los que llegaban a los sesenta años, la edad más importante según el calendario lunisolar, requerían *shou-tao*, bollitos con forma de melocotón que traían buena suerte. Ya fuera por un nacimiento o una muerte, para bodas o fiestas, celebraciones o luto, en todas las ocasiones había un *gao-bing*. Los dulces y la vida eran inseparables.

Encuentro un molde de madera que no tiene asas. En la plancha larga y fina hay grabados tres patrones, y el del centro presenta una flor que se parece tanto a una campanilla china de cinco pétalos que me quedo tan ensimismado contemplándola que pierdo la noción de lo que me rodea.

—Esto es para cosas como el *lü-dou-gao*, empanadillas de soja verde, y el *xing-ren-gao*, pastel de almendras —me informa Orca—. Rellenas el molde con la pasta de judías y luego le das un golpecito, y obtienes tres pasteles hechos de una tacada. Eficiente y precioso.

Qué distintas son las campanillas en Taiwán en comparación con Japón. Una amargura que no consigo contener empieza a llenarme la boca... es el sabor de la despedida de Emiko. Me excuso con el pretexto de ir a buscar algo de té.

En el piso de abajo, la tía Mei-Man me llama. Tiene que ir a la oficina de correos y me pide que vigile la tienda. Miro alrededor, a la pequeña vitrina llena de pastitas apiladas como los libros de una biblioteca, silenciosas y organizadas. A pesar de la ausencia de clientes, los mostradores de cristal no han ganado ni una sola mota de polvo. Al ver esto, me doy cuenta de que la tía Mei-Man ha estado protegiendo Yang Tzu Tang en lo que ha podido.

Me quedo sentado y noto cómo pasa el tiempo. Viene el cartero. El pequeño fajo de sobres son en su mayoría facturas o publicidad, pero me llama la atención una postal que hay en medio. La imagen parece pertenecer a la brillante torre del puerto de Kobe. Cuando le doy la vuelta para ver el mensaje, compruebo que el envío procede de Kobe, Japón. El nombre del remitente: Kuan Lan. El destinatario: Lin Yi.

—An-Chun, ¿qué haces aquí? ¿Dónde está Mei-Man?

Para cuando mi tío abuelo se acerca, ya he leído el contenido de la postal varias veces.

—¡Tío abuelo…!

—¿Por qué gritas? ¿Estás intentando asustarme?

Tengo mis dudas, aunque también esperanzas, de que mi hipótesis sea correcta. Intento darle la postal, pero él la rechaza con un gesto.

—Tío abuelo, esto te lo ha enviado Kuan Lan. ¿Conoces a alguien llamado Kuan Lan?

El nombre es tan poderoso que mi tío abuelo se queda paralizado, con medio cuerpo iluminado por el sol y el otro medio sumido en las sombras. Se queda inmóvil durante un buen rato.

No me cabe duda. Kuan Lan es el primer amor de mi tío abuelo.

La última frase de la postal dice: «Me da demasiada vergüenza verte. Estoy bien. Por favor, no te preocupes».

Mi tío abuelo se ha quedado sentado en la sala desde que ha leído la postal y no muestra ninguna intención de querer salir de ella, ni siquiera por la noche. Nadie se atreve a importunarlo.

Cuando la tía Mei-Man regresa, me pregunta con voz nerviosa qué está pasando.

—Pero ¿por qué se ha puesto en contacto ahora?

—Creo que leyó el artículo de Pin-Hsin.

—Vaya, ¡pues sí que es increíble esa revista! —Su arranque de sorpresa no tarda en convertirse en preocupación—. No puede seguir así. Ve a ver cómo está.

No me queda otra opción que prepararme y entrar en la sala. Mi tío abuelo está apoltronado en su butaca de mimbre favorita, con la postal aferrada con ambas manos. Pero tiene la mirada perdida en algún punto indefinido de la ventana. Parece haber envejecido varios años en una sola tarde, y es como si se hubiese hecho traslúcido y pudiese desvanecerse con la mera exposición a la luz. Me acerco a él, pero no se me ocurre nada que le pueda decir para consolarlo, así que simplemente me quedo al lado de su aflicción, en silencio.

Pienso en Emiko, y en lo que decía la carta de despedida que Kuan Lan le había enviado a mi tío abuelo: que lo recordaría toda la vida. Y era cierto que no lo había olvidado, pese a haber pasado tantos años. Dice que se siente demasiado avergonzada como para encontrarse con él, pero en el fondo, muy en el fondo, ¿todavía quiere verlo?

—Vayamos a Kobe. Vayamos a verla —le propongo de golpe.

Me sorprendo pronunciando estas palabras, con cierto temor pero también con firmeza.

CAPÍTULO TREINTA

M e marché de Kioto en el bus nocturno. El asiento al lado de la ventana me proporcionó la oportunidad de contemplar la antigua capital por última vez, mientras la luz de las farolas se convertía en un borrón parecido a ríos de luz cuando el autobús estaba en movimiento. Los demás pasajeros parecían estar acostumbrados a viajar y pronto se quedaron dormidos... Creo que yo era el único que permanecía despierto. En mi cabeza, los pensamientos conformaban una maraña demasiado enredada como para poder dormir. Reproducía mentalmente una y otra vez las escenas de la despedida de Emiko: el agua caliente vertiéndose en la taza, las palabras en el pergamino y la flor solitaria, el dulce *wagashi* de campanilla con un leve toque de sal.

¿Por qué había confeccionado una campanilla china en aquella época, al principio de la primavera, si solo florecían entre el verano y el otoño? Busqué en el *hanakotoba*, el término japonés que designaba el «lenguaje de las flores», el significado de la campanilla china. La corta frase que me volcó el resultado me pellizcó y retorció el corazón, haciendo que las lágrimas se me acumularan en los ojos. Aquel era el último mensaje que me dedicaba Emiko, priorizando sus sentimientos por encima de las estaciones de los *wagashi*.

«El amor eterno e imposible».

Eso era lo que yo significaba para Emiko.

Durante el transcurso de siete horas, el autobús me transportó de la noche en Kioto a la mañana en Tokio. Me quedé plantado en las calles bajo el sol que acababa de salir, observando cómo la luz caía sobre las cortinas de cristal de las paredes de los rascacielos, sobre las líneas negras y blancas de los pasos de peatones, sobre las flores silvestres que crecían por aquí y por allá en las aceras. No esperaba ver lo que vi. La imagen me quitó el aliento.

Los cerezos, que todavía tenían que florecer en Kioto, estallaban en todo su esplendor en Tokio, formando un embriagador mar rosado. Cuando el viento se levantó, los pétalos danzaron como olas y parecieron arremolinarse alrededor de mi corazón, tan livianos como un sueño. Caían de los árboles con una soledad infinita. Emiko era como aquellos pétalos: omnipresente y, aun así, efímera.

Puse mucho empeño en empezar una nueva vida en Tokio. Alquilé un pequeño apartamento y concerté varias entrevistas de trabajo. Sin embargo, aquella ciudad estaba llena de flores de cerezo: mirara donde mirara, predominaba el color rosa; incluso en los callejones más periféricos y desnudos había pétalos claros esparcidos por el suelo. Eran como señales de las que no podía escapar.

El rosa de las flores de cerezo era el color de Emiko.

Me sentía tan diluido que era más una sombra que un cuerpo físico. El dolor se hizo más agudo. Era como si cuanto más me distanciaba de ella, su silueta, sus expresiones faciales y el tono de su voz se hicieran más claros.

Quiero ir donde no haya ni un solo cerezo.

En cuanto formulé este pensamiento, reservé un billete de avión para regresar a casa al día siguiente; el primer vuelo disponible. Había sido vapuleado por las flores de cerezo y no quería seguir viviendo en una ciudad que me apuñalaba en cada esquina. *Debería largarme de aquí.* Un geco que ha perdido la cola al intentar sobrevivir debe de sentirse así.

Una vez que estuve en el avión, cerré los ojos y al fin sentí que mi corazón se aquietaba.

En Taiwán no habría ningún tono rosado que me causara desasosiego.

CAPÍTULO TREINTA Y UNO

Cuando abro los ojos, tardo un rato en cerciorarme de que no estoy soñando. Cuando me despedí de Emiko, creí que no regresaría a Japón al menos durante unos cuantos años y, sin embargo, aquí estoy, en un vuelo con destino a Japón. Por mi tío abuelo.

En un primer momento, se opuso en rotundo a la idea de ir en busca de la tía Lan. «No sabría qué decirle». Además, jamás había viajado al extranjero ni se había subido a un avión. Y encima, no hablaba japonés. Eso era lo que se iba repitiendo una y otra vez.

Al final, ha sido la tía Mei-Man quien lo ha persuadido hasta hacerlo cambiar de opinión.

«Jefe, ¿de qué tienes tanto miedo? ¡An-Chun estará contigo! Si no vas ahora, ¡puede que no se te vuelva a presentar esta oportunidad nunca más! ¡Como mínimo, deberías preguntarle a la cara por qué no te ha venido a visitar nunca en todos estos años!».

—¿Estás incómodo? —le pregunto a mi tío abuelo, al ver que no para de removerse en el asiento y que solo le ha dado un par de bocados a la comida. Niega con la cabeza—. ¿Quieres dar una cabezada? Llegaremos en una hora más o menos.

Cierra los ojos, pero vuelve a abrirlos al cabo de poco. Entonces desvía la mirada hacia el cielo azul, sumido en el silencio.

¿Qué estará haciendo la tía Lan en este preciso instante? Sea lo que fuere, es imposible que sepa que hay dos personas dirigiéndose ahora mismo hacia ella, atravesando el mar y el mismísimo tiempo.

Al día siguiente, tomamos un bus local en Kobe que supuestamente nos llevará cerca de la dirección de la postal. El viaje, y una noche prácticamente en vela, ha dejado mella en mi tío abuelo, que tiene un aspecto demacrado, pero lo que más se le nota es que está nervioso. Su angustia es contagiosa, y hace que incluso a mí me suden las palmas y deje marcas húmedas en la bolsa de papel en la que llevamos una cajita con *gaobing*.

Caminamos unos cinco minutos tras bajar del autobús. Subimos una ligera cuesta y, al final, encontramos una pequeña arboleda y una vieja casa de estilo occidental de la misma altura que las copas de los árboles. La fachada está pintada con un cálido color blanco crudo, pero el tejado presenta una tonalidad azul celeste, dando como resultado una estética que parece trascender todas las modas y épocas. Puedo ver entre los barrotes de la verja de la entrada un coche negro aparcado al final del camino, que parece serpentear hasta adentrarse en los jardines y terminar en la casa. Estamos ante la mansión de la tía Lan.

—¿Has decidido qué le vas a decir? —le pregunto.

—Cada problema a su debido tiempo —me contesta.

Me seco las palmas sudadas y pulso el pequeño botón del timbre. Alguien responde de inmediato, y por el tono doy por sentado que se trata del ama de llaves o de la criada. Me alegra descubrir que los nervios no han hecho que olvide mi japonés, y le digo que somos amigos de Taiwán de la señora Kuan y que por casualidad estamos de visita en Kobe.

—Lin Yi —le ofrezco el nombre en mandarín—. La señora Kuan reconocerá el nombre, si tiene a bien decírselo.

Pasan unos segundos una vez que el interfono se desconecta, en los que un pájaro sale volando de la arboleda, aleteando, y nos pasa por encima de la cabeza. Los dos aguantamos la respiración.

—Por favor, pasen —nos indica la voz femenina, con tono monocorde.

Me imagino que mi tío abuelo, al igual que yo, no guarda ningún recuerdo de cómo hemos logrado pasar de la verja a la salita. Parecemos aturdidos los dos y, antes de que nos podamos dar cuenta, nos encontramos en un salón con muebles europeos, incluyendo unas intrincadas mesa y sillas de madera y unos ventanales tan altos como dos personas, tapados por unas cortinas de tela roja. El té que nos han servido huele a rosas. En un primer instante, a mi tío abuelo parece como si le hubieran drenado toda la energía del cuerpo, pero medio segundo después, sin embargo, parece estar preparándose para salir disparado por la puerta. No sé cuánto tiempo pasa, quizá veinte minutos o uno solo. Me da la sensación de que el tiempo fluctúa diferente en esta habitación y todo luce confuso e irreal. Las únicas cosas que percibo como reales son los latidos desenfrenados de mi corazón, y el tictac del reloj de época.

—¡Yi! —exclama alguien en el dialecto taiwanés *hokkien*. La mujer se apresura hacia nosotros y ralentiza el paso cuando la tenemos cerca.

Mi tío abuelo se pone en pie al oír su nombre, haciendo que las patas de la silla rasquen el suelo.

—Lan.

El sol que se filtra por la ventana envuelve a la tía Lan en una capa de luz. Solo cuando se aproxima un poco más, distingo el vestido que lleva, que le llega hasta las rodillas, de un color verde bosque que recuerda a la arboleda de fuera. Ambos permanecen quietos, pero la mirada que desprenden sus ojos delata que, a veces, no abrazarse es una tarea más ardua y bonita que achucharse fuerte.

El canturreo de los gorriones rompe la quietud. Vuelan haciendo un gran estruendo hacia la ventana, y se alejan con el mismo ajetreo. Cuando se han ido todos, nosotros también ponemos fin a nuestro silencio.

—Espero que no te molestemos —dice mi tío abuelo.

—No, no, para nada. Jamás pensé que vendrías…

—Jamás pensé que recibiría una postal tuya.

—Bueno, ¿quién iba a pensar que vería a Yang Tzu Tang en una revista? La estaba leyendo en una cafetería regentada por taiwaneses…

—Son los jóvenes, les gusta hacer estas cosas… Fue idea de An-Chun. —Me mira—. Es el hijo de mi sobrina.

—Ah —dice en voz baja. Quizá había dado por hecho que yo era el nieto de mi tío abuelo. ¿Cómo reaccionará si se entera de que él no sé casó jamás, y todo por ella?—. ¿Cómo es que tu japonés es tan bueno? —me pregunta con amabilidad.

Le explico que estuve un año trabajando en diferentes sitios de Japón, incluso en una histórica tienda de *wagashi* en Kioto. Inquiere por el nombre de la pastelería.

—¿Han Shun Do? ¡He ido alguna vez! Qué coincidencia. Kioto no está lejos de aquí… Voy a menudo.

Solo le respondo un sucinto «¿de veras?», pero en realidad lo que quiero es preguntarle si ha visto a la señora Imanishi vestida con su kimono morado, o al señor Imanishi con su rostro pétreo, o quizás incluso a Emiko y su sonrisa serena... Pero hoy no soy yo el protagonista.

El ambiente se destensa un poco y mi tío abuelo vuelve a abrir la boca.

—Por lo que veo, la vida te ha sonreído. Estás igual que cuando eras joven.

Es cierto que se trata de una mujer de una elegancia poco común, y su belleza no parece haber menguado con la edad.

—¡Paparruchadas! Estoy mayor... Ya soy abuela. ¿Y tú? ¿Cómo te ha ido? Por lo que he leído, a la tienda le va la mar de bien, tu padre estaría orgulloso.

Mi tío abuelo no responde a esto, a lo mejor porque es muy difícil resumirlo todo en unas cuantas palabras, así que prefiere permanecer callado. Le da un sorbo al té, y la tía Lan exclama:

—¿Qué le ha pasado a tu mano?

Aquí, en esta habitación, el dedo que le falta parece acentuar el estado demacrado de mi tío abuelo mucho más.

—Solo fue un accidente en el trabajo, nada grave. He perdido cosas mucho más importantes que un dedo por dedicarme a elaborar *gao-bing*.

El té de rosas no hace falta removerlo, pero la tía Lan empieza a dibujar círculos en su taza con una cucharilla, produciendo suaves tintineos al rozar la porcelana. Creo que ha captado lo que implican las palabras de mi tío abuelo.

—Me fui con mi padre a Taipéi. —La voz le tiembla como un polluelo que intenta volar por primera vez—. Creía que hallaría la manera de regresar a Taichung y verte antes de que nos instaláramos, pero lo que no sabía era que mi padre tenía muchas deudas, unas deudas que no podía devolver, así que solo pasamos una noche en Taipéi antes de que él obligara a toda la familia a venir aquí, a Japón.

Se queda callada unos segundos.

—El señor Hayashi, un buen amigo de mi padre que se dedicaba a las importaciones y exportaciones en el puerto de Kobe... él nos acogió. Si no llega a ser por él, habríamos muerto en la calle. Tiempo después, me casé con su único hijo. —Al fin deja de remover el té de rosas y se lo bebe, dando el tema por zanjado—. Ay, de nada sirve hablar de eso ahora. —Su rostro intenta sonreír, pero a su corazón le es imposible, lo que da paso a una expresión contraída.

Mi tío abuelo guarda silencio. No creo que sea porque el tiempo ha creado una barrera infranqueable entre ellos dos, sino porque hay demasiadas preguntas para las que quiere respuesta, pero que no se atreve a formular. «¿Has sido feliz?». Si la respuesta es afirmativa, eso significaría que su presencia en la vida de ella es superflua. Si la respuesta es negativa, entonces su corazón se llenaría de congoja.

—¡Abuela! ¡Abuela! —irrumpe de repente en la conversación una niña en japonés a voz en grito, que se lanza directamente a los brazos de tía Lan.

—Aiko —la llama ella.

Aiko tiene las mejillas redondeadas y ruborizadas. Se asoma temerosa desde los brazos de su abuela, y se oculta en su abrazo al ver la cara seria de mi tío abuelo. Este abre una de las cajitas de dulces que hemos traído de Taiwán y desenvuelve un pastelito de sol. La fragancia dulce atrae a Aiko, que suelta a su abuela Lan.

—*Oishii* —dice mi tío abuelo, usando la que me imagino que es la única palabra en japonés que conoce: «delicioso».

Tras darle solo un bocado, a Aiko se le extiende la sonrisa por el rostro. Aprovecho la oportunidad para hablarle en japonés y alejarla lentamente de la mesa hacia la ventana. Le hago compañía mientras se come el pastelito de sol, y mira hacia las flores que se mecen al otro lado del cristal, dejándoles espacio a mi tío abuelo y a la tía Lan para que hablen.

La casa es lo bastante espaciosa como para que las voces resuenen ligeramente, así que puedo oír sus palabras, aunque nos separen varios metros. Esta distancia que media entre nosotros, ni lejos ni cerca, dota a su conversación de un tono onírico. Tal vez ellos también sientan que este reencuentro es un sueño.

Mi tío abuelo rememora la primera vez que vio a la tía Lan: fue en el instituto al que iba mi abuelo, cuando él ya había dejado los estudios para empezar a practicar en Yang Tzu Tang. Cada tarde, cuando acudía con la bicicleta para recoger a mi abuelo al terminar las clases, veía a una chica que se marchaba en un Mercedes-Benz negro. Siempre iba con la cabeza gacha y no miraba a nadie, tan inexpresiva como las muñecas *hinamatsuri* de Japón.

—En aquel momento, me parecías muy rara. No comprendía por qué nunca sonreías.

—¡Tú eras el que parecía raro! ¿Cómo podías ser tan gracioso?

Entonces ella rememoró la primera vez que hablaron, que fue cerca del canal Lüchuan en Taichung. Mi tío abuelo había estado repartiendo dulces con su bicicleta y la vio sentada en los escalones de la orilla, aunque era durante el día y se suponía que ella debía de estar en la escuela. Le dio un pastelito de Yang Tzu Tang y le dijo que lo había elaborado su familia, que era aromático, dulce y bueno. Ella le dio algunos bocados y se echó a llorar. Mi tío abuelo, que no era más que un adolescente, no tenía la más remota idea de cómo consolarla. Hizo ademán de darle unas palmaditas en la espalda, pero le daba reparo mancharle el uniforme, así que corrió a lavarse las manos en el arroyo y se las secó en la camisa. Todos aquellos movimientos aturullados le arrancaron finalmente una risa a Lan.

—¡Y jamás pensé que no sabrías escribir cartas! —se queja ella, en un tono que recuerda al de una adolescente de instituto.

—Le eché muchas horas intentando aprender a escribir, solo por ti.

Por lo visto, la tía Lan le había pedido a mi abuelo que le entregara una carta a mi tío abuelo, pero como no era capaz de leer la mitad de los caracteres, tardó mucho tiempo en responderle. Encontró un diario en la basura y lo llevó encima a todas horas para preguntarles a los distintos clientes si podían marcarle estos caracteres: tú, yo, gracias, escribir, mucho, carta, feliz, cómo. Tardó toda una semana en componer una misiva de tres frases: «Gracias por escribirme. Me ha hecho muy feliz. ¿Cómo estás?». Había practicado la escritura de cada uno de los caracteres cientos de veces.

El hecho de que se cartearan lo ayudó a aprender más palabras y a desarrollar una caligrafía preciosa. Siguieron escribiéndose hasta que ella se graduó del instituto. Pero el verano posterior, cambiaron muchas cosas.

—Lo que más me sorprendió fue que trajeras a tu padre a Yang Tzu Tang.

Cuando la tía Lan entró en la tienda con su padre, mi tío abuelo no se podía creer lo que veían sus ojos y pensó que el padre debía de haber descubierto su relación y había acudido para confrontarlo. Pero no fue nada de eso, sino que habían ido porque la familia iba a organizarle a ella una fiesta por su dieciocho cumpleaños, y aunque en un principio habían planeado comprar *wagashi* japoneses o pastelería occidental para servir en el banquete, ella había insistido en que solo quería pastelitos de sol de Yang Tzu Tang. El pedido que solicitaron le traería una fortuna y una fama sin precedentes a Yang Tzu Tang. Sin embargo, en el instante en el que mi tatarabuelo le dedicó una reverencia de noventa grados al padre de la tía Lan, mi tío abuelo reparó en el abismo que había entre sus clases sociales. Se entristeció tanto que estuvo varios días sin responder a las cartas, e incluso la dejó plantada la mañana del cumpleaños de ella, cuando habían acordado verse.

—Me acuerdo de que me arrepentí muchísimo de haber hecho algo así cuando te vi corriendo hacia nuestra casa en mitad de la noche. Todavía recuerdo tu vestido blanco.

—Mi padre quería que nos marcháramos a Taipéi a la mañana siguiente. Me aterraba la idea de no volver a verte.

—Te dije que encontraría un trabajo en Taipéi para estar más cerca de ti, pero me dijiste que no.

—Tenías que pensar en la tienda de tu padre. No podía permitir que unos sabores tan maravillosos desaparecieran del mundo. ¿Y la carta? ¿La leíste?

—Estaba toda empapada de tus lágrimas. Me escribiste: «Siempre te recordaré. Cuando llegue el día en el que lleve las riendas de mi vida, volveré. Espérame».

La tía Lan se echa a temblar al oírlo recitar la carta al pie de la letra.

Ninguno de los dos lo ha olvidado. Incluso el mismísimo tiempo debe de quedarse mudo cuando se enfrenta a la fuerza de sus sentimientos.

Pasa un buen rato antes de que mi tío abuelo vuelva a hablar.

—¿Te acuerdas de cuando te preparé una pastita por primera vez?

—Por supuesto. Viniste a mi casa corriendo, empapado en sudor, sosteniendo en la mano unos pastelitos de sol envueltos en papel. Ay, desprendían un aroma exquisito cuando los desenvolví... Jamás olvidaré esa dulce fragancia a azúcar de malta. Y, después... —Se queda callada e infiero que se refiere a después de separarse—. Después no volví a comer pastelitos de sol nunca más. Me daba miedo olvidar el sabor de los tuyos.

—Lan, ¿por qué no pruebas uno? —le ofrece mi tío abuelo con la voz algo ahogada—. ¿Tienen el mismo sabor que antes?

De repente se me ponen los nervios de punta. De hecho, me altero tanto que me doy la vuelta para observar, aun a riesgo de que me sorprendan husmeando. La tía Lan corta una porción de pastelito de sol y le da un bocado. Algunas migas caen sobre su vestido verde, como si fueran copos de nieve... O pétalos de flor de cerezo. Cierra los ojos y mastica lenta y meticulosamente. Entonces, como el rocío que se forma al alba, unas lágrimas se congregan en las comisuras de sus ojos. Incapaz de sostener el peso de todos estos años durante más tiempo, se deslizan por su cara.

—El mismo. Es el mismo —le contesta entre hipidos.

Mi tío abuelo vacila durante un buen rato, antes de darle unas palmaditas en la espalda. Sus movimientos son tan cuidadosos que parece como si estuviera acariciando a la mismísima noche.

CAPÍTULO TREINTA Y DOS

Tras ver a la tía Lan, mi tío abuelo parece haberse hundido en una melancolía aún más profunda que antes. Cada vez que pienso que quizá ha encontrado algo de alivio, vuelve a fruncir el ceño, como si reviviera la escena de ella despidiéndose de nosotros desde fuera del coche que nos ha ofrecido para que nos llevara. Mi tío abuelo me dice que es la primera vez que se sube a un Mercedes-Benz, y ahora al fin entiende la sensación de confinamiento que la tía Lan debía de sentir, montada en uno de estos coches cuando era niña.

Bajamos del vehículo y nos dirigimos al puerto de Kobe para contemplar los barcos, que atracan durante un breve rato y vuelven a zarpar. Cuando nos cansamos de esto, compramos algo de pan para alimentar a los pájaros. Con el aleteo de sus alas que nos envuelve por todos lados, no oigo lo que mi tío abuelo me dice hasta que la estruendosa sirena de un carguero ahuyenta a las aves.

—He dicho que me gustaría visitar la tienda de *wagashi* de la que habló Lan.

Se refiere a Han Shun Do, por supuesto.

—Pero estamos en Kobe, y la tienda está en Kioto.

—¿Tan lejos queda?

—A ver, lejos no está. —Será una hora en coche, más o menos—. Pero ¿hace falta? ¿Cómo es que te han entrado ganas de ir, así de repente?

—Para ver dónde solías trabajar —contesta, pero creo que no se trata tanto de mí sino de una manera de formar una nueva conexión con la tía Lan—. Se sacude las migas de las manos y adopta una actitud que denota que está listo para marcharse en cualquier momento.

—Está bien.

No me queda más opción que acceder.

Jamás he visto Han Shun Do en verano. El sol golpea contra las cortinas granates de la entrada de una manera completamente distinta al otoño, el invierno y la primavera, brillando con tanta intensidad que casi hace que la tela rojiza parezca traslúcida.

—Hemos llegado, ¿no? ¿Por qué no entramos? —pregunta mi tío abuelo, al reconocer los caracteres *kanji* de la entrada.

—Solo... Solo un momento.

El corazón me late más rápido que cuando he apretado el botón del timbre de la tía Lan. ¿Qué debería decirle a Emiko si la viera? Mi tío abuelo hace caso omiso, se acerca a la puerta y aparta las cortinas rojas.

—Bienvenido —oigo que dice una voz amable desde dentro del local.

—¡Ay, ay! ¿Es An-Chun? —exclama en el tono de voz más agudo que le haya oído jamás a la señora Imanishi, vestida con un kimono de tono lavanda claro.

No paro de inclinar la cabeza y disculparme por no haberme puesto en contacto desde que me marché. Siento que el suelo de madera de Han Shun Do no es real bajo mis pies, así que camino de puntillas, con cuidado, como si estuviera paseando por un sueño del que empezara a despertarme.

La señora Imanishi nos guía hasta el salón y nos pide que esperemos mientras va a llamar a los demás. Desde aquí puedo ver el jardín interior, que parece estallar lleno de vida con plantas de todo tipo en plena floración. Me arrodillo siguiendo el estilo formal japonés, pero mi tío abuelo se sienta con las piernas cruzadas, en una postura más natural, mientras contempla con detenimiento los cuatro retratos en blanco y negro que cuelgan de los travesaños.

—Son los antiguos propietarios de Han Shun Do —le informo en voz baja.

Emiko me dijo que estas son las figuras clave del legado y la continuidad de Han Shun Do. Llegado el día, el retrato del señor Imanishi también estará ahí arriba colgado, y en algún momento el de ella también. Tal vez sea por el silencio que impera, pero mi tío abuelo y yo miramos esas caras con sumo respeto.

—Con permiso. —Es la primera vez que veo a la mujer joven que nos trae el té. No deja de lanzarme miradas furtivas mientras coloca las tazas delante de nosotros, y solo me habla cuando ya casi está saliendo por la puerta—: ¿Eres el taiwanés que trabajaba aquí?

Habla en mandarín. Me descoloca tanto que tardo un instante en reaccionar. Asiento.

—¡Gracias a ti me contrató el señor Imanishi! Te ha mencionado un sinfín de veces, recalcando lo impresionantes que son los jóvenes de Taiwán. ¡Gracias, *senpai*! —Inclina la cabeza y se marcha.

—Menos mal que no has dejado a Taiwán en mal lugar —me dice mi tío abuelo con tono socarrón.

—¡An-Chun!

La estruendosa voz de Kato nos llega desde la distancia. Sale con su habitual uniforme blanco y una sonrisa tan ancha en la cara que parece como si acabara de ganar un partido de béisbol. Me da unos buenos manotazos en la espalda, como si se estuviera asegurando de que mi presencia aquí fuera real. Detrás de él siguen el señor Ono, que desprende el mismo carácter bonachón de siempre, y Takahashi, que tiene tan pocas ganas de sonreír como siempre. Alargo el cuello. ¿Y *Emiko?* Pero no hay nadie más.

Kato empieza a hablar por los codos sobre un montón de cosas. Al enterarse de que el hombre que está a mi lado es mi tío abuelo, susurra a un volumen que solo yo puedo oír:

—Vaya, tiene un aire al señor Imanishi.

Hablando del rey de Roma, cuando el señor y la señora Imanishi aparecen juntos, Kato y los demás se afanan a regresar al obrador. Al ver a mi tío abuelo, el señor Imanishi le dedica una reverencia, un gesto que él se apresura a devolver. Esta escena es, para mí, absurda a la par que armoniosa. Absurda porque jamás imaginé que estos dos hombres se fueran a conocer en persona, y armoniosa porque, para mi sorpresa, sí que tienen un porte similar.

—Ha pasado mucho tiempo, señor Hsu. —El señor Imanishi sigue dirigiéndose a mí de esta manera.

—Lamento no haberme puesto en contacto, señor Imanishi.

Los presento en mandarín y en japonés respectivamente. Los Imanishi muestran mucho interés en la pastelería de mi tío abuelo, y no paran de preguntar sobre los diferentes tipos de dulces y pasteles que preparamos, los cuales les explico con todo lujo de detalles.

—An-Chun, has crecido, en muchos aspectos —dice la señora Imanishi, claramente complacida, con una sonrisa—. Es como si fuera ayer que te teníamos aquí. Recuerdo que la primera vez que hablamos me preguntaste: «¿Por qué el logotipo de Han Shun Do es la camelia, una flor de invierno, si el carácter "primavera" está escrito en el nombre de la tienda?». En ese momento pensé que eras alguien fuera de lo común... Prestas mucha atención a los detalles.

Recuerdo lo que me contestó entonces, y, como si estuviéramos sincronizados, ambos levantamos la mirada hacia el retrato del fundador de Han Shun Do. Su expresión solemne en la fotografía hace que cueste creer que fuera él, el amante de las flores, quien escogió la camelia como emblema de Han Shun Do.

La señora Imanishi abre una cajita lacada de color negro que tiene al lado y nos dice, con cariño, que se trata de un *hanabi* —que significa «fuegos artificiales»—, un *wagashi* creado por Emiko. El dulce de forma esférica tiene cinco o seis colores que se entremezclan, capturando la escena de los fuegos artificiales que se extienden por el cielo nocturno de verano. Encarna sin duda alguna el estilo sutil y delicado de Emiko.

Al ver un producto elaborado con tanta maestría, mi tío abuelo se queda boquiabierto y durante unos segundos pierde el habla.

—Por favor, sírvanse —nos insta la señora Imanishi.

No soy capaz de contenerme más.

—¿Dónde está la señorita Emiko?

—Regresó a Tokio hace unos días. —La señora Imanishi saca su teléfono, algo muy poco usual en ella—. Mira, este es el concurso de la escuela de repostería de Tokio..., ¡el *hanabi* de Emiko quedó en primer lugar!

En la imagen, Emiko sostiene en alto un trofeo y Takahashi Yu tiene puesto el brazo alrededor de sus hombros. Comparten la misma sonrisa en el rostro. El alivio y la congoja me golpean al mismo tiempo; si midiera ambos sentimientos con una balanza, no sé cuál de los dos pesaría más.

—Ahora ya puedes estar tranquilo —le dice la señora Imanishi a su esposo—. La has estado atosigando con los *wagashi* toda la vida. Menos mal que fue capaz de soportarlo... Temía que llegara el día en el que estallara y nos abandonara para siempre.

—Es la pregunta que todas las personas que nacen en el seno de una familia que se dedica a los *wagashi* debe responder. Emiko debe tener una visión clara de lo que quiere más pronto que tarde: ¿quiere continuar, o prefiere dejarlo? —Señala la fotografía del cuarto dirigente de Han Shun Do—. No quiero que acabe como yo, tomando las riendas de este viejo sitio solo porque no le queda otra opción. Mi padre falleció repentinamente cuando apenas tenía cincuenta años, y yo veinte. ¿Qué iba a hacer? Debía mantener la reputación de la tienda hasta que llegara la siguiente persona destinada a ello.

Es una confesión que probablemente ni Emiko haya oído antes. Pero sus siguientes palabras me sorprenden todavía más:

—He estado preparando *wagashi* durante cinco décadas. Sé muy bien que no poseo el don. Pero Emiko es distinta... Tiene una sensibilidad natural que trasciende generaciones. Han Shun Do florecerá maravillosamente en sus manos.

Emiko contaba con su aprobación desde un inicio. La comisura de sus labios se curva, aunque solo sea un milímetro, pero yo veo su sonrisa plenamente.

Son las cuatro de la tarde cuando nos vamos de Han Shun Do y los rayos del sol brillan más radiantes. Inconscientemente volvemos los ojos hacia el cielo despejado. En ese instante, me siento capaz de comprender lo que supone sentir el peso de la carga que es heredar las esperanzas de un negocio familiar con siglos de trayectoria. Rendirse sería como traicionar todos los sacrificios, la persistencia y el trabajo duro de las personas que me precedieron. También comprendo por qué Emiko eligió cargar con esta losa sobre sus pequeños hombros.

—¿Cómo será el Han Shun Do del futuro? —pregunto en voz alta.

—¿Quién sabe? —En la respuesta de la señora Imanishi, oigo un deje de aceptación, un trasfondo que significa «deja que la naturaleza siga su curso»—. ¿Qué hay de ti, An-Chun? ¿Has encontrado tu camino?

—¿Quién sabe? —respondo, y ambos nos reímos.

Algún día lo descubriremos. Seguramente. Algún día.

CAPÍTULO TREINTA Y TRES

Me siento en conflicto. Por un lado, estoy decepcionado por no haber podido ver a Emiko, pero por otro siento cierto alivio. Creo que no tengo derecho a verla hasta que no haya descubierto qué quiero hacer con mi vida.

El avión sobrevuela sin interrupciones el Pacífico. En la cabina iluminada tenuemente, las parpadeantes luces rojas de las alas de la aeronave son el mejor lugar en el que centrar mi vista. Demasiadas caras me plagan la mente: la de la tía Lan, las de los Imanishi, incluso la de la joven taiwanesa que trabaja en Han Shun Do, cuyo nombre ni siquiera sé. Todos sus rostros parecen emanar algún tipo de autocomprensión y candor. Pero ¿y yo? ¿Me he analizado con franqueza? Me giro y veo que mi tío abuelo se ha puesto un antifaz, aunque no sé decir si se ha dormido.

—Tío abuelo. —No se mueve, pero profiere un leve gruñido—. Tío abuelo, he estado pensando... que me gusta mucho Yang Tzu Tang, y todo el mundo que trabaja allí me cae muy bien, pero... pero... no sé cómo decirlo... —Busco las palabras adecuadas, con tanto empeño que noto la garganta seca. «Céntrate, Hsu An-Chun»—. Siento que no tengo lo que hay que tener para ser la persona que decida si Yang Tzu Tang debería seguir abierto o no.

Mi tío abuelo guarda silencio. Quizá no haya entendido bien el significado de lo que acabo de confesar. Me aprieto las sienes con los dedos y procuro estrujar más palabras que expresen exactamente lo que quiero decir.

—Sé que, algún día, quizá los demás y tú esperaréis que tome las riendas de Yang Tzu Tang, pero hoy, cuando he visto esos retratos de los antiguos líderes de Han Shun Do, he pensado: *Estas son las personas que decidieron el destino de esta tienda. Yo no tengo lo que hay que tener para ser alguien así.* —Tomo una buena bocanada de aire—. Quizá, lo que quiero decir es que no tengo derecho a convertirme en esa persona.

Durante un rato, que se me antoja eterno, mi tío abuelo no responde. Justo cuando decido que debe de estar dormido y que lo único que he hecho ha sido malgastar saliva, me dice, en un tono amable que no le he oído nunca antes:

—Lo sé. Soy yo quien debe responder a esa pregunta. No debería dejar que otras personas decidieran por mí. Gracias por todo, An-Chun —termina añadiendo.

CAPÍTULO TREINTA Y CUATRO

M i tío abuelo hace dos días que no viene a trabajar. Cuando aparece por Yang Tzu Tang, se limita a pasarse al principio o al final de la jornada, y no se queda durante mucho rato. Los demás dan por hecho que es porque está demasiado afligido por lo de la tía Lan, pero yo creo que es porque está cavilando sobre esa pregunta que solo él puede responder.

—¡Jefe!

Orca es el primero en verlo cuando subimos la persiana metálica. Mi tío abuelo está sentado dentro de la tienda, como un león de piedra que custodia un templo.

—Tomad asiento todos. Tengo algo que deciros.

Acercamos unos taburetes de plástico y nos sentamos a su alrededor.

—Nunca habíamos hecho algo así —masculla Orca por lo bajini.

Pero cuando hemos ocupado nuestros asientos, mi tío abuelo permanece en silencio. Los rayos de sol que se cuelan por la puerta aterrizan precisamente entre él y el resto de nosotros, dibujando una franja fronteriza.

—¡Jefe! —grita Orca, incapaz de soportar el suspense más tiempo.

El tío abuelo carraspea, preparándose para dar un largo discurso.

—Llevo ayudando en este negocio desde que tenía catorce años, y me encargué de su dirección a partir de los treinta y cinco. No pensaba que el tiempo pasaría tan rápidamente. Al principio la verdad es que la idea de preparar *gao-bing* no me entusiasmaba demasiado... Correr del alba a la noche, trabajar sin parar durante muchas horas seguidas en el ambiente ardiente y sofocante del obrador... Lógicamente, era algo insufrible para un niño. Pero mi padre me dijo que elaborábamos los *gao-bing* para sobrevivir, y que me legaba sus habilidades con la esperanza de que así tendría la manera de subsistir. Si hubiese sido tan buen estudiante como mi hermano, jamás me habría dejado el negocio. Pero no se me daban bien demasiadas cosas, así que lo único que podía hacer era elaborar *gao-bing*. No había ningún otro lugar para mí. Hasta que conocí a Lan.

»A Lan le encantaban los *gao-bing* de Yang Tzu Tang. Cuando se los comía, le brotaba inconscientemente una sonrisa, lo que hacía que yo sintiera que todo el esfuerzo había valido la pena. Así es la vida... las cosas no siempre van como uno quiere. Cuando Lan se marchó, esperé y esperé como un tonto. Con el fin de preservar el sabor que a ella le gustaba tanto, no cambié ni un solo gramo de las recetas de mi padre.

»Pero eso no estuvo bien. Todos los pasteleros sabemos que cuando una receta se atasca, se muere, y las cosas muertas no perduran. Los gustos y las preferencias de la gente cambian, y el sabor de cualquiera puede perder popularidad si no se adapta. ¿Por qué no pude comprenderlo? Mei-Man y Liebre han intentado decirme que los tiempos han cambiado, que nuestros *gao-bing* son demasiado dulces y se deben modificar. Pero yo no quería cambiar. Nuestros *gao-bing*, para mí, son los sabores de mi padre y las sonrisas de Lan. Soy una persona muy terca, y ha sido mi terquedad lo que ha puesto contra las cuerdas el futuro de Yang Tzu Tang.

»Los dulces taiwaneses tuvieron su época dorada. Por aquel entonces, la gente venía a la calle de las pastelerías a diario. Pero también llegaron períodos desesperanzadores en los que la gente no se atrevía a dar ni un bocado, preocupada por las harinas contaminadas, el aceite de contrabando y todo tipo de cosas terribles que arruinaron la reputación de la repostería tradicional. Ahora, volvemos a estar en funcionamiento, pero los jóvenes prefieren los postres extranjeros. No desean comer ni comprender la pastelería propia de Taiwán.

Casi nunca habla tanto tiempo seguido, y parece quedarse callado porque físicamente no puede continuar.

—Bueno, de nada nos va a servir hablar de esto ahora —continúa—. Tras analizarlo, me he dado cuenta de que todo el personal ha estado entrando y saliendo rápidamente en los últimos años. Mei-Man, Orca y Liebre llevan más tiempo aquí, pero incluso vosotros os iréis a algún otro lugar algún día.

Al oír esto, Orca yergue la espalda y está a punto de protestar, pero mi tío abuelo lo frena.

—Escúchame. Al final, yo seré el único que permanezca en esta tienda. No vendrá nadie después de mí.

—¡Pero tenemos a An-Chun! —La tía Mei-Man es más rápida que Orca.

Mi tío abuelo niega con la cabeza.

—An-Chun tiene otros proyectos en su vida.

Este comentario hace que se me encienda la cara de la vergüenza. No he encontrado todavía qué es lo que quiero hacer.

—Pues ¿qué me dices de Orca? O Liebre… ¡él también haría un buen trabajo!

Orca contradice a la tía Mei-Man al instante, diciendo que le ha dicho un sinfín de veces que solo es capaz de elaborar *gao-bing,* que no sabe nada sobre ventas ni gestión empresarial. Liebre también lo rechaza humildemente, aduciendo que no tiene la capacidad de dirigir la tienda y velar por su familia al mismo tiempo. Esto acalla a Mei-Man, que compone una expresión de profundo disgusto.

—Dejad de discutir —los advierte mi tío abuelo—. Todavía no he terminado. Escuchad: mi terquedad se ha alargado toda una generación. No fue hasta que An-Chun me llevó a Japón cuando me di cuenta de lo difícil que es dirigir un negocio familiar con siglos de trayectoria. Ser el cabeza de la familia no se limita solo a aceptar la carga de la gestión del negocio; también supone tener una visión a largo término. Tienes que enseñar a tus hijos desde edades muy tempranas... tienes que emplear un esfuerzo titánico en formar a las nuevas generaciones, para que, llegado el momento, puedan heredar la tienda. Siempre he elaborado los *gao-bing* sin tener en cuenta el futuro. Jamás me percaté de lo difícil que es legar un negocio, y por eso ahora nos enfrentamos a esta tesitura. Me di cuenta de que no podía seguir así para siempre, así que busqué a un posible heredero. Pero eso no está bien. Mantener un legado solo es posible si todas las generaciones comparten la misma determinación. No se trata solo de encontrar uno o dos voluntarios que estén dispuestos a intentarlo, se requiere mucho más que eso. Si ni yo mismo tengo esa determinación, ¿cómo la va a tener otra persona?

»Yang Tzu Tang..., ¿sabéis por qué mi padre le puso este nombre?

Jamás me había hecho esa pregunta.

—Mi padre se llamaba Lin Chiang. «Chiang» significa «río». Quería que la tienda fuera como su nombre: un río eterno que siguiera fluyendo y fluyendo, con una prosperidad que no conociera fin. El Chang Chiang es el río más largo que él conocía, pero eligió el nombre por el que se lo conoce en el extranjero, el río Yangtze. Pensaba que si los clientes le preguntaban por el origen del nombre, con la respuesta creerían que estaban hablando con una persona leída y erudita, aunque solo fuera un pastelero de *gao-bing*.

»Es un nombre poderoso, y aun así... pero bueno, ¡no está nada mal aguantar sesenta años! Estamos entre las casas más famosas de la calle y hemos soportado tanto lo bueno como lo malo... No debemos arrepentirnos de nada. Es una pena que esto termine así, pero no creo que mi padre se hubiera decepcionado.

Nadie intenta interrumpirlo ahora. Las implicaciones que tiene lo que está diciendo hacen que todo el mundo se sienta como si nos hubiese sorprendido un naufragio en el mismo barco.

—Ni que decir tiene que hay una parte de mí que no quiere soltar este sitio. A fin de cuentas, me he pasado toda la vida en él. Sin esta tienda, no tengo ni idea de a dónde iré, y eso me da miedo. Pero a mi edad debo aceptar que a todo le llega su hora. Puede que el legado de todas las tiendas esté predestinado desde un inicio. —Se apoya las palmas sobre los muslos—. Supongo que ya sabréis lo que voy a decir. Quiero descansar. Quiero vivir mi vida sin tener que estar pendiente de nada. Yang Tzu Tang también se ha ganado un merecido descanso.

»No os va a faltar ni un solo céntimo de lo que os debo. Y no tenéis que preocuparos demasiado por el futuro, unos artesanos habilidosos de *gao-bing* como vosotros no van a pasar hambre. Si lo precisáis, puedo colocaros en otros obradores que conozco bien.

Finalmente, nos hace una reverencia.

—Gracias a todos por lo que habéis hecho por este negocio. Y por haber aguantado mi mal genio. —Mi tío abuelo respira hondo—. Yang Tzu Tang cerrará cuando acabe el próximo mes.

CAPÍTULO TREINTA Y CINCO

Probablemente Emiko y yo también estábamos destinados a separarnos desde un inicio. Sentado al lado del canal Lyüchuan, pienso en cómo a Taichung solían llamarla «pequeña Kioto» en la época en la que Taiwán estaba bajo el gobierno japonés, porque las calles de la ciudad siguen una disposición en cuadrícula como en Kioto y porque los canales Liuchuan y Lyüchuan están posicionados de una manera parecida a los ríos Kamo y Katsura de Kioto. ¿No es irónico? Regresé a casa con la cola entre las patas y aun así sigo encontrando conexiones con Emiko.

—¿Estás bien? —Cuando llega Pin-Hsin, ocupa el asiento libre que tengo al lado. Por teléfono no me ha dicho por qué quería verme, solo me indicó que nos reuniéramos aquí. Parece que ha venido con prisas, tiene el pelo todo enredado por el casco de la motocicleta y los mechones de la coleta sueltos y en punta—. ¿Estás bien? —repite.

Asiento, sin saber por qué me lo pregunta.

Me mira directamente a los ojos.

—Pensé que estarías triste por lo de Yang Tzu Tang.

Las ranas que a veces se congregan cerca del Lyüchuan empiezan a croar. Quiero agradecérselo, «gracias por preocuparte por mí», pero, por algún motivo, soy incapaz de pronunciar las palabras. Tengo los labios sellados, pero recojo el calor de sus pensamientos y lo almaceno en mi corazón, igual que hace la gente que vive en tierras frías, que acopia la lana durante meses antes de tejer un par de guantes, lenta y meticulosamente.

—¿Y ahora qué? ¿Qué tienes planeado hacer?

Mis hombros saben la respuesta antes que yo. Se encogen.

—Es la primera vez que oigo a mi tío abuelo hablar tanto rato seguido. Va en serio con lo de cerrar la tienda... Lo ha meditado a conciencia. Hay preguntas que solo podemos responder nosotros mismos, pero he estado huyendo de ellas durante mucho tiempo. En serio, ¿qué he estado haciendo durante todos estos años?

Pin-Hsin se queda pensativa más rato de lo habitual, tan ensimismada que empiezo a arrepentirme de estar molestándola con mis problemas. Cuando abre la boca, parece invocar a las luciérnagas del verano, que empiezan a iluminar paulatinamente la ribera.

—Has estado buscando —me dice—. Fuiste a Japón, a Han Shun Do, luego viniste a Yang Tzu Tang. Has conocido a muchas personas durante el viaje de estos años. Puede que te parezca que no has hecho ningún progreso, pero debe de haber partes de ti que hayan cambiado gracias a haberte cruzado con esa gente, ¿no?

Las luciérnagas vuelan de hoja en hoja a lo largo de las plantas de la orilla, aterrizando con la misma suavidad con la que aterrizan sus palabras en mí. Soy capaz de liberarme de las cadenas conocidas como remordimiento, arrepentimiento y confusión. Si pudiera, me encantaría rodearla con los brazos. Pero no puedo, así que simplemente me quedo sentado y le sonrío a la noche.

—Ay, qué pena me da que Yang Tzu Tang eche el cierre de esta manera. Las cosas no deberían ser así. —Mis propias palabras hacen que me sienta egoísta e inútil.

—Tu tío abuelo sabe que has hecho todo lo que estaba en tu mano, y él también ha hecho todo lo posible. Lo único que nos queda ahora es recordar todo lo que podamos.

—¿Recordar?

—¿Qué hiciste antes de graduarte en la universidad?

—¿Estar de fiesta tres noches seguidas? ¿Sacarme un trillón de fotos? ¿Mantener un millón de conversaciones?

—Eso mismo —conviene ella, sonriendo—. Lo importante es que disfrutes de los últimos días, que grabes recuerdos y no te arrepientas de nada.

CAPÍTULO TREINTA Y SEIS

¿Qué huella puedo dejar en Yang Tzu Tang? Antes de que pueda dar con una respuesta a esta pregunta, mi tío abuelo ya ha colgado el cartel en el que se informa del cierre de la tienda. Con la misma preciosa caligrafía que en su día empleó para escribirle a la tía Lan, ahora escribe la expiración de Yang Tzu Tang:

«Yang Tzu Tang cesará el negocio a finales de agosto. Gracias por vuestro apoyo durante todos estos años».

Pego el aviso en la puerta de cristal de la entrada. La tía Mei-Man sale conmigo para asegurarse de que el papel esté recto y alineado.

—No podemos dejar a un lado los detalles solo porque se acerque el final —me dice con lágrimas en los ojos.

Tiene un aspecto menos formidable que habitualmente, y regresa al interior del establecimiento, como los rayos mortecinos del sol que son absorbidos por la noche. Le echo un último vistazo al cartel... tan solitario y tan silencioso.

Una sombra parece cernirse sobre todos nosotros durante el resto de la semana. La sincera confesión de mi tío abuelo se ha ganado la comprensión de los trabajadores, pero, aunque comprendamos su razonamiento, eso no impide que nos sintamos como una batidora en marcha que no tiene ninguna masa que mezclar. Abatidos y anestesiados. Orca está más irascible que nunca, y se dedica a arrojar harina por doquier.

En comparación, Liebre y Parker parecen llevarse menos por las emociones. Liebre se embarca en la búsqueda de un nuevo trabajo al instante, puesto que tiene una familia que mantener, y no le queda otra que pasar página por más que vaya a echar de menos a Yang Tzu Tang. Parker nos deja claro que debemos aceptar la decisión de mi tío abuelo; quizá le sea más fácil empatizar con él, puesto que en el pasado se ha visto en la posición de tener que despedirse de algo importante, también.

En cuanto a Yuan… empieza a desaparecer. Tardo un tiempo en darme cuenta de que se está escondiendo en el almacén. Como a mí, estar rodeado de ingredientes le ayuda a pensar sobre las cosas. Nos sentamos juntos, con la mirada fija en los sacos de harina, y aunque no intercambiamos ni una palabra, parece que somos capaces de mezclar nuestros pensamientos y sentimientos, desamparados como estamos los dos, enfrentados a una realidad que no podemos cambiar.

Lo que finalmente quiebra esta atmósfera apagada es un grupo de reporteros de la televisión. Meten los micros bajo la nariz de la tía Mei-Man, achuchándola para que confirme la noticia del cierre de Yang Tzu Tang. Empiezo a recabar pruebas del verdadero estatus del que goza la tienda en la calle de las pastelerías.

A mi tío abuelo no le queda más remedio que salir a darles explicaciones a los periodistas él mismo. La declaración que les expone, sin embargo, es tan concisa como el anuncio escrito.

—Sí, vamos a cerrar. Gracias por vuestro apoyo.

Pero los reporteros tienen un sinnúmero de preguntas: «¿Por qué vais a cerrar? ¿No hay nadie de las nuevas generaciones dispuesto a tomar el relevo? ¿Tiene algo que ver con los escándalos sobre la seguridad alimentaria? ¿O es por el incremento en el precio de los ingredientes? ¿Son verdaderos los rumores sobre las disputas con otras pastelerías de *gaobing*?».

Alguien me llama la atención mientras intento persuadir a los periodistas de que se marchen. No lo reconozco.

—¡Oye! ¿De verdad vais a cerrar? ¿No será solo un farol para ganar publicidad? ¡Oye, te estoy hablando a ti! Mi tienda está al otro lado de la calle... ¿no te acuerdas?

La tía Mei-Man acude a mi rescate. Tira de mí hacia el interior del local y se encamina hacia el hombre.

—Señor Yang, ¿qué lo trae por aquí? Ese paso de peatones puede llegar a ser muy peligroso. —Recuerdo entonces que hay un tal señor Yang al que ella aborrece sumamente... el dueño de una pastelería cercana—. Si cree que se trata de una treta publicitaria, ¿por qué no lo intenta usted también?

Aunque emplea un tono empalagoso, las palabras son tan afiladas como cuchillas. Me duele la cabeza solo con oírlas.

Me dirijo a la planta de arriba, sumido en un estado de confusión, y tardo en percatarme de que hay más gente en la tienda de lo habitual. Paro a Parker cuando este me pasa por al lado, y me dice con voz alarmada:

—Mucha gente está llamando para pedir dulces después de enterarse de que Yang Tzu Tang va a bajar la persiana. Todas las comandas son como mínimo de tres cajas.

—¿En serio?

—¡Sí! —exclama, entonces se afana con un saco de azúcar de maltosa en los brazos.

La escena que se despliega ante mí hace que asimile la realidad gradualmente. El mentón oscuro de Orca está manchado de harina, Liebre está sudando por trajinar entre el calor de los hornos, Yuan está batiendo unas yemas como si fuera una máquina y Parker va de aquí para allá cargado con sacos de azúcar de malta. Toda la situación me hace pensar que nos estamos adelantando al festival de otoño.

No sé cómo procesar el tumulto de emociones que brotan en mi interior. «Los humanos solo valoramos las cosas que estamos a punto de perder. Todo nuestro arduo trabajo acaba siendo solo para llegar al final. ¡Es absurdo!».

—¡Oye, jovencito! ¿Crees que hoy es nuestro último día? ¡Mueve el culo! —Orca tiene las manos ocupadas, pero aun así logra darme un puntapié.

—¡Sí, señor! —Pienso en las palabras de Pin-Hsin: «Disfruta de los últimos días».

Me arremango.

Durante los días siguientes, Yang Tzu Tang aparece en los diarios, en la televisión y por todo internet. La tienda se llena de clientes que han oído la noticia; hay rostros familiares que la tía Mei-Man dice que hace una década que no ve, así como personas que vienen por primera vez, que aseguran que han acudido porque sienten que es la primera y última oportunidad que se les va a presentar de hacer este «peregrinaje». También los hay que hacen cola simplemente porque ven que hay cola, dando lugar a un fenómeno extraño, en el que Yang Tzu Tang es el único local de toda la calle de las pastelerías en el que se forme una larga hilera para entrar. Veo un montón de publicaciones en las redes sociales de *influencers* jóvenes, en las que dicen cosas del tipo: «No sé por qué había cola, simplemente di por sentado que no me arrepentiría si esperaba. Luego, cuando llevé los pasteles a casa, ¡mi madre me dijo que solía comer *gao-bing* de esta tienda cuando era niña! Es el fin de una era. ¡Venid a gastaros vuestros dólares y vaciar las estanterías para que el dueño pueda jubilarse feliz!».

¿No es esta congregación de nuevos y antiguos amigos a lo que aspira toda pastelería de *gao-bing*? ¿No es esta la encarnación del dicho taiwanés: «Que tu tienda sea tan bulliciosa como un mercado callejero»?

La tía Mei-Man hace años que no veía Yang Tzu Tang tan lleno, y nos pide a Parker y a mí que la ayudemos con los clientes. Mi tío abuelo, que ha estado ganduleando y preparando té, ahora ocupa su lugar en el piso de arriba entre los pasteleros. Los reporteros de la televisión siguen visitando la tienda un día sí y otro también. Al saber que mi tío abuelo no piensa dar ninguna entrevista, desvían la atención a los clientes de la cola, haciendo que la noticia aumente su alcance.

Según nos dice la tía Mei-Man, incluso hemos tenido algunas visitas que no venían en calidad de clientes, sino como representantes de negocios. Nos lo cuenta todo cuando terminamos la jornada.

—¡Ese tal señor Wu, de la tienda de aquí al lado, ha traído a alguien vestido con un traje de diseño que debía de costar miles de dólares! ¿Y sabéis lo mejor? ¡Ese caballero tenía la intención de comprar el nombre de Yang Tzu Tang! Me ha dicho que es una lástima cerrar la pastelería, que deberíamos permitirle llevar el negocio, y a cambio me ha prometido seguir contando con todo nuestro personal y con nuestras técnicas actuales. Incluso me ha dicho que le daría al jefe una parte de los beneficios, para que lo contemple como una especie de pensión cuando se jubile. ¿No os parece estupendo? No tendríamos que cerrar, ¡y el jefe seguiría cobrando sin hacer nada! ¿No es una maravilla? El señor Wu me ha dicho que es la mejor solución para nosotros, que odiaría tener que ver a otro de sus compañeros echar el cierre tras haber sobrevivido en la calle de las pastelerías tanto tiempo juntos. El señor Wu es buena gente. Ha sido un compañero admirable todos estos años, a diferencia de los que juegan sucio solo para ganar dinero. Como el señor Yang ese, que siempre nos mira con ojos de hiena.

Un discurso típico de la tía Mei-Man, muy proclive a irse por las ramas.

—¿Pero el jefe ha accedido o no? —exige saber Liebre.

La tía Mei-Man adopta una actitud enfurruñada ante esta interrupción.

—¿Qué crees?

Orca estalla en una risotada ronca y sonríe vagamente, como si hubiese adivinado la respuesta desde un inicio. Decide marcharse, previendo que el resto de la conversación lo va a aburrir profundamente.

—El jefe le ha dicho: «Yang Tzu Tang solo vende *gao-bing*, no su nombre. Gracias por su interés».

Imita con éxito el tono grave y sombrío de mi tío abuelo. Todos nos imaginamos el poder explosivo que han emanado sus palabras y nos echamos a reír. En las expresiones de todos, veo que no solo sonreímos por compartir la misma opinión sobre la personalidad de mi tío abuelo, sino también porque coincidimos en el alivio que supone que Yang Tzu Tang permanecerá siempre tal y como lo conocemos.

Pienso que la entidad única de una pastelería de *gao-bing* no reside únicamente en los caracteres de su placa o en sus recetas. Creo que lo más importante son las personas. Estoy seguro de que ninguno de nosotros: Orca, Liebre, Parker, Yuan o la tía Mei-Man, puede concebir Yang Tzu Tang sin mi tío abuelo. Un pensamiento más halagador es que, aunque por el local han pasado decenas de trabajadores a lo largo de su historia, vamos a ser nosotros los que acompañemos a Yang Tzu Tang a su final.

Aquí y ahora, si faltara únicamente uno de nosotros —incluso yo—, Yang Tzu Tang no sería lo mismo.

CAPÍTULO TREINTA Y SIETE

Le he estado dando muchas vueltas a cómo grabar buenos recuerdos y no arrepentirme de nada, como me dijo Pin-Hsin. Tras varias noches en vela, revolviéndome en las sábanas, finalmente ideo un plan: he anunciado un proyecto especial de treinta días de duración en *Diario de un nómada* para documentar el último mes de la historia de Yang Tzu Tang, después de seis décadas de andadura. Tras publicarlo, me he dado cuenta de la cantidad de blogueros que sienten interés por los *gao-bing* tradicionales. Me han llovido los comentarios de apoyo y aliento, y hay incluso algunos internautas que viajan físicamente para comprar los dulces.

La gente nos ha demostrado el mismo amor e idéntico celo que le dedicaron a la antigua estación de tren de Taichung cuando la reemplazaron por el edificio nuevo; se han congregado para estar con Yang Tzu Tang en sus últimos pasos en los anales de la historia, lo que los convierte a ellos —así como a mí— en parte de la historia de esta ciudad.

Aunque haya dicho que voy a narrar lo que ocurra durante treinta días, no solo voy a relatar los hechos del día a día. Quiero capturar otras cosas que hacen que Yang Tzu Tang sea único; recuerdos que otras pastelerías jamás serán capaces de replicar. Empiezo con los fundamentos históricos, escribiendo sobre la vida de mi bisabuelo Lin Chiang, e incluyo los motivos por los que la familia Lin se embarcó en la elaboración de dulces. Es una historia que se remonta tanto al gobierno de los Qing como al dominio japonés de Taiwán. Si Yang Tzu Tang es un río largo, entonces tengo que empezar por la fuente. También comento cómo mi tío abuelo tuvo que tomar las riendas del negocio a una edad temprana, disfrutando del auge de popularidad de los *gao-bing*, así como de qué modo sobrevivió a los escándalos sobre la seguridad alimentaria que azotaron a toda la nación y cuyo foco estaba en las harinas tóxicas y el aceite de contrabando. Las arrugas de las manos de mi tío abuelo se han formado por los picos y valles del tiempo.

¿Y luego? Aparte de su historia, ¿cuáles son las cosas de Yang Tzu Tang que vale la pena documentar? Al ver los procedimientos que me rodean, que se han convertido en mi rutina diaria, me acuerdo de las quejas constantes de Emiko sobre cómo Kioto le parecía siempre igual, que le aburría. ¿Qué fue lo que le dije en aquel momento? Que fingiera ser extranjera... que intentara verlo todo a través de nuevas lentes.

Muy bien, pues. Cierro los ojos y cuento atrás en silencio, empezando por el número quince. Tres, dos, uno.

Cuando los vuelvo a abrir, veo la luz de la tarde brillando sobre el local de Yang Tzu Tang a un ángulo de cuarenta y cinco grados, lo que crea un charco luminoso en la esquina superior derecha de una de las ventanas. Me acerco a ella, observándolo todo con más detenimiento que antes, y contemplo el cristal helado. La luz atraviesa el patrón traslúcido de una flor redondeada grabada en el cristal, algún tipo de flor de ciruelo que solo tiene cuatro pétalos. Por encima, debajo y a ambos lados del grabado hay más, alineadas formando una cuadrícula. Entre los huecos de estas flores más grandes hay otras más pequeñas. Los dos tipos de flores están perfectamente nivelados, y se multiplican configurando hileras y columnas por toda la ventana.

—Cristal con flores de begonia. Tiene cuarenta años.

Yuan se acerca y se detiene en el sitio donde mi tío abuelo y él solían observar las cagadas de los pájaros. Me dice que el jefe le contó que ese cristal grabado solía usarse mucho en Taiwán, pero que hoy en día prácticamente no se lo emplea. Solo los edificios antiguos cuentan con algunos vestigios de él. Juntos, contemplamos las flores de cristal durante un buen rato.

Todo en Yang Tzu Tang me fascina ahora, todos los objetos se han convertido en un tesoro que merece ser observado con atención. Los demás no saben por qué he desarrollado este interés por las cosas mundanas, pero me cuentan con entusiasmo todo lo que quiero saber.

Orca, por ejemplo, me lleva hasta el horno, el aparato más usado del obrador, y me dice:

—El jefe y yo fuimos a Taipéi expresamente para comprarlo. Puede que ahora parezca viejo y destartalado, pero créeme, ¡en su día era como un puto Tesla! ¡El más moderno y avanzado! ¡Te hablo en serio, joder!

Entonces me revela en tono confidente que al horno lo llama Wang-wang, porque el carácter *Wang* significa tanto «fuego vigoroso» como «negocio floreciente»; también le llama a la batidora grande *ta-chi*, «gran fortuna», y a la batidora pequeña *hsiao-chi*, «pequeña fortuna»; la nevera es *mei-mei*, «belleza»; el rodillo...

—Chef, ¿le ha puesto nombre incluso al rodillo?

El entusiasmo se evapora de sus rasgos.

—Si le das un nombre, te conviertes en su señor. ¡Entonces te hará caso, estúpido! —Me propina un coscorrón.

La tía Mei-Man, por su parte, me muestra algunas cajitas firmadas y se queja de que mi tío abuelo jamás le haya permitido ponerlas a la venta. Hay varios autógrafos en los cartones amarillentos, la mayoría de celebridades de otra era, que yo no reconozco, pero que mi madre seguramente sabría quiénes son. Sin embargo, atisbo una de las cajas con el nombre de una legendaria cantante de folk, a quien todo el mundo en Taiwán conoce, incluso yo.

—¿Vino a Yang Tzu Tang? —Saco el teléfono para sacarle una imagen al autógrafo.

—¡Sí! ¡Fui yo quien la reconoció en el acto! Intentaba pasar desapercibida y se calaba el sombrero… ¡Al principio no quería admitir su identidad! Le supliqué varias veces hasta que accedió a firmar la caja. Y ¿sabes qué me dijo antes de marcharse? Que su padre no comía dulces de ningún otro lado, solo los de Yang Tzu Tang. —Su expresión orgullosa y jovial apenas dura un segundo, antes de transformarse en una de pura aflicción—. Ay, de nada sirve contarte estas historias ahora. Su padre falleció y ahora nosotros vamos a cerrar.

Para cambiar de tema, le pregunto sobre los certificados oficiales que cuelgan de la pared, y al instante recupera el tono de alguien que alardea sobre sus queridos nietos, y me explica el origen de cada uno de los galardones. Finalmente, nuestros ojos se vuelven hacia los dibujos de orquídeas hechos al estilo tradicional, con tinta.

—Eso nunca he sabido por qué. En los negocios, lo habitual es colgar caligrafías con frases optimistas o dibujos de animales imponentes, como las águilas o los caballos. No sé por qué el jefe escogió estos.

Para ella es todo un misterio, pero yo lo comprendo de inmediato… lo comprendo todo.

Las orquídeas, en mandarín, se llaman *lan*.

Creo que la tía Mei-Man debe de haber tenido una vida muy satisfactoria y, por ende, no se le ocurre que haya personas que empleen los objetos para recordar a alguien, y que coloquen dichos objetos en algún lugar por donde pasen cada día, haciéndose daño deliberadamente tras cada dolorosa mirada, al recordar el irrecuperable pasado.

CAPÍTULO TREINTA Y OCHO

— **A** bsurdo...
Como si fuera un estudiante de primaria, musito la palabra mientras la escribo en *Diario de un nómada*. Se trata del intento de resumir lo acontecido en los últimos días. Eso es, «absurdo» es definitivamente la descripción que más se le adecua. Pero ¿cuán absurdo?, te debes de estar preguntando.

Dada la personalidad de mi tío abuelo, Yang Tzu Tang podría haber cerrado sin que nadie se diera cuenta bajando silenciosamente su persiana de metal para siempre. Pero eligió colgar el aviso del cierre con antelación debido a algún tipo de sentimiento de obligación hacia sus clientes, y los efectos de esa nota escrita a mano han excedido todo lo que podríamos haber anticipado.

Los medios se han apostado al otro lado de nuestra puerta y aprovechan cada oportunidad que se les pone por delante para entrevistar a los clientes o incluso a los transeúntes que pasen cerca. Los compradores entran en manada, y se han hecho tantos encargos que los pedidos acumulados ya superan los de todo un trimestre. Los ejecutivos comerciales piden hablar con el responsable, y entre ellos hay otros dirigentes de pastelerías. Algunos, como el señor Yang, ponen en tela de juicio los motivos de mi tío abuelo, y otros parecen alegrarse de haberse quitado competencia de encima, pero también los hay que se apenan por perder a un compañero de la industria, como el señor Wu.

—An-Chun, mira bien. Aquí tienes la cara desalmada y bondadosa de la moneda de la naturaleza humana —me dice mi madre.

Le gusta que le cuente lo que ha ocurrido durante el día en Yang Tzu Tang mientras picotea algunas semillas de calabaza, como si estuviese viendo una telenovela.

Dejo por escrito tanto las partes amables como las despiadadas en el *Diario de un nómada*, que suscita un sinfín de debates entusiastas en la sección de comentarios, en la que participa tanta gente que no me da tiempo a responderle a todo el mundo. Al leer sus palabras, puedo sentir la cara bondadosa de la naturaleza humana, al saber que hay gente ahí fuera a la que le preocupa tanto como a mí que esta vieja pastelería siga existiendo... Que les importa que se le proporcione una despedida como es debido. El blog no solo ha sido un lugar de consuelo cuando he estado cabizbajo, sino que también ha sido la mejor manera de llevar la cuenta atrás, manteniéndome informado en todo momento de cuántos días le quedan a Yang Tzu Tang.

Hoy, en el decimosexto día del proyecto de reportaje mensual, subo las escaleras de Yang Tzu Tang, solo para oír la voz atronadora de Orca berreando a tal volumen que parece que vayan a hacerse añicos los cristales.

—¡Puede que no haya asistido mucho tiempo a la escuela, pero al menos sé cómo se escribe la palabra «lealtad»! —grita, con el rostro tan encendido por la rabia que desprende un brillo rojizo, aun con su piel morena.

Tiene el brazo derecho levantado y las venas verdes visiblemente tensadas. Parker lo está reteniendo para que no propine la paliza que se muere de ganas de dar. Lo que no me habría imaginado jamás, sin embargo, es que el objetivo de su furia fuera Liebre.

Liebre aprieta los labios para contener las emociones, con expresión decidida. Tiro a Yuan de la chaquetilla, pero se limita a negar con la cabeza. Es el que está más pálido y con aspecto más desamparado de todos ellos.

—¡¿No entiendes con qué estamos lidiando aquí?! ¿Quieres huir cuando no hemos ni cerrado todavía? ¡Quedan cientos de encargos por terminar! ¿Qué pasaría si todos los demás hicieran como tú? ¿Esperas que el jefe haga todos los pasteles él solo? —Orca hace tantos aspavientos que parece que fueran sus manos y no su boca las que están gritando—. ¡Llevas trabajando aquí más de una década! ¡Piensa en todo lo que el jefe ha hecho por nosotros! ¿Cómo puedes marcharte en un momento así? ¡Di algo! ¿Te ha comido la lengua el gato?

Con esta última frase, la saliva de Orca aterriza en la cara de Liebre. Este no se la limpia, sino que dice con voz calmada:

—He hablado con el jefe y está de acuerdo. No me marcharé hasta pasado mañana.

—¡Que te den! ¡Esto no va de si el jefe está de acuerdo o no! ¡Pues claro que está de acuerdo! Lo importante es: ¿podrás mirarte a la cara después?

Parker intenta mediar para suavizar el ambiente.

—Chef, Liebre debe de tener sus motivos. Después de todo, es padre de familia.

—¿Motivos? ¿Quién no tiene una familia de la que cuidar? ¿En algún momento el jefe le ha pagado menos de lo que debía? ¡No! ¿Sabes lo bien que se ha portado con él por tener dos hijos? Por más trabajo que hubiese en la tienda, siempre le ha dejado tomarse el día para acudir a las fiestas del colegio, o para cuidar de los críos cuando estaban malos... ¿Acaso se lo ha negado alguna vez? ¡Pero si incluso le da sobres rojos para que compre los regalos de Navidad de los pequeños! —Se vuelve de Parker a Liebre y hace otra vez ademán de abalanzarse sobre él—. ¡Joder! Si no te enseño lo que es bueno, ¡no voy a poder mirar al jefe a la cara!

Corro para retener a Orca mientras Yuan se lleva a Liebre. La furia de Orca es tan poderosa que parece estar desatando toda su fuerza a la vez. Todos los músculos de su cuerpo se endurecen como rocas y sus pisotones son como terremotos. Soy incapaz de frenarlo y me tira al suelo, volcando unos cuencos de metal en el proceso, que tintinean a mi alrededor. Desorientado, me encuentro con Yuan arrodillado a mi lado.

—¿Estás bien? ¿Estás bien?

Entonces la voz de Liebre resuena por encima del caos.

—¡Chef! —grita con todas sus fuerzas—. ¡Chef, he aguantado muchas cosas porque siempre te he respetado como pastelero, pero como no nos vamos a volver a ver, vamos a dejar unas cuantas cuestiones claras! ¡No soporto cómo tratas al personal más joven! Pegando y gritando siempre… ¿Alguna vez les has mostrado aunque sea un mínimo de respeto? ¡Tampoco soporto que actúes como si fueras el único que le es leal al jefe! ¿Te haces una idea de la cantidad de trabajadores que han renunciado por tu culpa? ¿Y lo que le complica eso las cosas? ¡Yang Tzu Tang solo ha durado tanto gracias a que mi buen temperamento ha compensado tu mal genio, y así es como le muestro mi lealtad al jefe! Son tiempos difíciles, y cada uno tiene que mirar por sí mismo… ¿Qué mal he hecho por buscarme la vida?

Orca está tan fuera de sí que no le salen las palabras, y es entonces cuando aparece mi tío abuelo.

—¿Qué son todos estos gritos? ¡Deberíais avergonzaros, peleándoos por la mañana como si no tuvierais nada mejor que hacer! —Pasa la vista a su alrededor y yo me pongo en pie con la ayuda de Yuan—. ¿Estás bien, An-Chun? —Asiento. Entonces

247

se gira hacia Orca—. Ya le he dado a Liebre mi visto bueno. Al obrador al que va le falta un pastelero para el festival de otoño y quieren que tenga tiempo de adecuarse antes de que suba el volumen de producción. No le queda otra. Bueno, ya está bien. Volved al trabajo.

Orca abre la boca, pero Liebre se adelanta:

—Jefe, dado lo que acaba de ocurrir, creo que no debería quedarme más tiempo. Aquí solo voy a hacer enfadar a la gente y enrarecer el ambiente. Lo siento, pero ¿puede ser hoy mi último día?

Nadie dice nada al oír esto, ni siquiera Orca. Los segundos de silencio que se extienden hacen que ese futuro inminente sea mucho más real y devastador. Mi tío abuelo da por zanjado el asunto con un «muy bien», antes de darse la vuelta y bajar las escaleras. Los demás regresamos a nuestras mesas de trabajo, envueltos en un silencio sepulcral.

Nunca he visto una película de cine mudo, pero me imagino que debe de parecerse a como pasamos la tarde. Todo el mundo semeja estar más centrado en su trabajo de lo habitual, y prácticamente nadie dice ni «mu», como si intentáramos olvidar que este es nuestro último día trabajando con Liebre. Él esboza un intento de sonrisa, que a mí me parece que es como una disculpa por la sensación de desamparo que tanto él como el resto de nosotros estamos sintiendo. Sé que debería aprovechar la oportunidad para preguntarle más cosas para poder documentar *Diario de un nómada*, pero la tristeza me drena la energía y lo único que puedo hacer es elaborar *gao-bing* mecánicamente, doblando la masa sobre sí misma para que pase el tiempo.

Ha llegado la hora. Liebre dobla meticulosamente su delantal con el conejito bordado, lo mete en la caja de cartón donde están sus demás posesiones personales y se despide. Cuando nos ofrecemos a acompañarlo por las escaleras, lo rechaza. Cuando se ha ido, parece como si al resto de nosotros nos hubiera tragado una ballena y hubiéramos quedado atrapados en el silencio de su enorme estómago. El primero en hablar es Orca.

—Se ha olvidado la maldita toalla.

Todos miramos la toalla rosa, en la que la esposa de Liebre también ha bordado un conejito blanco, a juego con el delantal. Liebre siempre la usaba para secarse el sudor mientras trabajaba, sonriendo al hacerlo, pero luego indefectiblemente parecía preocupado por haberla ensuciado. Gracias a limpiarla a conciencia, la toalla sigue con el mismo tono rosa chillón que cuando era nueva.

—No puede elaborar dulces sin ella. Venga, llévasela antes de que se vaya.

Orca tiene la cabeza gacha cuando dice esto, y no puedo leer su expresión. Me lanza la toalla, puesto que soy a quien tiene más cerca, y luego se marcha a la sala adyacente.

Aferro la tela y bajo los escalones de dos en dos. Mi tío abuelo, en el momento justo, me entrega un sobre. Sé en cuanto lo toco que está lleno de dinero. La pesadez de mis sentimientos hace que el sobre me parezca más pesado aún.

—Se ha marchado antes de que tuviera tiempo de dárselo. Llévaselo y dale las gracias de mi parte.

—Tío abuelo, no tengo derecho a…

—Eres como mi nieto. Tus palabras son las mías. Espabila, se está alejando.

Oigo el sonido del motor de una motocicleta que se enciende fuera de la puerta trasera, y esprinto como no lo he hecho en toda mi vida, dejando atrás mesas, sillas y mis propias dudas. Llego al lado de Liebre, jadeando.

—¿No os he dicho que no me acompañarais?

Ya se ha puesto el casco y se ha subido a la motocicleta. Solo esboza un amago de sonrisa.

—El chef Orca se ha dado cuenta de que te habías dejado esto. —Le paso la toalla. Su rostro se obnubila con un millón de palabras atascadas... Es un sentimiento complicado, que comparto con él—. Y esto es de parte de mi tío abuelo.

Igual que he hecho yo, percibe el contenido del sobre en cuanto lo toca e intenta devolvérmelo.

—No puedo —me dice, lleno de pánico.

Empujo el sobre en sus manos y retiro las mías por completo, mostrándole que puedo llegar a ser tan testarudo como mi tío abuelo.

—Tienes que aceptarlo, chef. El jefe te da las gracias.

No puedo decir nada más. Una sola palabra y las lágrimas se me derramarán.

Liebre tiembla descontroladamente, con tanto ímpetu que las palabras fragmentadas parecen salir trastabillando de su corazón.

—No merezco... no puedo... quedarme en Yang Tzu Tang... hasta el final...

Aunque físicamente es alto como una torre y espiritualmente tan firme como un acantilado, la fuerza de voluntad de Liebre se derrite como la mantequilla caliente con la toalla y el sobre en las manos. Se lleva ambas cosas al corazón, como su hija debe de hacer con su peluche favorito, y solloza.

Unos minutos después, se serena y se enjuga las lágrimas.

—An-Chun, ya te lo dije... ¡no me llames «chef»! —me riñe con una sonrisa.

El sol empieza a ponerse.

CAPÍTULO TREINTA Y NUEVE

Sin Liebre nos falta personal, y además los encargos que nos van entrando ya han llenado la previsión de producción hasta finales de agosto. Mi tío abuelo decide no aceptar ningún pedido más y que nos centremos en cumplir con los que ya tenemos. Pero mientras que nosotros hemos aceptado a regañadientes el hecho de que Yang Tzu Tang va a cerrar, otros no parecen tan predispuestos. La gente sigue amontonándose en la tienda un día tras otro, vertiendo sus muchos sentimientos y diferentes motivaciones sobre nuestro suelo, lo que empuja a la tía Mei-Man hasta el borde de un ataque de nervios. Ahora se encoge en cuanto ve a un cliente. Naturalmente, mi tío abuelo también se siente abrumado por tanta atención. Y, por ende, y por primera vez en la historia, nos anuncia que todos nos vamos a tomar un día libre para relajarnos.

Significa que será el primer y último retiro de Yang Tzu Tang.

A las nueve en punto, nos reunimos delante de la puerta de la tienda y nos subimos al coche de Orca, que, según él, es más seguro que alquilar uno. Se trata de un SUV de siete plazas alemán, que usa durante las vacaciones para llevar a la familia de su hija, incluyendo a sus dos nietos. Parker se sienta en el lugar del copiloto para encargarse de la navegación. Mi tío abuelo y la tía Mei-Man ocupan los primeros asientos de pasajeros, mientras que Yuan y yo nos apretamos en la fila trasera con Pin-Hsin. Ha sido mi tío abuelo quien ha insistido en que la invitara, aduciendo que tuvo la oportunidad de volver a ver a la tía Lan en parte gracias a mí y en parte gracias a Pin-Hsin. Los demás se sorprenden al verla en un principio, pero la aceptan al instante como parte del equipo.

—Está muy bien esto... salir es bueno para soltarse. Y mira qué día más radiante —dice la tía Mei-Man.

Hace un día despejado, de esos en los que las nubes parecen más esponjosas de lo habitual. El cielo azul se me antoja completamente distinto al que veo desde dentro de Yang Tzu Tang durante un día de trabajo; normalmente, para cuando puedo tomarme un respiro y desviar la mirada hacia el exterior, siempre me encuentro con deprimentes tonos morados y anaranjados.

—Vayamos al templo Kongming primero —propone mi tío abuelo.

Orca asiente sin oponerse, pero no alcanzo a comprender por qué nuestra primera parada va a ser para visitar a un hombre de Estado chino de los Tres Reinos. Por lo visto, aparte de ser famoso por sus estrategias militares, Kongming también es conocido por ser el fundador de los *gao-bing* tradicionales. Según cuenta la leyenda, una vez estiró una masa hasta darle forma de cabeza humana y la lanzó al río, en lugar de sacrificar a personas reales siguiendo un ritual para aplacar al dios del río. Así se originaron los bollos *man-tou*. Desde entonces, se considera a Kongming como el santo patrono de los pasteleros de *gao-bing*.

El templo de Kongming al que se refiere mi tío abuelo está a los pies de la montaña Jing Long. Pasamos de anchas autopistas a carreteritas serpenteantes en medio del campo y pronto llegamos a los terrenos del templo. La estructura del edificio se divide en dos plantas, con una estatua en la entrada que representa el momento en el que el jefe militar Liu Bei fue a suplicarle tres veces a Kongming que le sirviera como su consejero. En la sala principal del templo, se alza una hilera de estatuas en honor a Kongming de varios tamaños, muchas de las cuales sostienen su famoso abanico.

Mi tío abuelo ha estado aquí varias veces y nos hace de guía, mostrándonos dónde está el incienso y cómo encenderlo y alinearlo, formando dos filas delante de las estatuas.

—Soy Lin Yi, de Yang Tzu Tang, en Taichung. Gracias maestro Konming por sus bendiciones durante todos estos años. Yang Tzu Tang cesará el negocio a finales de este mes, por no ser digno, entre otras razones. Hemos venido a informarle de esto. El mundo es un lugar impredecible y, a mi edad, mi única preocupación es para con las personas que están detrás de mí ahora. Son trabajadores honestos y muy habilidosos, y suplico que pueda seguir bendiciéndolos para que cada uno de ellos consiga una carrera profesional exitosa en el futuro. Es la única plegaria que pido.

Se lleva el incienso a la frente y hace una profunda reverencia, tres veces.

El espacio del templo resuena, así que, aunque ha hablado en voz baja, todos oímos cada una de las palabras. Esto hace que, llegado nuestro turno, nos inclinemos con más complacencia, suplicándoles a los dioses que también protejan al maestro pastelero, y rezándoles por su salud, su seguridad y su despreocupación. De esta manera, hacemos todo lo posible por devolverle el favor.

Tras salir del templo, visitamos un lago cercano, tomamos un ferri y montamos en bicicleta, olvidándonos, durante un tiempo, de las futuras despedidas. Pero el tiempo es cruel, y el sol empieza a ponerse durante el viaje de vuelta. Su luz se refleja en nuestros ojos y nuestra tristeza aflora tanto que ya no podemos ignorarla.

Mi tío abuelo pregunta por los planes de futuro de cada uno de nosotros. Tal vez porque nadie quiere que se preocupe, todos respondemos en un tono forzadamente alegre. Orca dice que ha decidido seguir el consejo de mi tío abuelo y empezará a trabajar en una pastelería de unos conocidos, con Yuan. Dice que velará por Yuan para asegurarse de que nadie se meta con él. Parker, por su parte, confiesa —no sin un poco de vergüenza— que ha decidido volver a hornear pan, aunque tenga que empezar en una panadería que no sea famosa. La tía Mei-Man, que ha hablado con miles de clientes a lo largo de las décadas, se ríe y dice que está lista para jubilarse. Prefiere guardarse las conversaciones para su familia, a partir de ahora. Mi tío abuelo parece muy complacido al oír todo esto. No para de asentir y de decir que se alegra mucho.

Cuando llega mi turno, respondo con la conclusión a la que he llegado después de haberlo meditado mucho:

—Quiero visitar diferentes partes de Taiwán, hasta que descubra qué es lo que quiero hacer realmente.

Ya sea durante una semana, un mes o un año, si sigo buscando, estoy seguro de que lo encontraré algún día. Creo.

Todos permanecen en silencio.

Pin-Hsin se queda dormida. Al enfilar una curva cerrada de la carreterita de montaña, que viene acompañada de una brisa cargada del fragrante aroma de los lirios blancos, su cabeza cae con suavidad sobre mi hombro. Su pelo refleja la luz de las farolas, a veces con destellos naranjas, a veces amarillos, a veces brillantes y a veces tenues. Como cualquiera que haya experimentado un arrebato inexplicable de determinación, estoy

seguro en este momento, mientras observo las luces que destellan en el pelo de Pin-Hsin, de que los caminos que he recorrido no han sido en vano. Las experiencias que he vivido
permanecerán conmigo para siempre, aunque puede que cam-
bien y se manifiesten en otras formas, y algún día se reorgani-
zarán configurando un nuevo camino, uno que me guiará
hacia adelante y me permitirá convertirme en una mejor versión de mí mismo. Tengo fe en que así sea.

CAPÍTULO CUARENTA

Hoy es el último día de Yang Tzu Tang. Pienso en cómo una vez estuve al otro lado de la calle al despuntar el alba, mirando la tienda entre las demás pastelerías. Sesenta años parecían como un solo día. Algunas de las tiendas estaban todavía dormidas, otras subían las persianas metálicas, el sonido de las bisagras sonaba como si fuera el estruendo del tiempo pasando. En ese momento pensé: *Aquí empieza un día como otro cualquiera.*

Me imagino que los demás, al igual que yo, también pasan por debajo de la persiana medio subida de Yang Tzu Tang como si fuera un día como cualquier otro. A esta hora, siempre le damos los buenos días a la tía Mei-Man y nos llenamos los pulmones con el rico aroma de la producción del día anterior. Pero mientras subo las escaleras esta mañana me sorprendo intentando memorizar el dibujo en los azulejos de los escalones y el frío tacto de la barandilla. En la planta de arriba, me lavo las manos y me pongo el delantal y el gorro… como siempre.

La diferencia más importante es que, cuando intento mirar la hoja de producción, no encuentro la lista escrita a mano por mi tío abuelo por ningún lado. Esto es lo que más me desgarra. Las batidoras y los hornos están apagados, y todo está en silencio, como si lo hubiesen sepultado en harina. Es en ese instante cuando caigo en la cuenta: *Es verdad, no tenemos que preparar nada hoy. Ya hemos terminado todos los encargos.*

Aunque no hay mucho trabajo por hacer, el personal acude de todos modos para empezar a limpiar nuestras pertenencias personales y despedirnos. Ahora comprendo por qué Liebre insistió tanto en marcharse solo... cuesta horrores decir la palabra «adiós» cara a cara. Pronunciarla significa que de verdad se ha acabado. También comprendo por qué la tía Mei-Man se ha negado a venir hoy. Le preocupaba echarse a llorar, y con motivo.

Holgazaneo por el lugar, intentado perder el tiempo. Orca está decidido a no quedarse atrapado en el ambiente deprimente.

—Me marcho. Seguid trabajando así de bien, tontuelos.

Nos da a Parker y a mí uno de sus clásicos coscorrones antes de irse. ¿Por qué se salta a Yuan? Probablemente porque sabe que estará con él en su futuro trabajo, y que ya se le presentarán un sinfín de oportunidades de poner al extraño muchacho en su lugar.

—Nos volveremos a ver, no te preocupes. —Parker está más acostumbrado a las despedidas, y tiene el mismo aspecto apuesto y bienhumorado de siempre. Nos da unas palmadas en el hombro a Yuan y a mí, y nos recuerda cuando los tres celebramos haberlo vendido todo en el festival de *gao-bing*—. La puesta de sol ese día era clavada a la yema de una empanadilla de huevo salado —dice animadamente, empleando un tono que sugiere que todavía nos vamos a ver mañana.

Solo quedamos Yuan y yo. Yuan está callado.

—Te iré a ver a menudo, Yuan. Además, tendrás a Orca allí para que se ocupe de ti.

—Yo no... necesito... que él... se ocupe de mí.

Me río.

—¡Entonces tú tendrás que ocuparte de él! Ya sabes cómo es. Tendrás que evitar que se meta en peleas.

Asiente y nos estrechamos la mano, pero no se marcha hasta que no le he asegurado al menos diez veces que iré a visitarlo en la nueva tienda.

Quizá la despedida real nos la hayamos dado el día de la excursión. Todos saben qué dirección tomarán, o deberían tomar, al menos. Esa claridad les permite dirigirse uno a uno al despacho de mi tío abuelo y encajarle la mano, aferrándola fuerte con las suyas, que han elaborado tantas unidades de *gao-bing* en esta tienda, y darle las gracias con un nudo en la garganta. Cuando se marchan, sus manos no solo cargan con unos sobres llenos de dinero, sino también con el aroma de Yang Tzu Tang.

Una parte del alma de Yang Tzu Tang vivirá por siempre en sus manos.

Cuando todos se marchan, me quedo a solas con mi tío abuelo.

—Tú también deberías irte a casa —me dice, pero se dirige en silencio a la planta superior cargado con algunos de los ingredientes que quedan en el almacén, y los deja sobre una de las mesas de trabajo. No paro de inquirirle lo que está haciendo hasta que responde—: Quiero hacer una última horneada de pastelitos de sol, para las personas que han sido las auténticas benefactoras de Yang Tzu Tang.

Ya ha hecho una lista mental: gente de la industria que ayudó a Yang Tzu Tang durante épocas de emergencia, clientes de toda la vida que frecuentaban la tienda en cada estación, así como amigos y familia que lo han apoyado todos estos años. Quiere entregarles en mano una cajita de pastelitos de sol a cada uno, como muestra de gratitud.

—Es lo mínimo que puedo hacer.

Hago los cálculos y deduzco que, al menos, tiene que preparar doscientos pastelitos.

—¿Por qué no les has pedido ayuda a Orca y a los demás? Sigue siendo tan cabezota como siempre.

—Solo será un regalo que procede del corazón si los elaboro yo mismo.

Pero como una vez me dijo que soy como su nieto y que puedo representarlo, doy por sentado que me está permitido echarle un cable. Me pongo el uniforme, me lavo las manos y lo empiezo a ayudar. No se opone.

Las mesas parecen distintas, con dos personas trabajando en vez de seis. Los ruidos son diferentes. Cuando el obrador está lleno, hay una mezcla de chirridos de la batidora girando, el horno zumbando o pitando, los rodillos que rotan, el golpe de cazos, cuencos y utensilios y las voces de los pasteleros; cada uno de estos sonidos es a ratos estruendoso y a ratos discreto. Pero cuando estamos solos mi tío abuelo y yo, todo suena organizado y unificado. Mezclamos la masa *you-su*, estiramos la masa *you-pi*, envolvemos ambas masas y luego el relleno, aplanamos los pasteles y estampamos el sello rojo, y después lo metemos en el horno. Todos nuestros movimientos son uniformes y van en una única dirección, nuestros gestos regulados y seguros.

Mientras esperamos a que los pastelitos de sol terminados se enfríen, salgo a comprar algunos *bento* para comer. Mi tío abuelo, entretanto, rompe su propia regla y prepara un té en la mesa de trabajo, e incluso me dice en broma que más me vale guardarle el secreto y no contárselo a los demás. El té acabado de infusionar y los pastelitos de sol recién horneados se complementan a la perfección, tanto en temperatura como en sabor.

Con todo, el sabor de esta perfecta armonía está a punto de desaparecer para siempre.

—Tío abuelo. —Me gruñe suavemente mientras remueve las hojas húmedas del fondo de la tetera—. ¿Te arrepientes?

—No. He hecho todo lo que he podido. —No levanta la mirada, como si la pregunta no le importara en absoluto—. An-Chun, todo en este mundo tiene su límite. Cuando llegas al límite, hay un nuevo comienzo. Cuando te marches de aquí hoy, no vuelvas a pensar en Yang Tzu Tang. Céntrate en encontrar qué es lo que quieres hacer… así es como un joven debería enfrentarse a la vida, ¿me entiendes? No te pases toda la vida confundido.

Saca el último grumo de hojas de té. Cuando se abren, llenan el aire que nos separa con su fragancia cálida. Tras unos segundos, tanto el calor como el aroma se disipan, como si la conversación nunca hubiese tenido lugar.

Suena el temporizador. Los pastelitos de sol están lo suficientemente fríos para envolverlos. Los metemos en la máquina de envasado y los cerramos de uno en uno. Luego los colocamos con cuidado en las cajitas de cartón. Son cerca de las nueve cuando terminamos de transformar la gratitud de mi tío abuelo en unas cajas rojas de pasteles.

—Las llevaré yo mismo. No hace falta que me ayudes… de todos modos, quiero charlar sobre los viejos tiempos con estas personas. —Me da una caja para que se la lleve a mi madre y otra para que la envíe a Han Shun Do. Sin embargo, todavía quedan dos sueltas—. Esta es para que se la regales a alguien. A la primera persona que te venga a la mente.

El primer rostro que visualizo es el de Pin-Hsin. Parece algo obvio, pero al mismo tiempo siento que es como la revelación de un secreto que llevaba enterrado en el corazón desde hacía mucho tiempo.

Acto seguido, saca una nota escrita a mano. Tras vacilar durante un buen rato, finalmente la coloca sobre la última caja.

—También voy a necesitar tu ayuda para que envíes esta. La dirección está en Kobe, Japón. La nota, escrita con unas letras cuidadas y elegantes, dice lo siguiente: «Te deseo toda la felicidad del mundo».

Por más que vaya cargado con las cajas en los brazos, sigo entreteniéndome con varias cosas, intentando que la conversación no decaiga. Le hago a mi tío abuelo varias preguntas banales: «¿Qué pasará con las plantas de la tienda? ¿Quién las regará? Siento que, si sigo hablando, entonces el día se seguirá alargando y Yang Tzu Tang nunca echará el cierre definitivo. La conversación fluye pero se va fragmentando, y no es hasta que mi tío abuelo me dice, por sexta vez, «vete a casa», cuando enciendo el motor de mi motocicleta.

—An-Chun. —Pronuncia mi nombre con la mirada fija en la placa de la entrada de Yang Tzu Tang. Apago el motor—. Recuerda, la herencia no tiene que ser necesariamente mantener una tienda abierta. La herencia es lo que reside para siempre en el corazón.

La sonrisa despreocupada que tiene en el rostro me recuerda a otras épocas. A hace muchísimo tiempo, cuando el estoico de mi tío abuelo me dio un pastelito de sol con la misma sonrisa amable en los labios: «¿Está bueno, An-Chun?».

Parece tan solo ahí delante de la puerta de Yang Tzu Tang. Aun así, también hay un tipo de plenitud en esa soledad, como lo que me dijo Emiko en su día sobre el *kintsugi*, el arte de reparar la vajilla desportillada con oro. En la vida vamos remendando las grietas que sufrimos por el camino, haciendo que lo roto se convierta en una perfecta imperfección.

CAPÍTULO CUARENTA Y UNO

Después del cierre de Yang Tzu Tang, le cuento a mi madre los planes que tengo de viajar un poco por Taiwán. Creía que se opondría, pero me sorprende mientras centra toda su atención en el acto de mojar su pastelito de sol en la leche.

—Ten cuidado y recuerda volver de vez en cuando —me responde, sin mirarme siquiera.

Me doy cuenta de que el deseo de mi madre de que me convierta en «una persona buena y sana» es su manera de proporcionarme la libertad más extraordinaria.

Pin-Hsin se pone algo triste cuando le cuento mis planes. ¿Debería tener esperanza con sus sentimientos? Aun así, le digo tajantemente que no usaré ninguna aplicación de mensajería ni redes sociales durante mi periplo, que solo me valdré de las funciones más primitivas de mi teléfono, así que podrá contactar conmigo llamándome siempre que lo necesite. También le prometo actualizar *Diario de un nómada* cada noche, para que sepa que estoy sano y salvo. Sonríe y me dice que dejará un comentario en cada una de mis publicaciones cada día, para mantener el contacto.

¿Hace falta ser tan extremista al separarme así del mundo exterior? La verdad es que no estoy seguro. Simplemente estoy desesperado e impaciente por encontrar la dirección a la que debería dedicar mi tiempo y energía futuros. Quiero purgarme y purificarme del todo, para poder sentir, experimentar, y para darle respuesta a esta gran pregunta.

Me dirijo al sur en mi motocicleta sin ningún proyecto definido en mente. Como cuando tengo hambre, y busco un hotel donde descansar cuando me siento rendido. Si veo una esquina en la que me apetece doblar, giro allí; si me topo con un paisaje arrebatador, me siento y lo contemplo. Ninguna de mis ideas está planeada con antelación, lo que significa que básicamente me estoy arrojando a un completo vacío. Parker, que es un maniático del control, me dice que él sería incapaz de hacer algo así, que estaría aterrado. Yo no pienso igual. Lo que a mí me aterra es perderme en el mapa de la vida. Tengo la esperanza de que, si continúo con este ímpetu por seguir adelante, quizás encuentre la respuesta donde menos me lo espere.

Mientras conduzco con plena libertad, tengo que ser extremadamente rápido a la hora de tomar decisiones; de lo contrario, no me será posible dar marcha atrás, al menos durante un tiempo, dependiendo de la carretera o la autopista. Así que cuando veo una antigua casa de estilo japonés donde parece que venden té y postres, tomo la decisión al instante de detenerme. La camarera me trae agua fría y un menú, y aprovecha para explicarme que toda su oferta está hecha exclusivamente con ingredientes importados de Japón, y que sus postres estrella los elaboran siguiendo las técnicas reposteras que aprendieron en ese país.

Al abrir el menú, musito *jo-namagashi*. Aparte de los dulces *dagashi*, que son los favoritos de los japoneses, como los pastelitos *dorayaki* y los *mochi warabi*, también hay *jo-namagashi* de verano. Los nombres que llevan son *himawari*, «girasol»; *king-yo*, «pez dorado», y *hanabi*, «fuegos artificiales».

Dejo a la camarera pasmada, puesto que incluso los taiwaneses que tienen algo de conocimiento sobre los *wagashi* japoneses rara vez saben lo que es la subcategoría de los *jo-namagashi*. El dueño de la tienda, que me oye desde la cocina, sale para saludar. Me explican que son un matrimonio que, después de varios años de ver programas de gastronomía japonesa en la televisión, decidió ir a estudiar *wagashi* en la escuela de repostería de Tokio. Luego regresaron a Taiwán para abrir la tienda. La casa es herencia del periodo colonial japonés, y la pareja tuvo que insistir mucho para que la propietaria accediese a alquilar la propiedad. Cuando les digo que trabajé en una pastelería de *wagashi* en Kioto, se enfrascan en una disertación entusiasta sobre las diferencias que hay entre los *wagashi* de Kioto y los tradicionales *edo wagashi* de Tokio. La conversación no se detiene hasta que entra otro grupo de clientes, un hecho que hace que la pareja regrese al trabajo, con cierto aire culpable.

Jamás pensé que encontraría un sitio donde probar *jo-namagashi* en Taiwán. Y todo está ejecutado a la perfección, incluso viene el palillo *kuromoji* para cortarlo. La emoción me embarga a medida que esta *delicatessen* se deshace en mi boca. Si esto llegara a oídos de la señora Imanishi, estallaría en lágrimas. Los *wagashi* se han abierto paso hasta Taiwán.

Toco el suelo de madera de la tienda, imaginándome a los japoneses que vinieron a Taiwán hace un siglo y construyeron esta casa con la madera que obtuvieron de las montañas taiwanesas. Cien años después, dos taiwaneses fueron a Japón para aprender el arte de los *wagashi* y los trajeron de vuelta aquí, como una extensión de la vida y del legado de esta casa. Qué inusuales han sido los apuros que han pasado

Taiwán y Japón durante el curso de su historia, que han convergido y divergido.

Estos asuntos tan profundos están completamente fuera del alcance de la comprensión de dos chiquillos que entran en la tranquila tienda, con los ojos pegados a una videoconsola portátil. Mientras juegan, también hablan sobre las aspiraciones futuras de cada uno, lo que me hace pensar al instante en la típica redacción de la escuela que siempre me resultaba tan difícil. El muchacho más alto, que ya exhibe una prematura actitud desencantada, clama que va a escribir «cualquier cosa», puesto que lo que dejan por escrito no se hace realidad, de todos modos.

—Como mi primo, que se graduó en Biología, pero abrió una tienda de licores cuando terminó la universidad.

El más joven no lo entiende.

—Entonces, ¿por qué eligió Biología?

Esto me recuerda que mi madre, que prácticamente nunca se ha metido en mis asuntos, intervino cuando le dije que quería cursar estudios japoneses: «¿Por qué japonés? ¿Es por ese manga *shonen* que lees?», me preguntó.

¿Será por eso? En su momento no pude proporcionarle una respuesta coherente, y ahora todavía tampoco puedo. ¿Fue una elección inconsciente, o fue una casualidad?

En realidad no importa, gracias a mis estudios en japonés pude trabajar en Han Shun Do, conocer a Emiko y llevar a mi tío abuelo a ver a la tía Lan. ¿Fue también gracias a este cúmulo de coincidencias y relaciones que ahora esté en una tienda de *wagashi* regentada por una pareja taiwanesa, sintiéndome tan emocionado por lo mucho que resueno con ellos?

Pin-Hsin tenía razón, las cosas que me he encontrado hasta ahora en este viaje me han cambiado. Al final será verdad que ningún camino en este mundo se anda en vano. Allá por donde piso, la tierra se arremolina con el viento, y ese viento se transforma en un abrigo de plumas, que a su vez me transforma a mí en un pájaro que planea entre el cielo y el suelo, mis alas se fortalecen gradualmente y me permiten alcanzar los lugares a los que anhelo llegar.

CAPÍTULO CUARENTA Y DOS

Los días de constante soledad me han envuelto en una fina pátina transparente, creando una leve sensación de separación con el resto del mundo. La distancia no está lejos ni cerca, solo media lo suficiente como para que vea el paisaje actual superponiéndose y fusionándose con los recuerdos del pasado.

Mientras estoy sentado bajo las coloridas hojas que caen en mitad de una arboleda, pienso en las migas del pastelito de sol que le cayeron sobre el vestido a la tía Lan. Mientras contemplo las infinitas olas ondulantes del océano, en la costa sur de Taiwán, oigo otra vez el retumbo de las judías rojas que se revuelven en la olla y la voz del señor Imanishi recordándome que las lavase a conciencia. Mientras observo las formas oscuras que mi sudor deja sobre el asfalto, pienso en el contorno de los copos de nieve que se derretían en la palma de Emiko.

Pero, por encima de todo, cuando llega la infinita noche, inhalo mi soledad, aparto a un lado todos mis miedos y dejo mi corazón expuesto al cielo nocturno. En ese momento veo los ojos de Pin-Hsin bajo la luz de las estrellas. Sus ojos son como la Estrella Polar; no hace falta que mire para saber dónde está. Es una luz que puedo ver incluso con los ojos cerrados.

Así es como sé lo mucho que la echo de menos.

CAPÍTULO CUARENTA Y TRES

—¡Has hecho que se me cayera el *suang-gao-run*! —aúlla el niño y se echa a berrear. Todas las ancianas y señoras del mercado Donggang se giran para mirarnos. Por su altura, el niño irá a tercero de primaria o algo así. Se estaba comiendo el susodicho *suang-gao-run* sin prestar ningún tipo de atención hacia dónde estaba yendo cuando ha chocado contra mí. El postre suave y gelatinoso, de color negro y blanco, se está derritiendo rápidamente sobre el suelo del mercado.

—No llores, te compraré otro.

Sus berridos aumentan de volumen.

—¡He hecho cola una eternidad! ¡No puedes conseguirme otro! ¡Jamás tendré otro!

A pesar de decirme esto, me va guiando hacia el puesto donde lo ha comprado, llorando a pleno pulmón. El pequeño tenderete está oculto en una esquina y pasa completamente inadvertido a primera vista, aunque hay varias decenas de personas haciendo cola. Todos parecen ser lugareños. Hago una búsqueda rápida en mi teléfono y me informo de que el puesto es un lugar de toda la vida, con más de sesenta años de historia. El *shuang-gao-run* es una especialidad local de esta aldea pesquera hecha con una mezcla de arroz glutinoso y azúcar moreno, supuestamente inventada por un pescador que quería crear un postre lujoso como regalo de bodas para su hermana pequeña. El nombre significa «doble pastel», pero también es homónimo de «doble hermano».

El niño y yo nos ponemos a la cola y sus berridos atraen la atención de todas las personas que tenemos delante. Hago todo lo posible por consolarlo, le prometo que le conseguiré otro dulce, pero cuando solo quedan dos clientes por delante de nosotros, el dueño de la parada anuncia que se han agotado las existencias. El niño empieza a llorar a moco tendido, como si lo hubiese arrollado un elefante. El sonido hace que entre en pánico, y me impide pensar. Entonces, la mujer joven que ha comprado los últimos pasteles se gira hacia nosotros y nos ofrece dos pedazos, uno para el niño y otro para mí.

—*Hai, dozo* —nos dice en japonés. «Tomad, adelante».

El niño se enjuga las lágrimas, le da las gracias, y le pega un bocado al pegajoso dulce.

Es una agradable sorpresa, y le respondo en japonés. Ella también se sorprende. Le pregunto cómo ha sabido de la existencia del puesto, que es el típico lugar escondido que solo los lugareños conocen. Me dice que lo vio en una recomendación en internet. Me apresuro a devolverle mi pedazo de *shuanggao-run*, aduciendo que no podría aceptar comida de alguien que ha venido desde otro país para probarla. Se ríe y se aleja corriendo para reunirse con sus compañeras.

—No te preocupes, solo lo he comprado por diversión.

El niño y yo nos sentamos uno al lado del otro, en el puerto pesquero. Las rachas de viento procedente del océano nos azotan la cara. Le doy un bocado al dulce, que tiene la forma de una barra rectangular alargada. El azúcar moreno tiene un sabor intenso y la textura es chiclosa como la de un *mochi*. Es la primera vez que pruebo algo así.

—¿Ya estás contento? —le pregunto al niño, y este asiente lleno de júbilo, como si no hubiese derramado ni una sola lágrima en toda su vida.

Si Orca estuviera aquí, se habría llevado un buen coscorrón.

—¿Quieres saber una cosa? —me susurra en tono confidente—. Este es el lugar que tiene mejores vistas de todo Donggang. Normalmente no traigo a nadie aquí.

A mí me parece un dique marino de lo más normalito. Ambos estamos apretujados sobre un poste de anclaje oxidado. Al mirar al horizonte, veo mayormente el mar, así como algún que otro ferri que se dirige a la isla de Lambai y algunos botes de pesca que regresan al puerto con las capturas del día. Podría definirse como una estampa pintoresca, pero en realidad se trata más bien de una instantánea de la vida diaria con un toque de sal marina.

El niño percibe que no estoy demasiado impresionado y señala un puente que se alza en el horizonte, con la forma de la letra «A».

—Mira, hay un puente gigante que cruza el océano allí abajo.

Ya. ¿Y?

—Es bastante bonito cuando se ilumina de noche.

Ajá, pero probablemente no esté aquí para verlo cuando anochezca.

—¡Y es de esos puentes que se abren para que los barcos pasen por en medio! ¡Solo hay dos puentes así en todo Taiwán! ¡Es muy raro!

Vale, eso puede ser interesante, pero... ¿y qué?

Al ver mi indiferencia, saca pecho y dice, con un aire algo peleón:

—Además, ¡mi padre es quien lo construyó!

Está claro que quería llegar a este punto desde un inicio. Lo pienso detenidamente y le digo, con sinceridad:

—Es muy impresionante.

—Sí, ¿verdad? —Si tuviera la cola de un gato, la alzaría bien arriba—. Mi padre dice que gracias a este puente la gente de allí abajo puede cruzar al otro lado, y la gente del otro lado puede venir a este, lo que significa que pueden ver otras perspectivas y luego reunirse para contemplar lo que ven los otros.

Sus palabras dan vueltas sobre mi cabeza como una gaviota que parece estar alardeando sobre lo bien que sabe volar. Durante un rato, los dos guardamos silencio y simplemente admiramos el espectáculo de la gaviota.

Entonces el viento nos insta a mirar más lejos, a ese puente que cruza el mar. La gente y los coches que lo recorren parecen gozar de plena libertad. Quizá por eso existen los puentes. Atraviesan picos, valles, carreteras y aguas para ayudar a las personas a superar las barreras físicas. Pero los puentes van más allá. ¿Qué me dijo la señora Imanishi?

El viento parece arrastrar la clave. Me revuelve el pelo y remueve mis recuerdos al mismo tiempo.

Ah, sí. Ya me acuerdo. El día que las chicas taiwanesas visitaron Han Shun Do, la señora Imanishi se había puesto a llorar y había dicho algo tipo: «Gracias, An-Chun. Gracias a ti Han Shun Do se ha convertido en un puente para que los taiwaneses puedan saber más sobre los *wagashi*».

Parecen códigos que desbloquean más recuerdos de mi cerebro, las escenas destellan en mi corazón como las diapositivas en un proyector: una chica japonesa que me da el *suang-gao-run*, la pareja taiwanesa que regenta la tienda de *wagashi*, la sorpresa de tía Lan al leer el artículo sobre Yang Tzu

Tang en Japón, el interés del señor y la señora Imanishi por saber más sobre los pastelitos de sol...

Los puentes existen para la comprensión mutua.

—¡Eso es! —grito. El niño por poco se ahoga con el *shuang-gao-run* y me mira con ojos que echan chispas—. ¡Gracias, pequeño! Lo que acabas de decir es fantástico... ¡Es gracias a los puentes que la gente de ambos lados puede contemplar lo que ven los demás!

Lo rodeo con los brazos. Él, desconcertado, intenta zafarse de mí.

—Fue mi padre quien lo dijo —refunfuña.

—¡Me llamo Hsu An-Chun, y ya sé lo que quiero hacer con mi vida! —le anuncio al océano a pleno pulmón.

Las aguas son vastas y serviciales. Responden a mi clamor con ondas centellantes que parecen un aplauso mudo, pero también se asemejan a unas piedras brillantes que conforman un camino llano que me impulsa a seguir adelante, a no tener miedo.

CAPÍTULO CUARENTA Y CUATRO

Los días siguientes pasan en un visto y no visto. Donggang no es el final de mi viaje, sino más bien un inicio distinto. Sigo dirigiéndome al sur, luego tomo una autopista que cruza la isla hacia la costa este de Taiwán. Si deambular se trata de un acto sin rumbo, entonces llegados a este punto ya no estoy deambulando sino «persiguiendo». Tengo un objetivo y estoy yendo a su encuentro, y no es para nada menos maravilloso que la libertad total que proporciona deambular.

Tal vez todo este entuerto sea bastante cómico. La respuesta ha estado delante de mis narices todo este tiempo, pero debía seguir dando giros y vueltas hasta verlo. Pero no pasa nada, creo. Cada encuentro inesperado en el camino es una parte necesaria de la vida.

Siempre que llego a un pueblo nuevo o ciudad, lo primero que hago es visitar las pastelerías locales para examinar sus dulces. Esto me ha puesto de manifiesto lo estrecho de miras que he sido. Solo sabía que Taichung es famoso por los pastelitos de sol, pero desconocía que en Taitung tienen los *hong-á-piánn*, un híbrido de pastelito de sol y empanadilla de soja verde. Tampoco sabía que en Hualian preparan *lei-gu-duo*, que son unas galletas redondas y llanas cuyo nombre proviene de la pronunciación japonesa de un «disco» de vinilo, además de lo que llaman «batata de Hualian», un postre hecho con boniato cuyo origen se remonta a los *wa-gashi* durante el gobierno japonés en Taiwán. En Yilan, encontramos los *li-xiangao*, unos pequeños pastelitos con un sabor único a *kumquat*.

Lógicamente, no quería obtener solo una información superficial sobre estos *gao-bing*. Una vez le pregunté a Pin-Hsin: «¿Qué es lo más difícil de dirigir una entrevista?», a lo que ella me respondió «encontrar el valor para hacer las preguntas».

He usado sus palabras como una suerte de amuleto para ayudarme a reunir el valor antes de entrar en cada pastelería. Siempre que me cruzo con el dueño, algún miembro del personal o incluso con algún cliente, les pido que me expliquen cómo entienden la tienda y qué sentimientos les despierta. Algunas personas están dispuestas a compartir sus opiniones y no quieren saber por qué se lo pregunto. En estos casos, la conversación puede llegar a alargarse una hora. Pero también hay propietarios que recelan de mis intenciones y solo están dispuestos a hablar después de que les muestre *Diario de un nómada*. Al final, me dicen que soy un joven muy prometedor e insisten en regalarme algunas pastas antes de que me marche.

Cada uno de los dueños de estas pastelerías me recuerda a mi tío abuelo. Quizás este sea el «espíritu taiwanés»: la creencia de que tras centrarse en una cosa y hacerla bien, con el tiempo suficiente serás visto y alabado por los demás. Yang Tzu Tang también era así, aferrándose a su solitario pero firme orgullo, incluso cuando pasaba desapercibido a los demás.

No creo que esta visión del mundo esté desfasada, pero, si puedo, quiero usar el poco poder que tengo para ayudar a que estas tiendas sean más conocidas, más pronto que tarde. Creo que esto solo puede traer cosas buenas. La gente que está acostumbrada a trabajar duro se inspira para dar todavía más de sí tras un merecido aplauso. O eso pienso yo.

Me he convertido en un recolector de historias. Cada noche, lenta y cuidadosamente, registro estas distintas vidas palabra por palabra. También me he convertido en un puente. Después de escribir todas las historias en mandarín, traduzco su contenido al japonés.

Si a Taiwán y a Japón los separa el mar del idioma, entonces estoy dispuesto a convertirme en el puente que conecte sus costas.

El fervor que siento a menudo me mantiene despierto tecleando hasta la una o las dos de la madrugada. Cuando finalmente me meto en la cama, estoy cansado pero feliz. Quiero descansar lo más rápido posible para poder partir de nuevo a la mañana siguiente. Parece que hay demasiadas cosas que quiero hacer y nunca tengo el tiempo suficiente.

Así que es así como se siente al vivir con un sueño.

CAPÍTULO CUARENTA Y CINCO

Durante medio año más o menos, mi sueño me lleva a diferentes rincones de Taiwán, pero un correo electrónico interrumpe mis planes de sopetón y me conduce de vuelta a Taichung.

Se pone en contacto conmigo una pequeña editorial llamada Sol Primaveral, cuya misión empresarial es llevar la luz de la primavera a las vidas de los lectores. Quieren publicarme dos libros: uno sobre los últimos treinta días de Yang Tzu Tang, y otro sobre mis experiencias entrevistando a dueños de pastelerías tradicionales por todo Taiwán. El editor que apuesta por mí ha estado siguiendo el *Diario de un nómada* durante varios años; cree que mientras que las primeras publicaciones sobre probar diferentes trabajos a tiempo parcial y estar perdido en la vida eran más relevantes para los lectores, lo que he estado escribiendo últimamente ha sido mucho más poderoso. También cree que, aunque los blogs se están extinguiendo lentamente como medio, el contenido del mío puede superar la prueba del tiempo y no es el tipo de «escritura rápida» que la gente olvida en cuanto pincha en otro enlace.

—No hay ninguna necesidad de correr —me dijo—. Haremos las cosas paso a paso. Me pasé dos meses revisando el texto original, un tiempo en el que Pin-Hsin se leyó el manuscrito varias veces y me ofreció algunos consejos. Luego pasé por varias reuniones con Sol Primaveral para decidir la maqueta, la cubierta y el tipo de encuadernación. Igual que el intrincado proceso de elaborar pastas, la creación de un libro también se basa en un flujo de trabajo lento y estandarizado.

A pesar de contar con el apoyo de la editorial, el proyecto me causaba mucha congoja. *¿Estoy calificado para publicar un libro?*, me hice esta pregunta un centenar de veces. Puede que esto sea ingenuo por mi parte, pero cuando decidí dedicarme a ser un puente entre Taiwán y Japón, no sopesé las consideraciones prácticas de lo que podía significar para mis ingresos. Simplemente pensé: *¡Quiero escribir!* No sabía si quería vivir de eso, o si algo así era posible siquiera. De una manera pasiva, pensé que, si me gastaba todos los ahorros, simplemente encontraría un trabajo estable y seguiría persiguiendo mi sueño durante las vacaciones. Entonces, para mi completa sorpresa, este nuevo camino apareció delante de mis ojos sin haberlo buscado.

Este imprevisto golpe de suerte me resultaba de lo más sobrecogedor. Pero entonces Pin-Hsin me dijo:

—An-Chun, todas las palabras quieren ser leídas, al final. No es una decisión tuya... las palabras deciden por sí mismas. Ahora es el mejor momento.

Me dijo todo esto muy lentamente, articulando a conciencia cada frase. La miré a los ojos mientras hablaba y vi destellos de luz de otoño danzando en ellos. Puede que haya incontables centelleos de luz en el mundo pero, en aquel instante, yo era el único que podía ver la luz que era únicamente suya.

Pienso en todo esto mientras espero en un semáforo en rojo y me siento tremendamente emocionado por toda esta serie de acontecimientos. El viento acaricia la bolsa de papel que llevo metida entre los pies sobre mi motocicleta —dentro hay un ejemplar de mi libro—. Conozco de sobra el camino hasta la casa de mi tío abuelo y pronto me llega el olor de la fragancia al té *oolong* que tanto le gusta a él.

—Ay, An-Chun, estás aquí. —Tras jubilarse, mi tío abuelo se ha convertido en un anciano amable y apacible. Rara vez sonríe con los labios, pero lo hace con los ojos—. Fuiste a ver a Orca y a Yuan hace poco, ¿verdad? ¿Cómo están?

Esos dos están trabajando en una pastelería no muy lejos de Yang Tzu Tang. Puede que el nuevo ambiente no sea tan tolerante con el mal genio de Orca, y parece haberse amedrentado un poco. Yuan es el mismo de siempre, y todavía esboza esa sonrisa enigmática siempre que me ve. Supongo que seguirá igual dentro de diez años.

Le digo todo esto a mi tío abuelo.

—Cómo me alegro. Liebre me mandó algunas de sus pastas el otro día... ha mejorado incluso.

Hace un gesto hacia los pastelitos de sol que hay sobre la mesa, que tienen un sabor que recuerda a Yang Tzu Tang pero que a la vez son distintos.

—Y Parker... ¡Es el segundo oficial de la panadería donde trabaja!

Parker se fue a trabajar a una pequeñísima panadería oculta en un callejón, pero cada día, a las tres en punto, en ese lugar inadvertido se forma una hilera de clientes deseosos por comprar su pan de cebollino. Parker dice que cuanto más sencilla es una receta, más difícil es de hornear, que quizá sea lo mismo que quiere decir mi tío abuelo cuando dice que nada en esta vida se consigue fácilmente.

En cuanto a la tía Mei-Man, la veo a menudo porque viene a casa a charlar con mi madre y a veces se queda toda

279

la tarde. También toma el té con mi tío abuelo en su casa, donde insiste en hacer todo el trabajo mientras le dan a la sinhueso.

Mi tío abuelo y yo seguimos poniéndonos al día sobre el personal de Yang Tzu Tang durante un rato hasta que sacó a colación el tema del libro, que es el motivo por el que he ido a visitarlo.

—Enséñamelo, venga. —Le paso el ejemplar, que incluye imágenes con el texto—. *Dulce y salado*... Es un buen título —musita.

Acaricia el título en la cubierta, notando la textura del papel que el editor eligió especialmente, que tiene un tacto duro y rústico que casa con la historia de Yang Tzu Tang. Sospecho que mi tío abuelo está pensando en el fotógrafo, el señor Yu, que nos proporcionó la imagen para la tapa sin coste alguno. Es mayor que mi tío abuelo y ha dedicado varios años de su vida a fotografiar los viejos barrios de la ciudad de Taichung, creando un ingente archivo de fotografías en blanco y negro de un valor incalculable, una de las cuales es Yang Tzu Tang en 1950.

El crujido de las páginas mientras las hojea me suena parecido al sonido que hace la harina al pasar por el tamiz. Esto inicia todo un conjunto de recuerdos en mi mente, similar a cuando en *Titanic* la anciana Rose recuerda vívidamente todo lo que creía que olvidaría en cuanto toca el diamante Corazón del Mar. Igual que ella, jamás olvidaré.

Mi tío abuelo llega a la última página del libro. La historia concluye con la imagen que tomaron el día de la entrevista de Pin-Hsin. La tía Mei-Man, Orca, Liebre, Parker, Yuan, él y yo estamos alineados delante de Yang Tzu Tang y el sol nos baña de manera que cada una de nuestras alegres caras queda capturada a la perfección.

Ambos nos quedamos mirando la fotografía un buen rato, sin mediar palabra. El silencio se alarga lo suficiente como para que reúna el valor de preguntar:

—Tío abuelo, ¿esto también cuenta como algún tipo de herencia?

—Pues claro. Gracias, An-Chun.

Habla con voz tierna y, cuando lo miro, veo que está sonriendo con todas las partes de su cara, incluso con todas las arrugas.

CAPÍTULO CUARENTA Y SEIS

Tras salir de casa de mi tío abuelo, me paso por la oficina de correos para enviar una carta. Cuando estoy cruzando la puerta, reparo en un árbol de la cera chino que hay cerca de la entrada, al que las personas que entran y salen no le prestan ninguna atención. Al igual que los arces, los árboles de la cera son caducifolios. En otoño, las puntas de sus hojas cambian gradualmente de verde a amarillo y naranja, hasta que adoptan un tono rojizo justo a tiempo de darle la bienvenida al invierno. Finalmente, las hojas caen con el cambio de estación, dejando tras de sí únicamente las ramas. Este árbol en concreto está prácticamente desnudo, con algunas hojas rojas que se aferran en la cima de la copa, brillando con su intenso color bajo los rayos del sol. Me quedo mirándolas boquiabierto un buen rato.

Pin-Hsin me está esperando en el lugar donde hemos quedado, vestida con un adorable abrigo enorme y mullido de color negro.

—¿A dónde me llevas? —me pregunta, aunque ya le he dicho que el destino es una sorpresa.

Sonrío por respuesta.

Subimos una colina en mi motocicleta. Hace un día despejado, pero frío. Con cada curva que enfilamos en la sinuosa carretera de montaña, la temperatura parece bajar un grado.

El sol brilla sobre los picos de las montañas, concediéndonos una vista clara de la cordillera, que parece infinita. No somos los únicos que vamos en esta dirección; hay varios coches cerca. Una niña que va en uno de ellos saca la cabeza por la ventana, intentando saborear pícaramente el aire de fuera. En esos escasos segundos, veo una cinta en su coleta que ondea al viento. La cinta es de color rosa pálido, como la flor del cerezo, lo que me recuerda a Emiko. Pero pensar en ella ya no me causa dolor.

Es justo lo que le escribí en la carta, que pronto llegará a Kioto. Me imagino que Emiko se lavará las manos llenas de pasta de judías rojas, y luego se sentará en el porche de Han Shun Do para leerla solemnemente.

La misiva dice así:

Emiko, ha pasado mucho tiempo. ¿Cómo están todos en Han Shun Do?

Tras nuestra despedida, fui a Tokio, donde las flores de cerezo brotaban por doquier. Pero ese color me causaba pesadillas, así que hui de él y regresé a Taiwán al cabo de pocos días.

Tras regresar a casa, empecé a trabajar en la pastelería de mi tío abuelo, llamada Yang Tzu Tang. Aunque no tiene tanto recorrido como Han Shun Do, mi tío abuelo no es menos austero y exigente que el señor Imanishi, y todos los que trabajábamos allí pasábamos los días como si estuviéramos inmersos en una encarnizada batalla. Trabajé duro para aprender a elaborar los dulces y pasteles tradicionales de Taiwán, que se llaman «gao-bing», con la esperanza de poder ocuparme en un futuro del legado de la tienda, como tú. Pero fracasé. Ha tenido que pasar el tiempo para que me diera cuenta de que solo te estaba imitando, y ahora, más que nunca, comprendo la

283

*elección que tuviste que tomar. Creo que una «herencia» pue-
de adoptar distintas formas.*

Pasada una media hora, Pin-Hsin y yo llegamos a nuestro destino: un pequeño sendero de montaña cuya entrada está despejada, dándonos la bienvenida. El camino está plagado de ramas que solo dejan pasar finas rendijas de luz, mientras que las raíces que sobresalen del suelo lo cubren por completo. Da la sensación de que estuviéramos entrando en un bosque primitivo.

—¿Hemos venido a hacer senderismo? —pregunta Pin-Hsin, tras quitarse el casco de la motocicleta.

—Es un paseo corto. —Le muestro el camino.

Tengo a alguien que me gusta.

Apareció en el momento en el que más perdido estaba y se quedó a mi lado mientras navegaba por esa confusión. Sus palabras han hecho que creyera que el futuro puede ser brillante y algo que esperar con ilusión. Es una brújula, una veleta que disuelve todas mis inseguridades, me marca la dirección hacia delante y me imbuye de la fuerza necesaria para avanzar. Me he convertido en una mejor versión de mí mismo por ella, evitando tomar el camino más fácil, o dejándome llevar por la cobardía. Una vez, me dijo que cuando dos personas se gustan, no hace falta expresarlo con palabras. Pero si lo que siento se tuviera que verbalizar, estoy seguro de que serían unos sentimientos preciosos de pronunciar. Así que se lo voy a decir: que me gusta, que me gusta mucho.

Podemos atisbar destellos de unos tonos espléndidos antes de llegar al final del camino, algo que nos hace avanzar con más premura. Cuando emergemos del sendero ensombrecido, vemos los valles y los montes cubiertos de tonos carmesíes, como unos ramos de flores de los dioses de la montaña. Pienso en las flores de cerezo de Tokio, en cómo su color rosa claro era como un sueño que se podía disipar con un simple soplo de brisa. Pero los cerezos de montaña de Taiwán son distintos, sus flores son de un color rojo intenso y poseen una fortaleza que ningún viento ni nieve puede arrebatar de la vista. Qué distintos son.

—¡Es precioso! —exclama ella.

Pin-Hsin, contemplando estas vistas deslumbrantes, también es deslumbrante para mí. La llamo. Se gira. Detrás de ella hay una extensión infinita de montañas con cerezos.

¿Cómo te va, Emiko? Cuando fui a visitar Han Shun Do con mi tío abuelo, todavía estabas en Tokio estudiando. Sigo creyendo que algún día serás una pastelera de «wagashi» fuera de serie. No me cabe la menor duda.

Recuerdo que un día me preguntaste qué tipo de repostería tradicional había en Taiwán. Ahora puedo responderte con conocimiento de causa. Aparte de los pastelitos de sol «tai-yang-bing», también están los «di-qi-bing», pasteles de ombligo; los «fa-xiao-bing», tortitas fermentadas; los «fang-kuai-su», galletas cuadradas; el «feng-yan-gao», pastel de ojos de fénix…

Esto es lo que quiero hacer con mi vida: quiero convertirme en un puente entre la gente y los dulces, entre Taiwán y Japón. Quiero contribuir a que más personas conozcan las confiterías taiwanesas y japonesas. Este proyecto puede que me lleve varios años, y quizá no le interese a nadie, pero no

pasa nada, porque es la primera vez en mi vida que me sien-
to así de determinado por perseverar en algo.

Quizá, al final, pueda decir que soy lo mismo que tú.

Dudé durante mucho tiempo acerca de cómo terminar la carta. Pero cuando pensé en el pergamino que colgaba en la sala del té el día de nuestra despedida, mi mano pareció moverse con conciencia propia, como si hubiese estado esperando una eternidad para escribir estas palabras:

Emiko, me muero de ganas de volver a verte... algún día,
cuando los cerezos florezcan.

FIN

¿TE HA GUSTADO
ESTA HISTORIA?

Escríbenos a...

plata@uranoworld.com

Y cuéntanos tu opinión.

Conoce más sobre nuestros libros en...

plataeditores

PlataEditores